七等生全集[10]

一紙相思

七等生 著

1996年　台北

七等生繪畫作品 — 春郊陰且冷，作物放花黃

七等生
冷眼看繽紛世界
熱心度灰色人生

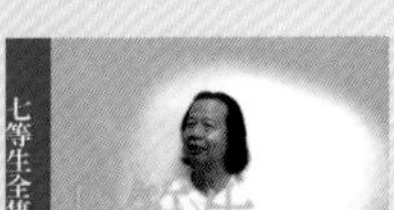

《七等生全集》總序

七等生

黎明前，詹生駕車來到進城的那條道路上停下，無數的日月他駛過平原田疇和爬山越嶺，經歷許多的鄉村街巷，意欲想回到城市，探望年紀老邁的母親，以及分離許久的妻子兒女，但他不能確信除了他自個孑然獨身之外還有什麼親人，或許他盼望重見老友。他停下車是因爲前面有車擋住，灰灰濛濛的霧氣中，他沒有看到城門，蜿蜒的山路上停靠著一排長龍似的各形各色車子，不知綿延有多少距離。他下車向前走到前面去，一部大卡車的車窗裡，一個斜頭坐睡的人朝車外露出一張錫白的面孔，當詹生走近時，半睡半醒的他緩慢地微開眼皮，裂出眼瞳的一條黑線和一點晶亮的白光，沒有說話，司空見慣似地有種幽深隱埋的表情，眼皮又合上像他先前的休息和等待般的樣子。詹生再走前幾步，注視另一部車子的景象，有一男一女睡著很熟，他沒有叫醒他們，感悟不會探問到任何什麼事，只好往回到他自己的車旁。他想他們和他們的車子都是在等候天亮預備進城，但這景象的意味是他所料不及的，好像回到了久遠的古代。在這黎明的時刻，他是最後到達的一個。他無法可想將來進城是否要有手續，他不能明白將來會遇到什麼事，爲何前面那些人只顧睡覺，沒有聚集談論事情，也沒有任何跡象好教他能夠了解狀況。或許根本就沒有情況會發生，只是詹生個人的一種疑慮而已。一個熟悉的聲音在他耳膜響起：「你總以為這個世界的人誤解你，其實是你對這個世界充滿了誤會。」他回想起許久以前他是如何離城的，那時刻他年輕，現在他年老了；十年前，二十年前，三十年前……他有些記不清楚，無法可想他是什麼原因出城的。那時似乎是在一個人潮擁擠的車站，他搭上火車，然後火車移動後就迅速消失了城市的踪影。而現在由這山區的隘口進城似乎有些離譜。他自己什麼時候像大家一樣開起汽車來也有點糊塗了。時光或時代在不知不覺中移轉了，他懷疑自己的存在和記憶，似乎個人活命的感覺是無法言傳的……

這段話頗像我寫小說的開頭，我曾經寫過「離城記」，陳述想像和眞實搞不清楚孰是孰非。我們知道在現實生活中是不能有任何含糊不清的事體，否則會有爭執和打戰。但是在思考的世界裡，語言變得十分詭譎和有趣。譬如我總是由現實出發，以免讓人搞不清狀況和分不出頭緒，而有的人的閱讀習慣很頑硬，當小說由現實轉入虛構時，他們不肯跟隨進入，以致大叫荒謬和違背語法倫常。但所幸還有一些認眞和能掌握感覺的人，他們明白沒有幻想的部分是無法釐清現實眞相的。經過了這半世紀的努力和陶冶，人們更為認清存在的現象是一種單獨、短暫、變幻和多樣的事物，而這一切事物似乎越來越快速地往前行邁，感覺現實和想像是一體的兩面，互為裏外和互為眞假，經由電的傳導，知悉宇宙的事物，經由符號而獲得普遍的知識。我們吃食物，是在吸收各種的元素，我們是由元素發酵而成長和演化的不同軀體，個別由意志形成不同的容貌表情。然後由感覺產生了快樂和痛苦的意識，我們意圖在痛苦的意識中尋覓途徑去追求快樂的人生意義。

我的一生徬徨和掙扎於思考和寫作，由年輕到年老力衰，這些思想的記錄累積，似乎歸不到任何的結論，僅只約略而勉強踏出一個平庸者苟且存活的方法而已。如果人生的目的是在追求快樂的感覺，那是純粹的幻想，就像我們藉助短暫的生涯遙想永恒，想到要全靠這虛無的幻覺去體會眞實存在，不免悲從衷來，有如百姓期盼聖君帶來和平和幸福。此番生存的境遇，重憶過往種種情事，一切屈辱和承受都抛諸於腦後而不復遺留。我的存在意識不外保留一份擁有的醒敏，但這層意涵與酒醉沉迷或昏昏噩噩沒有兩樣。我一直感激於我的父母賜給我這份涵容的軀身，讓我流連在寫作和繪畫的天地裡自由自在獨來獨往。好笑的是，我在鄉下的教職退休後，意想天開地遷來台北，這個城市曾是我受學和遊蕩的所在，年邁的我依然如故，喜歡縱情聲色，想和這打扮起來的都會一同邁向二十一世紀，想到這個，有詩自我調侃一下：

粗茶淡飯人猶在
夜遊酒廊入庸塞
高麗歌女唱哭河
站看雲裳天使懷

最後，全集的出版要歸功和感激兩位特別的人士，一位是夢幻出版家沈登恩先生，一位是資深的台灣文學的文評家張恆豪先生。後者說好高興義不容辭地負起編輯的責任，前者表示有始有終地出版七等生的作品是一種對台灣的愛。呈現一個大略的全貌給二十一世紀的新興讀者，我自己也有提前告別的意味，尤其想在此刻向陪伴我度過貧賤半生的尤麗（百合）致敬和感謝，她辛勤而負責任地養育三個子女長大成人然後隱居身退，我常想起她年輕時美麗的樣子，在早年艱困的日子裡如果沒有她爲伴，不會使我持續不輟進行幾近苦行般的寫作。還有少數幾位不嫌和我飲酒笑鬧的朋友，祝你們健康快樂。

二〇〇〇年七月

編輯說明

張恆豪

一、本全集包括《初見曙光》等十卷，蒐集七等生一九六二年首次在「聯合副刊」發表的〈失業、撲克、炸魷魚〉，至一九九七年「拾穗雜誌」發表的〈一紙相思〉，歷經三十五年的創作及論述作品。

二、全集的分卷，不以文類做區隔，而是以寫作年代來劃分，此一編輯構想來自作者七等生本人，自是有別於本公司過去出版的版本，是作者親編的新版本。

三、第一卷《初見曙光》，蒐有小說與散文，是七等生在一九六二年至一九六五年作品，即寫作於二十三至二十六歲。

第二卷《我愛黑眼珠》，蒐有小說、散文與論文，是七等生在一九六六年至一九六七年作品，即寫作於二十七至二十八歲。

第三卷《僵局》，蒐有小說與詩，是七等生在一九六八年至一九七一年作品，即寫作於二十九至三十二歲。

第四卷《離城記》，蒐有小說與論文，是七等生在一九七二年至一九七四年作品，即寫作於三十三至三十五歲。

第五卷《沙河悲歌》，蒐有小說、散文與論文，是七等生在一九七五年至一九七七年作品，即寫作於三十六至三十八歲。

第六卷《城之迷》，蒐有小說與散文，是七等生在一九七七年至一九七八年作品，即寫作於三十八至三十九歲。

第七卷《銀波翅膀》，蒐有散文、詩與小說，是七等生在一九七八年至一九七九年作品，即寫作於三十九至四十歲。

第八卷《重回沙河》，蒐有散文、小說、講辭與詩，是七等生在一九八一年至一九八三年作品，即寫作於四十二至四十四歲。

第九卷《譚郎的書信》，蒐有小說與詩，是七等生在一九八四年至一九八八年作品，即寫作於四十五至四十九歲。

第十卷《一紙相思》，蒐有小說、散文及序文，小說與散文，寫於一九九〇年至一九九九年，是七等生五十一至六十歲作品。

四、每卷七等生作品之後，大多附有評論者與該卷作品相關的論文，這些論文都由七等生選定，論文之後，都附有評論者簡介。

五、每卷本文之前，都蒐有相關的照片身影，提供讀者對照參考。尾卷作品之後，另附有七等生生平年表及歷來相關評論引得，以便於有興趣的讀者查閱。

《一紙相思》目次

小說：

散文：

序集：

一紙相思

思慕微微

一

都是我不好才使你染上了這麼一場非常痛苦的病痛；也是我太堅持要你一起去宜蘭看國際童玩，完全沒有理會你出發前的預感；你一定還記得，當你坐在車上，你一直在說你心裡非常的不安寧；我那時還十分不明瞭，只是心中盤算著如何走上高速公路，以及認為這趟旅行是我們早先預定好的，雖然我們原先預定的旅程是到花蓮，但因為你的時間不夠，所以只縮短成一天去宜蘭。在車上你一直表示你心中有一種不耐煩的感覺，然後你躺下來；我說你最好安靜的休息一下，我來專心開車，到瑞芳時我去買藥。我表示我的喉嚨不適服，你說你也是。後來你說你好一些了，天氣非常炎熱，你又不太喜歡車上的冷氣。然後我們在瑞芳停下來，我去買藥，並且去洗手間。當我們再上路時，已經是下午五點多，我說我們能在七點到宜蘭算不錯了。總之，一切並沒有那麼順利，主要是我不是很熟悉那個地方，比我預期的還要遠，因此我們在頭城停下來吃晚飯，問了路，又遇上一場大雨，到達親水公園時已經八點多，也只有在那廣闊的公園裡觀看表演而暫時忘懷了疲憊和苦難。

之後是一整夜的折磨，在那個設備不良的旅店房間內，我們的快樂不能戰勝那種隆隆不息的噪音的侵襲。我的敏感所造成的煩躁不安影響著你的休息，你屢次醒來看著我起床去洗手間，打開窗戶，又關上窗戶，直到天亮，我說我們要趕快離開那裡。我們終於走出旅店來到清晨的市街，車站前的馬路上已經有許多的行人，我們在騎樓下的走廊吃早餐，那些菜和清粥都不好吃，我心中非常冷淡，想到我帶給你的不舒服而覺得很慚愧，我們唯一的辦法就是趕快回台北才能眞正獲得調息，於是我們再回旅店拿下行李，離開那個像夢魘的鄉土地方。

現在我會重述這段經歷，無非是要留下記憶來表明我們平常所遭遇到的種種無奈，因爲在我們生活的時空裡，這是常常不斷地會重複碰到的事。我只是心中感激著你和我一起經歷的，一起面對的苦難，而你，顯得那麼溫和不發脾氣，好像在替我支撐著，分擔著我的不幸似的。我曾經表示我非常痛恨生活在這樣的時空。你默默不語地看著我，比起你來，我是一個十足沒有耐性的人，你的沉默使我覺得你是個非常優美的人，想到這個，我心中充滿著對你的愛意。

雖然這幾天我都在病痛中，無法出門，但我知道你的病得比我更嚴重，當時你在機場打電話給我，說飛機延遲兩個小時，我有一股衝動想開車去看你，我吃了幾口飯想支持體力，然而咳嗽和鼻涕一直不停地發作，我想我不可能去開車，即使我能見到你，恐怕只會讓你看到我而難過，因此我打消了這個念頭，我開始倒酒喝起來，想藉酒來緩衝身體的不舒服。後來我接到周的電話，他說在機場，我鬆了一口氣，因爲還好有人在那裡陪你們。

事實上，這幾天你的苦痛十倍於我，因爲第二天晚上，我和周碰面，他告訴我你的班機延誤到黃昏，在菲律賓你們又等候到深夜才見到你的乾媽。我聽到這消息幾乎要哭出來，這都是我不好，在這段時間沒有好好待你，因此使你連續不斷遭遇了那麼多莫名其妙的痛苦。

剛才在電話中聽到你的聲音覺得非常的高興和安慰，不過有一點是非常難以想像的，那就是你已經在遙遠的對岸，並且要住在那裡兩個月，而這種事實是難以抗辯的。但我希望這段學習對你是有益的，把自己修養得完美就是對人類的一種愛，就存活而言，沒有其他門徑可以效法。最近我們常談到奧修對佛經的詮釋，他是個很有魅力的解說者，我已看到最後的一章，對我而言是受益非淺。自釋迦牟尼以來，佛教已經發展得十分龐大和多樣，它的深奧有如心經上的單純語法所含蓋的無窮無上的意涵，因此，思考不密就有可能誤入歧途。奧修也誠懇地說，沒有經歷、經歷、再經歷而超越是得不到智慧的。也就是說，雖然有人告訴你人生最重要的是要有智慧，但這一宣示並不代表你已經有了智慧，沒有人可以給你智慧，只有單靠你自己的努力去學習和經歷才能獲得。總之，只要我們活著一天，這是最好的告誡和叮嚀，不論是快樂或痛苦都是重要的經歷。我希望我們在一起的時候也把它當爲一個學習的課題。祝你早日康復和身心愉快。

二

昨夜（十九日）十一時十五分我打電話給你，其實在十時左右時就想和你通話，但我曾問你你們的作息時間，晚上十時正好你們下課，一整天下來之後，這個時候一定要去做你們私人的事，電話可能也忙，因爲你們人多，可能都會想連絡什麼人。我想像你可能靠牆壁坐著，閉上眼睛靜息下來，先讓別人去做他們的事，你不會先去佔用電話或洗手間或什麼的，你自己覺得累要靜息片刻舒緩氣息，或想一點什麼心頭的事。所以我想延後一小時再撥電話給你，這樣的時間，也正是你在台北時由江子翠要回家，是我們在晚間要連絡的時刻；你現在雖然在泉州，但卻沒有因距離遙遠而遮斷我和你的通話，只是不能約會來見面罷了。這樣的期待總有些興奮和心急，我心中並沒有準備什麼特別的事要告訴你，只是想到你前一天之中就給我兩次通話的機會，讓我知道你的狀況，我是心中帶著感激和回報的想法要和你說幾句話而已，可是我獲得的卻是不能如願以償，我連續試了三次，並沒有人接電話，好像你們所居住的屋子空無一人似的，沒有回應。我想你們一定出去消夜去了。我沒有覺得十分失望，因爲我心裡有個合理的解釋，就像以前在台北的日子一樣，生活是自由的，並沒有特別的約定綁在那裡，非依照例行的定規按時做這樣的事不可。眞的，我們不要太過呆板去約定什麼，讓生活順著某種自由的節奏去進行就好了；我敘述這件事並非想要約束你，相反地，我更希望你是自由的，自由才能創造一些什麼事體，不自由反而會去破壞某些事體……。

後來我躺在床上自然地聯想到我第一次見到你的情形，你的出現是那麼讓我覺得意外，事前博含也沒詳細說什麼，只說團裡有一位小姐想爲團中的事問我一點意見。我說見面可以，但我可不能保證能回答我不能做到的事。你的遲到是首先給我一點心頭的疑問，約二十分鐘後，前廊比較高的地板傳來腳步聲，不像是一般人走路的聲音，因爲背著光，我抬頭見到一個有些微斜側走來的人影，灰黑的衣服加深了那個影像的奇異，她在第一步下階梯的同時發出一個細緻而明亮的笑音，博含回頭說菱仙來了，可是還是因爲背著光，我不能十分看清楚你臉上的面目；你踏下階梯（有兩級）就很快地從博含的椅子背後移到我的右方的位置，我已經站起來，當我們互相對看的時候，我才看清楚你特殊的特徵，你的微笑和聲音同時再出現，說抱歉延誤了時間，坐下後以及以後的交談都讓我覺得你完全不似一般女子，你的態度一直在想放自然和某種猶疑之間移動著，你的聲音是一個極大的特色，笑容和唇形成爲我觀看的目標，你的目光在游離著，閃耀著一種特別的光點，是一種含蓄的投射和思索，當我看你時，你就閃避到一旁，轉到我對面的博含身上去。博含保持著她的愉快笑容觀察我。這是一個下雨天的午後，在那樣的一個陰濕的春天時日，我的心情敞開著去聆聽你的語聲。吃過晚飯後你走了，我和博含轉到一處日本人開的店喝了一點酒，之後我又和她分手獨自回家。

我曾經不只一次向你表達過我對你初次的永遠不能忘懷的美好印象，像是一個女戲子的出場那麼含羞待放的姿容永遠地留在我的心頭，即使有一天你離我而去不再理會我，我都會爲那奇異的一刻爲你感到光榮，是我生命中少數美麗的記憶的一個，這個印象的存在也因爲之後我們愉快的相處而變得愈形重要和有意義。

在《般若心經》的最後一章裡，奧修這傢伙變得十分風花得意，有些放蕩不羈有如一個藝術家般地在揮灑他的語珠。門徒這一章當然是萬分精采的表達出他的見解，是整部書的結論和落實去實踐的所在。不過奧修這個自大又自負的人，倒是對耶穌有些推崇，還有對蘇格拉底也有敬意，把佛教和西方的某種精神連接了起來。關於這一點，與我一生的學習和生活有不謀而合之處。但像這樣的一位被世界公認的大師，依然不免有輕率之處，洩漏出這麼一部絕無僅有的經典教義的遊戲性，也因爲他過分的表演性質而降低了哲學精神，那就是他的墓誌銘授意要刻上這些字：奧修，從未被生下來，也從未死去，只是在一九三一年十二月十一日至一九九〇年一月十九日這段期間拜訪了這個地球。這樣做實在太孩子氣，太演戲性質了。從這部書一開始，我見了他的照片（他還喜歡穿華貴的衣服）和各種表情，配合他解釋經文的話，我就在注意這件事，不料到最後他還是不忘露了這一手，神聖一般地跟大家說再見。可是，菱仙，別以爲我在嫉妒他，坦白說，不論我是否故意挑他的毛病，我還是喜歡他。我也喜歡你，菱仙子。

三

這兩天的黃昏我都外出去散步。前天午後我的姐姐來看我，談到她的兒子長久以來放蕩的事，近日已經釀成要與妻子離婚，我的大姐爲他去請教算命的先生，說這個孩子要到四十三歲才能回頭轉好。這些事使我的大姐在我面前哀嘆她的命苦，做女孩子時命不好，嫁了丈夫也不好，丈夫死了，現在卻是這個孩子使她心煩，眼看著她一生的辛苦積蓄都流失了。她離去後，我換上布鞋走出去；我朝東北的方向走，走到隔街，在長長的圍牆中間隔的柵欄縫洞可以清楚地看見一所學校的運動場所具備的一切；綠色草地、紅色跑道，體育設備和邊陲地區的樹木；許多人在運動，他們移動的身體有快有慢，他們是這附近地區的民衆，有男女，也有老少，大都是在繞著橢圓形的跑道快速地行走；他們不是跑步，是競走一般地繞圈子。我進去看那景象，看看他們的面孔，很久很久他們都沒有停止，非常沉默地專心向前走，所以這個景象是非常引人注意的。我站在一棵大樹下做一些體操，擺動我的手腳，一面在觀察這整個大操場中人體移動的情形，那景象是非常有趣的。當我有置身事外的觀感時，眼前所見到的一切都會使我驚異不止。那個畫有規格跑道的圓周，好像是圍繞著一個星球的光環，朝著相同方向行走的移動人體彷彿是形成光環的游動物體。我發覺一個年紀老邁的男人坐在升旗台的一邊面向著這個大操場，他像一尊坐姿的塑像，沒有動顫，沒有任何變化的表情，也無視於他前面跑來跑去吵嚷的小孩們。他的模樣使人覺得他是靜止的，沒有思想般地存在在那裡，使人有一種尊敬的感覺。我開始走進那環繞的潮流，先走了一小段距離，再抬起腳步慢跑，又停下來走路，這樣子繞了一圈。我無意像他們一樣毫無止境地走下去，因為那是一個圓圈，沒有終點。我不以為他們很愚蠢，只是我自己沒有興趣那樣做；他們看起來是認眞的，有一位端莊的女人穿著汗衫和白色短褲挺著胸膛邁著堅毅無比的步伐比別人走得更堅決，有時隔著一段時間再去看她，她依然如此勤奮，因此她有幾個不同位置和角度的姿態是很動人的，在各種各樣身材運動的行伍中，她是一個引人注目的形體。但是我沒有長時的耐性，我的身體比起他們來是虛弱不實的，有如我的思想，它是幻滅的，好像我的身體裡的電力常感不足，力薄身衰是我的特徵，與那些自強不息地在跑道上競走的人相較是慚愧的。我走回來時感到十分的疲乏，好像一個星期來的病弱（感冒）到此已經可以看出一個證實的結論。回來時我心中想到你來，我看不到你，完全不知道你的樣子現在如何；你也曾在同時病得不輕，可是你年輕又有目標，你有精神和毅力去克服環境；你雖帶病出去，但你已經在工作中漸漸康復，你的語聲是愉快的，只是比以前細弱了些；你是那麼使我想念你，我的生命快樂全都寄在你的身上。有時，我會想到我現在已經失去你了，我再也見不到你，因此我會去回憶我們曾經在一起的光景和時辰，我們的夜遊和睡眠，這些記憶此刻變得如此眞實和重要，也如此地快樂和悲傷。

昨日黃昏我擇了另一個方向的路徑來到了河邊，這條河道已經因爲兩岸的過度營建和破壞而顯露不自然和污穢的樣貌，河水黃濁不清，堤岸內的人工設施乏善管理，雜草叢生，侷限了河流應有的寬舒的景象。我順著內堤中的水泥道行走，從一座橋下經過，陰影裡坐著一個面容憂苦的青年，手中拿著一卷書紙在閱讀，看我走過，停止了他的用功。我無意打擾他，因此依照原有的步伐速度走過了他的面前。轉彎後，我在一處平台設施的石凳上坐下來休息，望著傾斜的坡堤和流經那裡的河水，對岸上是一帶還未完全開發的荒涼地，那裡一條高速公路的橋樑長長的橫過兩座山之間的谷地，漆成紅色的鋼橋像是一道雨後的彩虹。我的視線回到近前的水面上，發現三隻水鳥棲息在岸邊樹影下的石頭上，有時牠們在石頭之間短程地對飛著，像是躲避和遊戲，有時有一隻會走進水裡，但並沒有看見牠覓食，牠們是兩隻大的，一隻小的，像是一個小家庭的成員。天空一直佈滿欲雨的灰雲，氣候十分鬱悶和炎熱，我外出時攜帶著雨傘，但一直沒有撐開來用，有幾滴雨落下，卻無法形成雨陣。這條河十分漫長，大概是打從深坑蜿蜒而來，在這一段將進入景美區，然後與新店溪會合流入淡水河而去罷。我的行走不及我的想像的百分之一，我無意想要去完成什麼我想到的事物，有如我想到你，菱仙子，但我實際愛你的行爲並不及我心中想像的那麼熱烈，我的心一直燃燒著愛你的熱情，在我寂寞孤獨的時候，它是痛苦而可怕的，有時我會來到鏡前端看自己年歲的面孔，它使我感到痛恨而流下淚來，我常常在絕望中去愛人，自己沉溺在想像的絕望深淵裡。

四

這幾天我在調整家中的佈置；我幾乎常常會去變動家具來安撫身心的感覺，例如在你去大陸之前我把睡床由原來的臥室移到書房，而現在我把書房的一座櫃子和放酒的架子撤出這個睡眠和放書的地方，這是因爲每當躺在床上時，總覺得面對的那面牆上的那張風景畫沒有足夠的空間以致顯得有些擁擠和壓迫，自從我把畫中的天空放亮以後，它像是一顆心靈由灰暗朦朧轉變成清晰明亮，它需要大半的清潔牆壁來襯托它的悠然存在，與牆壁下半部的雜陳書籍形成一種均勢的對比。眞的，移走了櫃子和架子，在視覺上像拉平了地平線，展示出寬闊明朗的天空，而在心理上像是撤除兩個高高站立的守衛，心情變得自由而舒坦和放鬆了。不僅於此，在颱風前，我就開始做木工，鋸了一些木板把屋子前廊花架下空蕩的部分遮掩起來，使外界道路和室內之間更形界分而有保障的意味。你記得罷，有時我會睡在客廳上，要是打開落地窗就會覺得由外面就能透視進來；有時我們在天亮前，兩個人還躺在地氈上互相愛撫，我們需要更多的空氣來調節我們加速跳動的呼吸，可是我們不要洩漏我們的私有秘密。當我在做這些防護設施的工作時，我總會憶起我們相處時的有限時光；我是那麼細心地愛著你，端看著你的美麗面孔，欣賞著你美好而完整的肢體；你是那麼調皮地喜歡遊戲，喜歡溫柔地挑逗我，使我快樂，使我沉醉在你向我袒露的胸懷裡，並且在你最神聖秘密的處所接納我；當我要進入時，我總是跑著朝向你，並且對你發出讚歎的聲音，讚美它的優雅和神秘，因爲它是那麼美觀和可愛，我用手輕觸著它，撥開它的門戶，看見那細緻的寶石，一股電流經由我的指尖觸引它的醒敏，這時你臉上的表情變得嚴肅和專注，好像兩個天體在進行相接時，突然屏息和肅穆。然後隨之而來的聲音是你發出的嘆息，好像我在那一刻刺破了你的帷幕，讓我的武器直進你柔嫩的天地，你終於把我緊緊地抱住，開始動容起來，有如你設下的陷阱得意的捕獲了我的攻擊。你的眼睛發出迷離的色暈，眼眶周圍現出粉紅的色澤，皮膚展現無比的彈性和光滑，而我們的意識集中在下體銜接的地方，感覺它的靈敏刺激，彷彿魂魄在那裡交合和發情，呈現著緊張和快樂。你不斷地發出嘆息，從鼻孔和口腔排出氣息，當我們接吻時，你是那麼用力，堅強地吸住我的唇和舌頭，並且大量地交混著我們兩人的甜蜜口液。事情總是無法結束，誰都不想中斷那份得來不易的激情，而努力地持續著，變換著各種姿勢，發展著各種身心的感覺，讓它盡情地奔流著，像歌曲一般地唱著，並且發出一種節奏和響聲，像一首戰曲般進行著一種你來我往的衝刺和拍打，使我們的頭額和身背流滿著滑溜的汗水，那時你會傾身下來，好像憐憫我一般再度吻我，表達出你強勢的柔情美意，和一種使人心醉的豪情淫蕩，再度伸直你的腰，挺出那純美的乳房，我們雙手牽握著，你開始從那刺痛處傳來呼救的訊息，這聲息有如來自遙遠的處所，一直傳到現今，在眼前展現著一種美妙的赤裸姿容，無法脫逃似的，又無法放開（棄）似地，緊緊地持有著對方，一種愛似或恨似的交織，不情願但又非愛不可地投射出來給對方，以一種心跳的加速，以一種犧牲和解放交給了對方……

我常會發自我的心田來讚美你，你看，菱仙，我常這樣做開頭來稱呼你，當你和我獨處而袒露你的胸膛時，我會不由自主地賞識你身上最優雅最純眞美麗的所在，有如你的聲音，永遠地表達著你處女時的樣態，永遠地給人一種從未有過的純眞和貞潔感覺，永遠是新鮮和美好，永遠地使人有初次衝動的感情來擁有你，這是你最値得驕傲和使我滿意的地方。我是如此貪婪地記憶起你給我的一切，當你現在不在我身邊時，我會無時無刻不在我日常的工作中停下來沉思，就像我隨時隨刻坐在沙發上放下我的書本，然後注視前方，以爲你會由浴室赤裸地走出來，手舞足蹈地向我拋來你的媚眼和笑容，轉身走進臥室，躺在草蓆上等待著我。我永遠記住我們在早晨的時光裡，進行著從昨夜以來不斷演奏的愛曲，而第四樂章的終曲總是在最清醒的晨間進行直到中午的來臨。我希望我們擁有的是死亡的愛戀，有如奧修所說的，沒有過去沒有未來，只有現在，而這所謂的現在是眞空的，是一種死亡和永恆。平時我們的清醒意識是爲了事業工作和存活，我們辛勤地累積這一些存活資本是爲了永恆的忘我，愛戀就是永恆的忘我和死亡，我們是多麼心甘情願去幻滅，因爲我們是經由愛戀這條途徑去走到存活的盡頭，只有愛戀才使得我們不反悔，也唯有愛戀才能使心靈昇華。

你電話來，使我早先透露正在進行寫這封信，你告訴我已經接到頭一封信，我很高興我的信能到達你的手中，讓你知道我的心在想念你。我的手有些僵硬，握筆有點不自然，這是因爲許久沒有做木工的關係，現在握著鋸子鋸木板，經過長時間工作，事後（第二天）手掌會覺得十分堅硬，寫起字來就有點不順暢。我有喜歡做木工和修補家具的興趣，可是我只有簡單和基本的幾件工具，沒有更精密的器具，單憑體力已經不能勝任比較技巧性的工事。以前在鄉下居住時，我曾做過餐桌和椅子，現在想起來它們實在太粗糙拙劣了，也曾經養過一隻狗，而牠的死實在令我太傷心了。我現在居住在城市裡，沒有事幾乎沒有走出門外，因此有時會想到鄉居時的一些點點滴滴的事情來。有時我甚至會想到我在山路上相遇的那些蛇來，有一次有一條漂亮的蛇橫在路徑上中央不讓我走過去，我和牠互相對視著，牠一動也不動，我只好退回來。我不喜歡城市的夏天，可是我喜歡夏天的鄉村，因爲我喜歡海洋。而城市的冬天是可愛的，在鄉下就顯得孤寂而冷漠。我常在鄉下的冬天懷想夏日的海洋，在那裡是我唯一快樂的所在，在戲水之後坐在沙灘上看日落，有時我會深入樹木裡，睡在那裡聆聽海潮的聲音。現在我卻在城市裡的屋子每日想你，每日都在數著你可能回來的日子。我想我是在害著相思病，像冬天在鄉下相思著夏日的海洋。有時我覺得快樂的代價高過我們的能力，常常需要付出長時的等待才能面對它的降臨，就像我在鄉村過完漫長的冬天才等到夏天的來臨，但現在的記憶是美好的，好像等候是一件美好的事一樣。這最後的幾年在鄉下獨居我常去散步，坐在山中的水池邊注視水裡的倒影，感覺歲月在我的身邊流逝，我以一種呼喚高聲的歌唱，我希望你回來後選擇一天我們去我曾住過的鄉村走一趟。我唯一害怕的是我不知道那鄉村現在變得怎麼樣？我想我一定是誕生下來時就害著相思病，有如冬天在鄉村想著夏日的海洋，有如隔著對岸思戀著你。

五

那天博含來問我什麼是愛情，起先我不知道怎麼回答，後來就這樣說：愛情或許可以分成愛和情兩個範圍；愛是心靈的抱負和熱望，情是一種被履行的事實。愛與天地同休止，是博大而永恆的，沒有時間和空間的限制，而情有其時空性，落實在某一個情況。愛存在於心理的理念中，情是有形的事件，由是一個人心中有愛，經由他的身體具體地完成一件事情，這是愛情的簡單的說法。愛是與生俱來的，凡有生命都有愛的因素，情則是個別性的，每一個生命個體所譜成的情曲是獨創性的，有著長短和深淺的區別，其結果有圓滿有殘缺，有歡樂有悲壯，有偉大有平凡，有順利有曲折，有豐收有犧牲，甚至有生和有死。也許有人會說愛情有美好的和醜陋的，像藝術品有被讚賞的和有被排斥的，在愛情的過程中，有迷醉動人的，也有煩惱和痛苦的，不論怎麼說，愛情維繫著生命的存在，是單純而又複雜，是一切事功的來源（動機）也是它的最後報償和結果，說來說去，愛情是有意義的，也是無意義的，因爲它有時是「有情的」，有時卻是相當的「無情」。幾乎沒有人不會對愛情有抱怨，有傷感，有至深的痛苦。其實這些傷感、痛苦是愛情有價的地方，也在這裡顯露著它的責任和義務來。情愛是一種潮汐，高低地起伏著；情愛的生活有如在海上行舟，到底是任其漂浮呢，還是要有所掌握，完全因人而異。愛情所分泌出來的汁液，常使人勇氣百倍，但是愛情的存在要靠反省，是一種記憶，經由這份心靈的思考和身體的經歷，愛情才能至死不渝，忠誠到底。

六

我沿著堤岸的步道走，在颱風過後的第二天，是黃昏的時候，天空上佈滿著散亂撕碎的雲塊，我剛到郵局去給你寄信，然後轉到這個河邊來散步，我心中盤繞著你的形影，有說不出的對你的懷念，你過去給我的快樂與我現在思戀的悲愁形成著對比，而在這個繞彎的河道堤岸上，我只能想法把悲愁轉變成一種寄託的希望，好像記憶中的快樂又再度回到我的心中來一樣。昨日匆匆趕去寄信，怕耽誤了郵班，只寫了一些不成文章的愛情的看法，愛情如果落實在人生裡，有時會成就了生活，有時會毀滅了前程，好像它是一種藥，可能會治癒病痛，也可能毒死要人的命。我這樣說你或許會不高興，對一件好事情偏偏講了那麼多的消極和可怕的話。愛情在觀念裡是美好和優雅的理想，但它落實在人生裡卻充滿了瑣碎和不足取的事，現實中的生活繁瑣取走了想像裡愛情的優美，疲乏會把快樂的情慾拉倒，甚至臉上的一顆疱痘會把愛情的美夢粉碎，還有許多無窮的懷疑和猜忌，以及垂涎和貪圖更多的異性的滿足，甚至有著社會、家庭等環境因素的壓力，造成一種愛情的靦腆和困難。雖是如此，好像愛情在人間是不可能完美的，卻適得其反，只有人間才有愛情，沒有人不相信從污泥中長出美麗的花朵。河中的水流悠悠地往下流走，對岸的樹木還是完好和翠綠，我再度看到水門附近的那三隻水鳥，這個家庭並沒有爲強烈的巨風所破壞和離散，有關愛情的事眞是沒完沒了的，看來那三隻鳥也有些不安和爭執，牠們的叫聲使我聽起來有些恐慌，我開始認眞地去辨識和尋視，只見到兩隻，牠們突然飛起來交錯爭執了一下引起我的注意，在原先的思想裡（幾天前首次看見的印象），牠們是三隻的，好像我的視覺和我的思想產生著極大的矛盾和錯誤……。

是的，去談論愛情的事體，和我本身思念你的情懷也產生著極大的不平衡。我沒有任何可取的愛情觀，我對你的愛也沒有什麼章法可循，我只是落入於情慾的迷陣裡不能自拔罷了。這種反省和自白正說明愛情的奇幻和自由性質，不應受任何的觀念的約束，也只有自由可以包容愛情的存在。情慾是身體的體現，沒有它根本不知道愛情的甘甜，使我心甘情願去受它的誘惑。是的，我的心在狂烈地呼求著你，好像天空中的雷響震撼著大地，當我愛著你的時候，有時我會達於瘋狂，有時我會陷於最幽暗的憂傷，好像飲酒時那身心的痲醉和清醒，這種矛盾和對比的感覺也同時存在於情愛的天地裡，要以最溫柔來撫摸對方，也要把對方置於死地般的撕裂，只有愛情可以看見美的殘酷，只有愛戀可以意會核子的爆炸。讓我永遠愛著你，菱仙子，你已經存在於我的思想中，我已經把你記得清清楚楚，我常常在心中呼喚你，像今天我再度去河岸散步，在這所屋子裡，沒有一刻不是充滿著想念的情愫，世界上沒有一個人像你能讓我說出愛你的理由，我因爲思念你使我對你的思考成爲具體有用的思想，你的存在使我的生命充滿喜悅，我戀慕你的美妙的身體，你的笑容，你的聲音能打消我的憂鬱，只有你能挽回和恢復我的青春與愛。

七

有意與無意之中在第一次見到你時，我曾談到青春與愛的事，說到浮士德出賣靈魂去換取他逝去的青春，爲何我也有這樣的迫切願望呢？原因何在？那是因爲遇到想愛的人，而那個被愛的對象的美麗都顯露在她青春的身體上，她的面孔和身體都在告訴他青春是生命最珍貴的東西，只有愛可以達成青春的快樂，這種快樂是心靈和身體的合一，是世界上唯一經由愛才能獲得，而沒有其他的事物可以跟它去比價的。你的青春使你顯得富有和驕傲，你想要的是經驗的自由，在你的腦海裡編織的是綺麗和奇幻的夢，並且把它移轉到現實的螢光幕上，你成了這愛的故事的主角。反觀我這漸漸褪色的面孔和身體所僅有的是一個自覺衰老的顫抖的靈魂，開始面對著即將來臨的死亡而緊張，眼前已經沒有壯麗的風景要我再去行走冒險，我已經快要用完我的生命財富，剩下的是苟延殘喘罷了。我的命運似乎與浮士德的遭遇同出一轍，魔鬼已經前來與我做了出賣的交涉，當我第一次見到你的嬌美和聽到你的亮音時，我已經和魔鬼暗暗地眨了一個成交的眼色。後來，每一次你在我眼前出現，我擁有的是與你同等的青春，我們在幽夜裡牽著手向山中走去，在樹旁相擁和親吻，讓我感覺到青春的液汁在交合中互相交流，讓我們存在於忘我的永恆裡，在那樣的時空中，愛終於體現在那裡。

可是在文字裡的想像範圍裡，事情是循著一個思想的邏輯在進行，所得到的效果是去明白一件事情而已，無法完完全全去和現實所發生的事做比對。所謂現實是無法被凌駕的，它的存在是唯一的，而且不能模仿和複製，也未曾被完完全全保留下來；所謂現實只能被預期（當它還沒有來時）或被記憶（當它過去的時候），所以它是不可靠的東西。因此，在思想裡人生是荒謬絕倫的演出。更加不可思議的是我們還不斷地被所謂的現實押著走，意識裡通知我們何時做什麼事，到什麼地方見什麼人，不論情不情願，意識總是駐在軀體裡主宰著我們。尤其當兩個人相愛的時候，這些意識的感覺顯得更加的明確，更有一股衝動去成就所謂的現實，沒有什麼能抵擋這份趨使的力量，心中自然產生一種慾望經由思想的安排使夢成眞。現實從來就不停留和存在，只能和感覺相接觸而已，可是我們的人生卻從來沒有一刻脫離所謂的現實。想起來人生實在充滿了無奈，因爲我們全都在現實之流裡浮沉，我們無法在最美好的感覺中叫停，然後保全它的完美，我們無法保留相愛的高潮的那一刻，要那一份美妙的感覺再來，只好重新學習和等待，每一次甘甜的經驗都要付出努力的代價。有時我愛的是文字裡的思想世界，它不像所謂現實那樣複雜，那麼弔詭，雖然美感的刺激是最高的，可是它也會使人哀怨至極，痛苦難當。沒有人能迴避人生現實的糾纏，包括你喜歡的奧修，我敬仰的耶穌，包括釋迦、蘇格拉底、老子和許許多多的人，沒有經歷人生現實的嚴厲考驗無法成聖。

親愛的菱仙子，有時你卻想去做壞事，你不止一次這樣地告訴我，當我吩咐你不要去做壞事時，你說你偏要去做，而且強烈地要鼓動自己蠻幹一番，這不只是想嚇我，你是眞的有那份想法把積壓的沉悶衝破，脫離目前的藩籬去享受你的完全自由，你好似已經了解了現實，也懂得了你自己，因此你想要的是不重複的新奇經驗，你的身體充滿著豪邁的意欲，只等候機會來時做盡情的表現。但是，我可愛的菱仙，據我的經驗所知，內心中的這股意欲想發洩在現實生活裡是多麼不容易的事，即使你有機會，然而在面對的那一刻，你的內心又會產生著異樣的感覺，完全不能符合原意的指望，還不如獨自一個人來到海邊面對著蒼藍的大海發出全力向它拋去一顆漂飛的石頭，你會聚精會神去聆聽那石頭在觸破水面的音響，彷彿你的心，願藉著它沉入海裡，這世界上唯有你自己才知道你自己的秘密，活著竟然是如此的孤獨和寂寞，卻是所有的感覺中最高貴神聖的機會。當你從那樣的海邊回來，你已經領會了生命的奧秘，你有所明白現實不再是你一廂情願的依靠，現實是一種過渡的手段，經由它你領會生存的某些意涵，你心中的苦悶和憂鬱都需透過轉移來清除乾淨，你想收穫的是美，藉由藝術的表達，你感覺美存在你心中的源頭，從那裡發出表演的力量，把你體會的人生情態詮釋出來，你會驚覺你自己穿暮鼓晨鐘戲裝舞蹈在戲台上，唱出哀怨與希望，當你回到後台時你能明瞭你整個演出的成敗，這時你才眞正得到那股意欲的滿足。也許有一天，我會等在戲台下，當你的精采演出完畢後，我會拉著你消失在黑夜裡，奔向黝黑的山頭去做一番壞事。

八

或許每個人都應該在尋愛的過程中去清楚一些屬於他個人的愛戀的意涵，由這層自我肯定的思想來約限自己的愛情的行爲。每一個人都會不相同，甚至在他的每一次戀愛中也不相同，這是至明的道理。而且兩個人相愛，這兩個人的立場也不一樣；三角關係中的每一方則更加有其個別的意義；一個女孩子同時愛上兩個男人，她對這不同的兩個男人必然有著不同的意涵和感受，演變到某一程度，她可能做出某種選擇，有趣的是被她放棄的一方，可能成爲她未來永不消失的印象。一個男人同時愛上幾個女人的情形更是多見，其結果的狀況往往不甚美滿。人類的生存大都沒有善終，不是自食其果，也會遭後世的人批判。我們自始至終都在有意無意的尋愛中度過，自然給我們的是不變的意義，我們給自己的則是個自不同的事件的感受，沒有人有資格去指摘別人的愛情是否得當，但是沒有人能逃避他自由戀愛的苦果；不要誤會這句話的表達，就以吃果實爲例，你不是偏愛吃苦瓜嗎？所以自由戀愛並沒有錯，只是代表一個時代的趨勢而已。總之，愛戀的意涵是沒有對錯的，可是能不能去思考它則與成敗大有關係，因爲在愛情的進行中，心靈是呈現慌恐不安的狀態，美感和悔恨總是交替地來臨，這種折磨唯靠思考的支撐，才能平安地度過。兩個相愛的人是否能長時結合和生活在一起，也唯有靠這份思考的力量。思考是一種哲學，它無疑主宰著我們一生的存活。

如此，相愛是神聖的，以自己的部分或全部獻給對方，來表彰信任和忠誠，給予和接受兩者都有相似的感動和快樂，因此，也能吃一切的苦，和爲對方犧牲。這小小的結論就做爲這段日子以來我對愛的想法的終結。我知道你這小靈精一定有你更爲精闢的想法，大致上來說，女人有較直覺的體會，不論男人怎麼說，不說的女人是比較深奧和含蓄，她們有一條所謂保留的後路，以便在不合心靈的需要時可以撤退。

昨夜，我突然外出去散步，社區大都已經沉寂了，我開始步上那條沿河的道徑行走。我只有穿著背心和短褲，讓涼風能接觸到我赤裸的雙臂和腿部。在暗黑中步行是一種適宜的愉悅，所有的感覺和思想都是安和的，自身的存在是如此的絕然和寧靜，彷彿世事都不再與我相干涉。沒有愛的嫉妒和生活的負擔，心境是和平的，抬頭望天，幾顆星星細細地鑲嵌在高高的天上，我突然憶起童年時代認星的一段往事。我們都把草蓆鋪在黑橋上，在夏季的夜晚，睡在那裡乘涼；我們的眼睛自然地往上注視，滿天星斗，繁多得讓人吃驚；我沉默地睡著，卻意識清醒地聽大人在說話，談星子的故事；有時他們會指出星的位置，因爲色澤和亮度，所以很容易辨識；有一條白色的銀河橫在天中，因此兩岸邊可以找到牛郎和織女星的所在，而在北方，最大的一顆星就是太白金星了。這些回憶也突然讓我覺得悽楚和心酸，這不能再回返的童年此時使我十分嚮往。這一覺醒同時使我想到遠方的你，雖然我對你的記憶都是愉快的，但心中總覺得有不如意的未來。在這深夜中，我不停地往前走，比以前在白晝裡走得更遠，沒想到起先安寧的感覺消失之後，糾纏的思緒隨之而來，到底要怪星星，怪你，還是怪自己呢？

九

小麒麟，小妮子，我的至愛，我的妹妹，我至親的朋友，我非常非常的愛著你，希望人類世界的美好和幸福都能使你擁有，使你能有表達和快樂，沒有絲毫的憂煩和痛苦，當你想要和平平靜的時候能有這份心情，當你想要愛戀的時候能有這份滿足，當你想要朋友的時候能有一大群人圍在你的身旁，當你想要休息的時候能有甜美的睡眠和夢，當你早晨醒來時能有音樂和果汁，像夜晚的時辰你能去山上散步和沐浴，且擁有陶醉的愛。我在我的內心裡，當我認識你而知道你的存在時，我祝福著你，假如能經由我的手，我會雙手捧著獻給你，假如能經由我的心，我會祈求你能永保青春和愛。這一切我都希望我身在遠處的另一個區域不干擾到你，只是透過我的思想和意志傳送給你，當你現在處在憂思裡，不能撥開糾纏的煩擾時，我只是一個在現實中不參與任何決定的人，只希望你能再度明朗和快樂，去愛你想愛的人，去做你想做的工作，簡單而純潔，不必用狂野的衝動去衝破心中的障礙（這會愈做愈複雜，甚至毀壞了自己的身心），假如我是你現實中一個阻礙你往前走的人，請你不必客氣地推開我，我會自覺羞愧地走開，並且向你說對不起，我不是有意的，我不會再讓你對我感到煩惱，但是基於愛你，我應退到一旁，爲你祝福，鼓勵你，爲你重握幸福而歡呼。當昨夜在電話中，你透露你近日來的憂悶和不平靜的心情時，我直覺到這可能是我的過錯，因爲這一陣子來，我可能太過先聲奪人，太過僞善，太過表達我對你的愛，這些壓力整個淹沒了你原本的衷情，你原初的理想和愛戀，你單純的生活和平靜的日子，混淆了你的思想，敵亂了你的理念的秩序，使你產生狂野的心思，甚至產生對世界的厭煩，對人的不信賴，意想毀滅你自己來平息這一切的纏絆。菱仙，我不希望你有這一類的憂苦，因爲面對某種抉擇而痛恨你自己；我愛你，是基於能使你快樂，且從中分享你給我的快樂；如果我愛你是基於我個人的自私，這是我的卑劣，且不配你也能愛我，因爲沒有人能從別人的痛苦中獲得快樂和益處的；我更希望你能有一份理智去分辨，是否我以虛僞的言辭來迷惑和陷害你落入不拔的境地的，只是想佔有你而故意表示我的寬大的胸懷。我不能確知我的心胸是否坦磊和爽快，一切都得由你去判定它是否眞僞，不能爲我的一番美辭所欺騙。你也不必以某種利益得失去選擇你所要的，應該請問你自己的心，由它去決定。有些事是十分弔詭的，眼前好未必有利於未來，面前的困難或許會帶來更大的美好未來，這種謎團只有你的心有穿透力能預知長遠的前景。哲學會把任何的選擇都說得完美無缺，也能把它們都說得一無是處，好似在美學的宗旨中，藝術品只有美沒有醜，而現實卻只有醜沒有美，因此才需要去創造，而創作本身就是美。愛是一種創造，所以它美。選擇也是一種創造，它同樣是美。而創造和選擇唯有靠你的心，不是被迫於外力，才能達成目的。菱仙子，你只能對你自己的命運忠誠，所以沒有所謂正確和錯誤的選擇，人不應站在十字街口太久，只有上路往前走是對的，一切路程中的甘苦都由自己去嚐，自己去承擔，自己去肯定自己的價值，不必跟別人做比較。當你去瑞士時，我只有祝福你，為你寫詩作證；當你回來時我仍然愛你，比以前更喜歡你。是的，當你來到我身邊時，我把你視為天使，當你離我而去時，我心中默默為你祝福。我少不了我的一些脾氣和難過，但它會經由我思想運轉而消失，我知道我內心要平靜和安穩，只有把思想將到愛你的上頭而祈福給你，嫉妒和怨恨只有讓心思折騰。所以，相似的道理，你應該去愛那個讓你愛起來心境會很平和和安穩的那個男人。事實上這一點是不需要我來告訴你，你自己也十分地明白清楚。總之，我不希望你現在把大好的時光用在這裡來折磨你自己，你還有身負的責任要去完成你的事業，愛情如果不能和你的工作相輔相成的話，要暫時拋開它，愛情會隨時而來，也會隨時而去，但成就你的事業只有一個，它需要全部一生的時間來建造。我希望我是你的好朋友，當你內心不高興的時候，可以讓你來窮開心，打罵和驅使；我也希望我是你的愛人，當你為愛情操煩時，能讓你狂野一番而平息了心靈。最好是我能被你視為親人，一天中看你進進出出，為事業或為愛忙碌，關懷你的健康，為你準備溫暖。其實我什麼都不是，你和我根本沒有分別，我這麼嘮叨愛說話寫字為的是要變成沉默，那時我們是合成一體的，有的只是氣息在交流；當我的生命漸漸老去時，我的心中只有愛，只希望這個愛能轉移給你，憑著這份思想去追求你的事業和幸福，去愛你的青春和愛你心愛的人，但別浪得過火。

十

如果我使用了虛僞故意表現出一種寬厚風度以贏得你的青睞來隱藏我的私心（前信提到這一主題），我要你以你的感覺去評斷它；然而私心與否和你的接納與否並不互相影響，有的人還認爲強烈的佔有慾是一種魅力而屈服認同它，這個意味著愛情的存在並不依據道德標準，強盜也有愛伴，什麼樣的人就有什麼樣的愛情對象是本有的慾求而非憑靠通俗的知識做取捨。愛情沒有私心是令人不能接受的說法，甚至讓人聽起來感到毛骨悚然，大大地對它產生猜疑，完全是不可信的論調。當然我是有私心，我要單獨擁有你，不想和別人去分享的心理是自然的事，在自然界則要產生爭奪，在人類則更擴大爲戰爭（特洛伊城的毀滅是因爲與希臘爭奪美麗的海倫），中國人的諺語還說「人不自私，天誅地滅」（這絕對是錯誤的，幾千年來誤導一般人走向人格的絕滅境地）。但是讓我們來了解什麼是私心罷，私心的存在到底佔在什麼心理位階，它是否應該被徹頭徹尾地視爲眞理而自始至終去執行這項指令呢？這個問題和置疑態度就能使我們明白，私心只是心的一種，不能視爲心的全部，「心」中有私心，但它不能完全代表「心」。所以在我們的生涯中摒除了全心而只有私心是不夠的，也是危險的，對私心的懲罰必定是嚴厲的，最後會是後悔莫及。私心雖是個人慾望的源頭，卻端看展現的行爲而定，私心的存在是天經地義的，卻從行動中分出善與惡。我們看不到心的形象，但行爲中我們體會了對方心的存在與好壞，「心」被加上好與壞後，「心」的存在就明顯而具體了。所以「私心」不能承接所有壞心的罪名，我們也不能全部以私心做爲藉口來度過這一生，因爲當後果來時，眞正的「心」會批判一切。再說什麼是「心」爲何它那麼了不起和權威？它的存在又爲何？人人都有「心」嗎？有沒有假心和眞心呢？簡單地說，一個人要知道心的存在和完整要待到臨終的一刻，一個人一生的所有工作意涵是塑造他想要的那一顆心。心是一個藝術品，我們活著就是做爲一個造心的匠人，夜以繼日，分秒必爭地趕工打造，在任何場所都不能忘懷這個神聖的工作，不論你是做什麼事（也不論工作或休息），那個心的樣式是逐漸在形成，做愛或殺人時也不曾停下來，罵人或抛菸蒂也是，我看到在我散步的堤道上，有人在木新水門的牆壁上用噴漆寫著：**雞巴，幹**！這個人無疑在他的塑心過程中是狠狠地把他的心鑿了一刀。我們不得不小心在最瑣末的事物中破壞了心的美好。要成就一顆藝術品的心似乎要謹言愼行。你我都明白台灣人的無知都在無形中做出壞心的行爲，更多的人類無知於善心善果的修行，成了惡魔的代言人。我承認我有私心，我想要你，想要你的全部，無時無刻我都想佔有你，以逞我的私心之快。可是，親愛的菱仙子，你不是一個物品，把你當成獎品來和別人爭勝負，你是一個人，和我一樣有心靈的人，你也有私心，也有塑造的工作在存活，那讓我羨慕的魯道爾夫也是；然而我們大家在私心的意涵上是各不相同，各個有境界上的差別，誰愛誰或被愛有它不可僞詐的適合性，每個人只好各憑本事和運氣去找到他的愛，絲毫沒有僥倖的餘地。同樣地，誰也不能爲誰擅作主張，去決定什麼事，因爲人都有他的自由意志可憑去選擇他意願的事。

因此，我的朋友，你何患憂愁和苦悶呢？像我坦拓地愛著你，沒有獲得你的回應，這與我有何損失呢？在我的思想裡，已經沒有私心的存在，它退到角落裡，在全心的照射下，私心像個小小心一樣躲起來不敢見天日。你沒有回應或拒絕，這也表示我們不能心與心相映，我應該自知回頭或打消佔有你的念頭。這不是羞恥或打擊而產生痛恨，這是經驗，沒有這層一次又一次的經驗如何正確地塑造一顆愛心呢？這個世界也許沒有一個適合我的愛人，可是我有一顆愛人的心不是同樣地重要嗎？在我的思考裡，單單愛什麼樣的人不是頂重要，而是培養愛人的心靈，這顆心靈會知道愛什麼樣的人。所以即使我沒有得到你，我仍然有這顆愛你的心，這才是眞正重要的，也是誠實的。你不應想不開，你更應該快樂，因爲有兩個正在愛著你，也許更多，時間會通知你去選擇你要的伴侶，你何不學學狡猾和靈活一些，去挑逗那些追求你的男人，誰給你最大的快樂你就去愛誰，沒有本事的人自然就走了。當然，你近日的憂鬱不完全是這個也說不定，每個人都有他不可言說的苦衷在心頭，我也有，這是每個人心中的秘密，暫且尊重個人隱私權而不去討論。所以，博含常對我說，「你的謙虛態度我受不了」，我有時也受不了他的江湖氣一樣；因此，這可以說每個人都有他的風格，使人喜歡或不喜歡，那麼我的風格是來自我的思想和生活經歷，如你所感覺的那樣，並非故意裝成以迎取你的好感，如果你不要我也難得逞，事情就是這麼單純明白，無庸再提了。讓我們爲此而達觀起來歡呼和高興，我親愛的菱仙子。

十二

當我坐在親水公園的斜坡椅子上望著你離我而去，越走越遠，直到消失在遠處的建築物的黑暗處，我的眼睛一直沒有離開你的背影；然後突然在我的視野裡是個沒有你存在的吵雜世界，整個晚間的表演已近尾聲，不耐煩的民眾到處四散地行走，大同小異的節目雖然還在舞台上進行著，對我早已失掉了興趣；我靠在那小小的椅背上感覺不甚舒服，疲乏的意識有幾次幾乎征服了我而睡著，但是我的眼睛還是一直望著你消失的地方，希望看見你重新出現。之後，我們沿著可通達的路徑去觀覽整個公園的規模，我們說話的聲音已因身體的勞累而變成沙啞，腳步十分的蹣跚，我們朝向傾斜的草地艱難地走上去，我的意識又開始模糊，我站在那高處望著前方的講台，四周水銀燈照在那一處地帶有如白晝般光亮，我聽不清楚台上的人到底在辯論著什麼，無論什麼事現在都無法讓我喜歡去投注，我轉身尋找著你，發現我是孤單地一個人站在那裡，一路上去來我們都互相牽著手，我記不得什麼時候我們斷了相連，我有些恍惚不解你會再度離我而去，這一次我完全不知道你到底走往何處，我心裡充滿著恐慌，在這麼偌大的公園到處都有黑暗，除了周遭有限的光亮，視線無法到達幽暗的遠處；我想著如何去進行尋找，因此我開始向四方呼喚你的名字，那叫喚的聲音好像無法傳播出去，而是消散到頭上的黑暗天空。我站著不想離去，怕你會回來時看不到我。許久許久，你都沒有出現，我開始有些黯然神傷，低傾著頭不知如何是好。我覺得我的意識又在進行著模糊清醒、清醒模糊的交替，當我一回身突然看到你在我身旁，彷佛你並沒有離開，只是隱形不見，然後再現形出來。我責怪你爲何沒有跟隨我而擅自離開，你說，「是你在跟著我而你沒跟上來，還怪我。」我的意識完全無法記住到底剛才我們走過來的情形，因此我想你是對的，只是我因爲心慌而有些混沌不清罷了。我現在追憶起這段往事，不覺對我自己發出這樣的疑問：爲何沒有你在身邊會讓我產生那麼深廣的悲愁呢？

我似不止一次對你提到此一特質和性格，在我的思緒裡或在某種環境中顯露出來。這可以追溯到孩提時代膽小的天性，我曾問及母親爲何在學齡時期拒絕去入學而慘遭父親的毒打，她說是怯懦使然。那時所表露的行爲是害怕黑暗和不合群，事實上後來的成長由於沒有受到開導而一直累積著，受到學習環境的打擊不斷地加深著，可是到了極限時，我開始由認知中去進行反擊和改善；然而它像是傷癒後的疤痕，一旦撫觸到這些傷疤就變成思想性的刺痛而呈現悲愁。那孩提時，我恨大人們單獨留下我在夜晚中看守屋宇，讓我遭受各種恐懼的想像，在無助的狀態下產生暴怒，以摔打東西來發散那份危機意識。不論你如何對我的此種性情評價，它的存在是眞實的，它是一種依賴情感的方式，想獲得常性的陪伴和撫慰以消除孤獨和寂寞。

我知道提到這些事本身十分無謂，也不能提供給你什麼愉悅的感覺，反而讓你意會到我的種種弊病。從人類的本身來看，每個人都有他個別的憂患和病痛，常需藉助於愛情或藝術創作來紓解那份拋棄不去的苦悶。宗教上的修練也常常被視爲消弭這種痛苦的必勝祕方。其實每個人都有他的生活之道。而所有的一切措施都是短暫的，不論是世俗的這一套繁瑣，或宗教上的那一套終極思想，從宇宙的觀點，人類的存在猶如太陽系邊陲地帶密集浮懸的星塵，每兩千五百萬年被所謂的復仇女神星的一次巡行而騷擾攪動，紛紛脫離原有的位置而失控在太空中成爲隕石（流星）；人類發生於地球在於白堊紀之後的年代，恐龍是白堊紀之前主宰地球的最大生物，牠們的滅絕在於一次隕星的撞擊；復仇女神所帶來的週期性的毀滅和新生，人類是這一期裡從外太空帶來的品種，萬物都由單細胞演化而成，只因地球滋長條件（氧氣和水）而存在和演進；然而下一次復仇女神的降臨（一千五百年後）可能就是人類和其他萬物的絕滅。

不論有多少的認知知識，我們的生存離不開那種可愛又可笑的動作，譬如蘇格拉底被他潑辣的老婆掃地出門後投往到那小老婆去。人類的心靈無疑渴望著愛。具有焦慮性格的卡夫卡在他生命的後期，自從認識馬蘭娜後，常常乘火車由布達佩斯到德國來和她約會；由於時間有限，他們只能在車站候車室或附近的旅店見面，然後再搭火車回布達佩斯。馬蘭娜總是由她的丈夫陪伴著，見到卡夫卡下了火車，她的丈夫便自行離開。有一次，天氣十分寒冷，他們在旅店交談，在街燈的映照下，他們靠近窗邊坐著，馬蘭娜拿出手帕擦拭卡夫卡臉上的眼淚。回家的路上，馬蘭娜的丈夫問她卡夫卡爲何哭泣，她回答卡夫卡快死了，他的肺結核已到末期。但是，卡夫卡並沒有先死，不久，馬蘭娜和她的丈夫被捉進納粹集中營。從此沒有訊息。昨日黃昏我再去散步，堤岸下有一對男女在花叢的遮掩下互相擁抱，我遠遠望過去，他們擁抱的樣子好像是一種絕望。

十二

我以爲沒有人眞正地見到天上牛郎和織女星的相會，所有的情形大都是如此：不是在仰頭向上看時他們還沒有相會，就是當你想看他們時已經相會過了。七夕的夜晚一定有許多的男女守候著在某些地點想看這兩個星座的接近和會合，最後都沒有人能說出他們那會合的眞正情形如何，總覺得他們根本沒有會合過。到底是錯過了還是他們沒有會合？這件事幾乎被愚弄了幾千年了。而現在的男女則無知地瞎跟著，在西方的情人節這遊戲上嫌疑著自己沒有自尊，乾脆也把中國的情人節搬上來，在台灣每個心癢癢的青春男女一年可以過兩個情人節，這是特殊還是無聊呢？應該是既特殊又無聊。我也乘著這機會出去風騷一番，在我給你打完電話後，不久，有一通電話進來，這時我已經在看書，差不多十點半，他是桃園的沙究，那個早年害羞答答老年患了焦慮症的有學問的人，他說他帶了一個女伴在外頭，想來台北見我，要我出去和他們見面。十一點半我們約在泰順街的博夏瓦會面。我們三個人終於在那不舒服的座位上喝酒聊天，裡面的座位也都擁擠著男男女女，看起來都有些異樣的快活，有人還比手劃腳地跳舞，平常冷清的地方今天卻熱鬧多了。後來有幾位見過面的人圍過來，談論七夕的事，我才說根本沒有人見過牛郎和織女相會，沙究解釋說星座的軌跡，造成接近和分開，這實在是一般的常識而已。我又說他們相會的時辰是夜盡天明的那一刻瞬間，而沒有人捉得準那一刻是什麼時候和景況，因此幾乎沒有人見過他們的眞正相會。更神奇的事是天上會落下幾滴雨，雖然是晴空無雲也會，那是織女的眼淚。

落淚的傳說是我童年的記憶，那時在鄉下，沒有情人節這種玩意兒。我才五、六歲，喜歡跟隨年長的鄰居姐妹們晚上到黑橋上乘涼，鋪著草蓆坐下來說故事和唱歌，她們已經長成肥胖高大（在我的年小印象裡），穿著薄薄的衣衫，可以隱約見到她們的肉體的誘惑和神聖，有時靠近她們，我的高度就在她們的腹部和大腿的地方，可以聞到她們的身體發散出來的氣味。其中有一位姑姑，把我拉過來抱著安慰我（我在悲傷飲泣），我的臉就壓在她腹部下方的凹處，張開雙臂圍抱著她的大腿和臀部，而那一三角地帶正好可以放著我的頭，我的臉埋在那裡感覺到一股奇異的魅惑，哭泣的顫動正在摩擦著那裡的陰毛而發出細細微微的聲響，但似乎只有我可以聽得見，因為我的耳朵也貼在腿股上。我的鼻子正好伸進那下陷的隙縫，她把我抱得更緊，幾乎使我不能呼吸，把氣吹進那雙腿的隙間，她的手放在我的頭上，好像要把我的頭壓進去她的裡面似的，我抬頭望她，她俯著看我，對我說：不要哭，姑姑疼你。所以，我懷著童年的記憶再看看現代的人們為這節日那麼盲動雀躍，就覺得他們實在太幼稚可笑。我曾對你說過，我不過任何節日，也不過自己的生日，並不是我不喜歡它們，而是我的心太悲傷反而顯示了一種冷漠和無情罷了。後來，我帶沙究和他的女伴去吃消夜，吃完，他們牽著手走了，我獨自開車回來；我覺得好累，想打個電話給你，看錶已經二時十五分，我想吵你們是不應該的，因此打消此念頭，息燈，走進我的臥室。祝你平安，我的愛。

十三

這幾日來，我覺得自己好懶散，心中充滿著許多悔憾的事；雖然有句格言說，你要獲得別人對你的信任，你必須對別人先有那份信任。人世之中，也許每個人都覺得自己付出太多而收獲太少。這種自私的抱怨常常在我們的心裡啃蝕著我們的心靈；想求得公正公平的心有如天秤一樣，你在一方加著什麼，另一邊的籌碼總會浮上來，而你如加重籌碼，則那一方又會嫌著不夠，屢試幾次依然不能平衡。人活著如此地義憤難平，無法獲得恆久的寧靜。從心情上去評量，我的日子過得時好時壞，有時快樂有時悲哀，有如身體上的健康，疲乏和旺盛的感覺互相交替著，並沒有所謂的常態。這半年來，自從認識了你，我的情緒起伏得更是巨大，難免有患得患失的想法。爲了安撫這股熱情不至於把自己燒焦了，我規劃了一段長時的自修來權充穩定的力量；這份學習對我而言固然是吃力，不論成效如何，還是能持之有恆。這種隨伴著愛戀而存在的學習精神，即使有一天熱情平息了，愛戀的對象分道揚鑣，這鞏固的精神還可以撐得住這傾塌的身體而不至於毀亡。人生裡所經歷的事物，不論結果如何，最後留下來的是人格的存在，而在那個時候，藉助天秤根本無法爲你取得公正公平，反而去自覺自己的人格存在才能獲得自我的救贖。

菱仙，生活中的點滴並沒有那麼多可以在書信中去陳述，何況我的生活本來就十分的單調乏味，想到外面的世界去攫取什麼快樂，到頭來只有討得一場無趣罷了。有時我自以爲心中有了你，勝於有那整個世界的繁盛和多樣。我很珍惜這份你給我的感覺，有如我們重視活著的那份存在的意識，雖然存在本身沒有絕對的甘甜和快樂，反而佈滿著荊棘和苦痛，卻是心甘情願的想要活下去。我是那麼感激你給我機會向你表達了我心中愛你的情意；當我這樣思想時，我就不會再去計較你到底有沒有多少眞情反映給我，你心中是否有其他的愛的存在。即使你一點點也不給我，可是我有的是那份愛人的精神，這雖是一種幻覺，但幻覺和眞實在存在的意義裡並沒有什麼多大分別。甚至，幻覺比眞實美麗多了，可愛而單純多了。

昨夜，我故意遲了一步外出丟垃圾，讓垃圾車開走到下一站去，我走過去把手中的袋子拋進車後的口洞，然後離開去散步。我還是沿堤岸行走，涼風吹來拂觸著我的臉面，和剛洗過澡的身體。我抬頭仰望，像是晴空萬里的模樣，然而天上卻只見到月亮和金星，它們是十分明亮地排在一起，十分的接近，比起許多年前我依照天文的報導說那夜是月亮和金星最相靠近的時辰更為相近，而今夜不是，卻看起來更是，為何？從地球的角度和天文的解釋相較是兩碼子事。我們的肉眼所見的景象有時和事實並不相符合，相對論已經盛行多時了，也沒有爭辯的餘地了，可是我們卻仍然相信內心的那份感情所願意承認的事實，有如昨夜我所見到的兩星相近的喜悅。是的，我是那麼的快樂，那麼的感覺滿意，可是別受這語言的欺騙，其實我內心是那麼的痛苦和悲哀；當我的精神是那麼的高揚快樂時，相對的，我的身體是那麼的深沉痛苦，在那樣的一刻是抑制不住會喜極而泣的。祝你安和健康，我的愛。

十四

昨日（廿七日週二）花蓮之旅與朋友乘火車前往，我的私心裡是懷著對那裡的思念，比較去年和老梁沿路開車而去的情形大不相同，那一次沒有這一次那樣具有懷鄉病的情緒。時間是那麼有限，一天中早去晚歸十分短暫，只能安排探望兩個地點。午飯後迅速驅車到太魯閣，兩旁的林蔭馬路依然如昔，青翠陰涼與新鮮的空氣，我馬上憶起生活在那裡時陰雨的冬天開車經過，雨刷反覆掃著淋溼的車窗，彷彿在擦拭我滿臉的眼淚；那些日子裡車子在馬路奔馳，單獨的我總是沉悶地思考著，望著風景意識著孤寒的存在。上了公園房舍區的坡道，我由側邊窗戶望西邊的山區看，那始終讓我懷思和沉沉屏息的陰核山座清晰地映現到我的眼簾，如此美麗地凸出在兩側邊太像陰唇似的山座中央，沒有人知道這個景觀有如此地隱含著綺麗的象徵，如此具體地擺明著這麼使人想像的意味，如此地龐大，像是一個巨口，要吞下所有具有靈魂的生物，由那河道進入，使人陶醉在美好的安慰裡而死亡。站在公園徑道上，我去觀察我曾取景的那些樹木和山巔，我畫下了一張富有交響詩的秋日午後的油畫，那時我的思想裡充滿神秘的想像，在金黃的樹葉間飛行著一隻象徵的鳥。這是我在花蓮的最後一張畫，心中已經打算離開這美麗之鄉，像那隻鳥要飛出樹林，心中充滿著徬徨、掙扎，以及探尋未來的愛情的願望；在那張畫裡的那隻鳥發出哀鳴的叫聲突破了自然的交響聲音，彷彿一種告別的音符來自我流浪漂泊的心，向自然和美麗說再見，到人世熙攘的大城去尋覓投胎於人的麟獸，像傳說中尋找墮落天使的使命，當我遇到她時一定能認識她，她有奇異的外表，奇異的聲音，不可測知的性格，有如我在兩天的午後邂逅你，我就知道你就是小麒麟，你給我的快樂和痛苦就是那麼具體和神奇。愛情就是一種連繫，把古老悠遠的來源的兩個元素結合在一起，有愛情才能產生一種視野，認知人世和自然，知道人心和象徵，知道誕生和死亡。啊，人間無疑是那貪戀的纏綿和繾綣……

日落前我們來到七星潭海濱，我坐在佈滿奇石的海灘注視捲動的浪潮，這是我離開花蓮前幾個月每日黃昏必來散步和沉思的地方。我那時已經結束了創作，已經沒有靈感，一個喪失愛慾和心靈的人，一個憔悴和悲傷的人，有如醜惡和卑鄙的靈魂在辜負秀麗壯大的自然，我感到羞恥，所以我必須走，走往一個骯髒污穢的大城去，只有那裡能再一次的試煉我的心志，只有那裡才能凝聚破碎的心，再度尋回青春，才能完成使命，如果我心愛的人在那裡，那麼總有一天我會在那裡看得見她，在千百萬人中辨識她，從她身上我會看見一切自然的象徵，我會撫摸她的全身，熟讀她的肉體的韻曲，服侍她，彷彿服侍我那顆驕傲的心，使她和我都充滿了燦爛和歡樂……。

回憶的無窮使現今能產生一股希望來，回來時我馬上給你打電話，告知我的今日的行蹤，有時去回味和重睹過往的景物更能清楚地認識自我的形象，那時的寂寞和孤獨在現今的心靈中變成一種無上的享受和驕傲，我相信我能認識你，是我自來苦心的報酬，讓我能眞心誠意地愛你，珍惜你。

十五

如果我沒有再補一封，那麼這是你在泉州時我給你寫的最後一封書信，當然這是九六年七、八月的事，明年要是你再來學習，也許我會如法炮製用書信來傳達我對你的想念和愛意。有些人採取某種行動會有濃厚的目的論調，這是很正常的辦法，我想有時我也是，然而當我這樣做時，是否會獲得它應有的結果，已經是另外的一回事，眞正的重要性是我有沒有去實踐這個行動，去做這件事本身才是它的意義所在。我不知道你是否會覺得奇怪，難道我給一個女孩子寫情書而不想獲得這個女孩的回應，到底所做何爲呢？我不否認我是要她，渴望得不得了，但是到頭來，終於得到這個女孩的愛與寫成的這些書信已經是分開來的兩件事。如果沒有得到這個女孩的愛情，事實上與這些書信也是分開來的兩件事情。我們姑且不去論說到底要多少的份量才能獲得愛的回報這一方面的事；以前常常有這樣的事因爲聘金的數目談不攏而取消了婚姻關係；就像到底要寫多少或多久的時間才能感動一個女孩的心，這是很難去界定的。在我，更不可能自我以爲給你寫信就能感動你，然後去索求你給我愛，事實上我給你寫信只是讓你多方面認識我而已，如果我們平常都能見面，也就不用寫信了。我們心中能受感動的往往是美的本身所呈現的行爲，美的行爲是生活的最大意義，如果它能帶來報償當然更好，如果沒有，那過程的存在已經無所遺憾了，這點就是我所要說的主旨。我高興的是我能如願的完成我的這份自許，我感激你的是你成了我敘情的對象，如果不是，我說不出我心中愛你；當一個人由衷的叫出我愛你時，不論你在不在場，它已經完成了。當你在讀我的信時可能會知道這一層意涵，好像音樂，它只存在於演奏或歌唱的時空，那一刻就是它的一切和永恆。

近日來的午後雷雨是往年不常見的現象，就是有也不會連續四、五日這麼多，而且是很短暫的時間。這樣的雷雨自今夏以來，出現了許多次，我記得七月底的賀伯颱風之前有過，之後的是八月十日左右，後面的是現在，整個下午即雷鳴雨下起來，到黃昏爲止。雷雨是自然氣候的兩面性動作，雷聲低傾時十分可怖，帶著懲罰威嚇的意味，但那嘩啦啦的雨聲撒下時，一股涼氣自屋外侵入屋內，有時我躺臥在床上（午睡），感覺它撫涼我的手臂的皮膚，漸漸我的全身都能透涼起來，好像一種慰藉似的觸透平息了剛才威嚇的雷吼。昨日的情形更是兩者同時到來，兩種感受同時在心裡滋生著，在這樣的時候想到你，想像你來到我的床邊注視我的貪婪要求，在你下狠話對我的同時，你的手已經被我拉住了，你的笑靨表情掛在長長的嘴線上，假裝的凶狠眼光與獻身的動作同時展開，以及我越要求你越抗拒的扭動也一起連續出現；是的，你的矛盾的表達是引起我接受最大誘惑的關鍵，假如有一天，我會情不自禁地而安息在你的懷裡，這是非常有可能的事情。假如這是預言，我也心甘又情願。

你即將回來，在今天之前我不敢在這裡提到，怕我自己喪失了耐性。人有時會在思念過度時崩潰，男人會精神錯亂和自瀆無度而自毀，女人也會在渴望過度時，一觸而血崩不止。只有人類會爲愛情而死。當你回來時，我們應該有一個新的開始，而且它必然是一個嶄新的境界，那是一個使心智成熟的努力，情愛不僅是身體慾望的享樂，它更是心靈運作的滿足，這一切都是應該學習的課程。

昨日（三十日）我開車到民權東路六段的時報廣場去觀賞漢唐樂府出國前的演出，我抱著欣喜和期望的態度坐在那設計平凡的劇場座位上，節目終於演出了，一個接著一個，也終於讓我的心變得冷淡和無趣了。這個被宣傳包裝的劇團，其整個內涵實質卻使人完全的失望。這是一個藝術總監的涵養不足所造成的膚淺結果，漢唐樂府就像餐館菜單上輝煌的名稱，當那盤菜端上桌時，一旦吃到口裡總是和想像的有一段距離，這是國內藝術團體一貫的毛病，在演出不精準的情形下，使人對樂曲本身的精神產生懷疑，好像漢人的心靈自來就是那麼貧弱和無奈。他們有非常嚴重的訓練錯誤（如演員身體的移動和走步），雖然有特殊設計的服裝外表，卻無法從內在湧出該有的律動來產生美感，個個有如傀儡般呆板而無生命。這種藝術力的不足，只有讓人對南管精神的平凡誤解，他們應該去爲蜜絲佛陀化妝品做廣告，去展現面龐和身材以引起購買的慾望。在五個節目中，我只看到一個單獨個人有個比較有水準的演出，她抱著琵琶，一面彈一面唱，聲色和形態都很美好，可惜另一個表演者的木訥卻難配稱那淒麗的音調而合成爲一個完整的作品。有些不耐煩和看不到特色的觀衆，在節目與節目之間的暫停時間紛紛離席而去。散場時我走出來，心中也覺得這樣的表演到底是怎麼一回事？

今早，我站在窗前凝思，我好盼望你現在就回來，和我一起吃早餐。因爲昨夜去聽漢唐樂府的演出，我現在不由得記起我們在海灘躺仰在車子內，你爲我唱了一段樂曲，曲中敘述一個女子在趕路，蝴蝶怎麼飛舞……整個是那麼生動和明亮，加上你聲色的嬌美，你知道我是完全被你感動和蠱惑了，我從來沒有喜歡事物像喜歡你的唱聲，我好珍惜你這一點，這是自然天生的，用這樣的聲音罵人，也完全能使人高興和享受。回來罷，菱仙，回到我的身邊來，和你在一起就像沐浴在銀色的河裡使人陶醉和快樂，有如在圖畫裡一樣那麼美好，想到這個，我就想放聲大叫，呼叫你的聲音越過高山大海，傳到你的面前，傳到你睡夢中的情境裡，讓你聽到我的聲音而醒來。我的心的所有籌思都在爲迎接你而準備，我希望每一個黃昏都有你和我共進晚餐，每一個夜晚都能擁抱你，每一個早晨都能看見你醒來；你的每一個字音都能被我收聽，每一個眼神都能被我了解，而且了解得最深最遠，讓我們的快樂和疼痛都能夠共鳴。眞的，在我的生命裡，世界上沒有任何一件事比我愛著你更重要，因爲你存在，帶給我內心的光明，讓我產生清醒和理性，讓我意圖重建我的青春之愛，也讓我肯定愛你的價值，使我所做的每一件事都是爲著你，爲著我，爲著生命的價值意義，爲著認知所有可以感覺的一切，爲著創造，爲著自然賦予我們的能力去表現，當一個人愛著另一個人時，他就是在愛全世界的人類，這是那麼地微妙和神奇，那麼合理；菱仙，回來罷，我在等你。

十六

請聽我唱：

我心內思慕的人，你怎樣離開阮的身邊，叫我爲著你暝日心稀微，深深思慕你；
我看見思慕的人，站在阮夢中難分難離，引我對著你更加心綿綿，茫茫過日子；

好親像思慕的人，優美的歌聲擾亂阮耳，動我想著你溫柔好情意，聲聲叫著你：心愛的緊返來，緊返來阮的身邊。

古代的希臘人，尤其是那些哲學家，把人活在這世界上，思考出一個認知上的秩序，首先是智慧，其次是健康，再其次是財富，最後是愛情。他們這樣說是很有道理的，但是可別誤會愛情是最不重要的，所以才排在末尾；以爲智慧又是最高的境界，所以排在首要的地位。依我看來，眞正在這人間上，愛情的境界最難達成，它雖然每個人都在奮力追求，卻無人能說出愛情的滋味是什麼；每個人心中都在盼望，卻無人知道愛情的眞象；人們對愛情只能說處在一知半解中，無法完全了解清楚美在那裡，苦在那裡，樂在那裡，甚至到最後都紛紛地逃避愛情，去歸佛，去自殺，好像愛情是一場渾噩的夢魘，是人間最爲流行的瘟疫，有的人整日都在它的病痛中過日子，情形十分悲慘，這到底是爲了什麼呢？又如何去解釋呢？沒有人眞正看清楚它嗎？希臘的哲學家們因此不得不提出了他們的警告，要人們在人生的旅途中，定出努力尋求的目標，千萬別打破了進程的秩序，要大家最好先追求智慧，否則將來的誤失就太大了。

簡扼地說，他們要把智慧排在前面，無非是把它當作建築的地基，好比當它在蓋一幢生活的屋子，這地基就是清明理性的知識，了解環境和人事，一切是否都已經堅實而牢固，思考是否完備而沒有疏忽的漏洞。當屋子在起建時，猶如一個人要鍛鍊自己的身體，整個體魄是否能經過風吹雨打，常年健康無恙，使有巧健靈活的手腳，承受生活的負擔，這所房子住起來是否安穩舒適當然是十分的重要，就像沒有好的身體，對一切都不必奢望，而好的體格對什麼都抱著美好的希望。財富好比是室內的設計，而且財富也好比一個人心靈的豐富，要是一個傻瓜有很多錢就不是這樣的一回事，所以財富不但是眞的要有點錢，更重要的是有明爽的心智來用錢，這才是擁有財富的最佳意義。那麼最後不言而喻，愛情的條件必須具備前面所指的三件事和工作，愛情的存在就存在那基礎裡，那樣的能有智慧、健康和財富的天地中，沒有就無庸奢談愛情了。或許有人會說，他不相信那樣的布局，愛情是一種天生自然的能力，在任何情形下都能愛得很爽快，愛得很高潮。我不完全否定這點，問題是爽快和高潮下不能完全代表所謂的愛情，它們有些是畸形的，是短暫的，風吹雨打就散掉了。聰明的古希臘哲學家所爲人類思考的當然是完美的愛情觀，這才是値得追求的目標，不然就不用去解釋了。

菱仙啊，請聽我唱：心愛的，緊返來，緊返來阮的身邊。

一紙相思

一

你說你要去住新莊，我聽到時心裡感到一股淒然；你說這樣的話可以有多一點時間和老師在一起多學一些東西。不論如何，你要離開木柵，這事使我想起去年你遠赴大陸長達兩個月去學藝，我一個人在台灣獨自生活心中懷念著你。你的離開使我頂難過。事實上，你每天出屋去工作，我在家總是掛念著你，尤其我不希望你太晚回來，深夜在這個城市搭車總叫人提心吊膽，直到聽見你的敲門聲才放心，每日都這樣演著失去你又重得你的悲喜劇。我們曾經談論過，換一個地方居住，靠近江子翠附近的地區，尋找可讓我們方便生活的屋宇，經過幾次探訪，總是沒有那種適合我們的經濟條件又可資我們心性滿意兩者都配合的房屋。眞的，在這個繁華城市，我們工作的賺得永遠抵不過生活的開銷，你知道我的年歲已經無法再去多賺一分錢，你似乎也無能爲力再掙取那最低的工資之外多一點的酬勞，學習傳統戲曲的技藝，甚至連演出的工作日也沒有額外的表演費。我不是爲你特別抱不平，在現實環境中從事民俗藝術的普遍事實是不夠受重視，但爲了這志趣也就心甘如飴。所以說要想辦法改善，還是一直留在木柵這陳舊的小房子裡，你每日那麼長路程的奔勞實在使我好不忍，心中唯一的期望就是你能愉快工作和平安回來，對你溫柔和快樂的與你交談，使你感覺在這個無華的房舍裡也能心身愉悅而勝於一切。所以你說你要去住新莊，對我簡直是晴天霹靂的一擊，我毫無招架的能力，只得眼睜睜地看著你帶著行李走，我沒有說任何話，也沒有力量說出半句話。

你走時正值中午過後一時的時辰，我只得躺在臥室的木床上流眼淚，雖然可能只是暫別，但我的感受與永別無異。因爲那是我的過往全部生涯的體會排山倒海般地傾注出來，我是用著我的所有經歷和認知在愛著你。我愛著你正如我愛著自己，我看不到你有如看不見我自己。我認不得我自己，這個世界猶如虛空，那麼我的生命變得頓失了一切意義。有你和我生活在一起，我的日常工作是從容且帶著無比的欣快，即使是走到廚房去洗一個杯子都產生著樂意的感受；然而沒有你，一切似乎都變得厭煩，怠惰和疲乏跟著淹上來。自來我善於獨居，不論在年輕時或晚近的歲月，都有滿長的單身生活的時光，甚至發孤僻性排拒他人，在鄉下住有時好多天不想和人說話，只喜歡窩居在屋內做木工，黃昏時走到鄰近的山區看風景，夏天在海邊沙灘也是獨來獨往，這對我來說是頗完美的生活，只有這種方式的生活能充分地在思想裡關懷到別人，而且在必要時才去接觸人。直到我邂逅你，菱仙子，你是個仙女，一個在地的天使，雖然我的心田貧瘠，我的思想庸凡，我的體魄不壯，但我想著去耕耘一份或許是超過我的能力的愛，試著考我是否還能愛人。是的，去愛人和愛情原是兩回事，愛情在生活中普遍發生，愛人狀況不同，另有一番義理。這種愛與聖人的愛也非相屬；聖人愛衆生，高高在上地教導人們，且受到膜拜和敬仰；而我所言及的愛因爲我是平庸，不爲事功所導，只卑屈的示愛個人，直接地爲對方服務而非遊戲享受。這種愛就像是有一種花長在荒地，由於易受風吹雨打反而固執奇異地茁長，它沒有觀賞價値，自知有限的生命，因此堅持單純的愛意，我思慮於此，盈眶而淚下。

晚上吃著自己做的飯菜覺得好乏味，沒有往日吃自己做的食物的那樣得意和興趣。我平日喜歡自己動手做餐，你知道我不習慣吃外面各種各樣的美食，而今天我特別感到自己做的東西異樣地平淡，像是缺少了熱情去做，也缺少了心情來吃。當然你知道爲什麼，平常你去上課，我還是一樣一個人在家用飯，只是今日心中有愁意，所以覺得今夜的餐食已經多餘了。我倒酒來喝，呑飲下肚覺得醒事不少，我繼續喝，直到酩酊，神志又變昏暈。

醒來時我的心情十分地冷漠，生息微弱地靜凝窗外的幽明，見不到任何明顯的形體。這冷冷的心有如多年以前還住在鄉下一個人獨處的狀態，寂暗無人般被封閉的氛氳所包繞，只覺知自己醒悟的意識了然自己還活著，意會到一種綿長無止境的孤寂，時光是否前進或停滯已經不重要。我不準備去動顫我的身體，知道晚間八點半的清潔車剛過去，我憶起我是被一陣喧鬧和音樂所驚擾，不知道是誰出的主意收垃圾而採用少女的祈禱這節音樂，每天聽它，反覆不已的播放，讓我爲貝多芬感到抱憾，遇到一個凡事都會作踐的民族誰都不必再生氣，只得讓心靈變冷變死。

我想最好是想辦法用一點時間來給你寫信，用電話殊少能傳達我對你的戀思和愛意，我化身爲文字讓你有空時看到我對你思念的模樣。我最好能寫些輕鬆和滑稽的事情來使你展讀時發出笑聲，你曾說過我身上的一切顯示和說過的話都會使人第一次反應是覺得滿好玩，透過一陣發笑明白了眞意。不瞞你說，我很早便知覺我對周邊事物的看法和別人的感受有不一致的情事，我第一次由老遠的鄉村來大城市就學的第一堂課就那麼不合規矩地表現出來，老師站在講台上說課，同學們嚴肅而安靜地聽，然而老師的鄉音話和猴樣的動作令我忍不住發笑，他搞不懂爲何我持續不停地發笑，他甚覺莫名其妙，最後他生氣了，罵我神經病。我的異於常態演變到後來同學和老師聯手痛恨我，教官捉到一個把柄終於將我踢出校門。這樣可笑的世界在那時沒有一個人同情我，出社會做事亦是一般，我像一個永遠被曲解和排斥而始終不知悔改的笨蛋，孤此一者自得其樂。我恆常在電影院一個人玩味地笑，等到全院爲某一段落齊發笑聲時，他們回過頭來視我如何，我靜靜坐著，並不覺得剛才的影中情節或劇中人物有何應笑之處，好在你和我相識後已經頗爲了解我的荒謬。我不知道我會不會持續履行我給你寫信的承諾，我不必肯定開給你這樣的一張支票，我只做對自己的期許，你也不必期待我的文字會合你口味，要是我的思緒顯露的只是一顆淪落的心，請別抱憾。像現在，夜已漸漸深了，我最好起身去散步，到河邊去看夜景，就待這夜闌人靜不必像白晝與城市的紛擾擁擠混雜的時候外出，在夜色中我不必看清楚任何有形的事物，因爲那條河在夜中就像你赤裸的女體在幽明的室裡，愛你如像原本自然而存在的一塊大地，你是那意味深長的優美之河。

二

那夜我站在橋上俯視這條景尾溪的水流，濃黑的岸沿把溪水的形姿輪廓出來，由近而遠地看它，那修身的軀身以及意會到它流去的動向，有如親睹一位下床而去的赤裸女體的背影，昭示著美麗事物的哀怨本質。我非常驚訝地發現，以前我只感知它潺潺無休的流意，那些每一區段的色澤，每一個部分的不同肥瘦，在白日的光亮下巡視的是一種細瑣，沒想到在夜空的覆蓋下，它呈現一個完美的整體，更富於存在的史實，它幾乎魔惑般地令我心生遐思和感覺自己急促的心跳，有如你匍在大地上哭泣使我束手無策。這種驚覺加深了夜的神秘，彷彿我的心思更爲淒楚了。此刻我思念你像注視這條河只有一份衷心的寄望。

一夜的失眠也使得我想及你在新莊的第一晚是否睡得安穩？記得去年春後我第一次引你走進木柵，你整夜不想睡眠，我們話談到天明。你去大陸之前幾天我變得冷漠極了，而你登機的那一天我又變得非常的激動，另一方面我們由宜蘭回來就與夏季的傷風痛苦地相搏鬥。現在想及那時的狀況，再體會你目前離開木柵去新莊，你不覺人生十分地無常和波動嗎？甚至我們也無法保持情緒的穩定，相處和分開就是兩種情緒，互爲因果，由此端流向彼端，彷彿沙漏，倒來倒去，所有的就是那麼一些沙。我們的身體生命具體言之就是那些沙漏的沙子，我們的生存空間很狹窄，像玻璃容器。如此胡思和自憐才使得我有一種容忍的生存勇氣而不致無端地排放傷害到他人。這種不休不止的思念只有到死才能終止。

我的心思所做超過日常事實的假想，你不必爲此而顧慮到我的安危，你最好把我寫給你的信當作我們面對面的款款討論，兩人在一起生活互相傾訴和關懷應該是一種必要的日課，僅只依靠角色的規範很快會封死情愛的源流，到了相互爭執所謂權利和義務的時候，恐怕一切已經無法挽留了。不論是誰提起一腳踩破了共築的巢窩都一樣，然而在我們生活的環境裡，似乎大都歸咎於男人的錯。你提到一位大學的朋友，畢業後放棄自己的事業前景和一位相戀的男友結婚，十年後的今天，面臨了破裂邊緣，丈夫在外有情婦，三人談判，說要互相接納和包容，我說天下有這樣好的事情，誰都想要那樣辦，恐怕內情不像說的那麼單純，可用容忍來成全一切。後來你道出事實，原來長久以來丈夫回家就不肯和妻子溫柔情愛地睡在一起。我非常同情你爲你的朋友抱屈而說出了這一份怨情。當我們在討論這件事情時，我說出了我的見聞來：我在鄉下住時，街上有一對男才女貌、年齡相當而令人羨慕的戀人結婚了，男生是忠厚老實的鐘錶師傅，因此兩個人共同營守那間光彩奪目的鐘錶店，幾年下來恩愛有加生下兩個可愛的孩子。那女生在街市上人面十分好，因此被招募去做拉人壽保險的工作，不久因成績斐然而調職到城市的總公司去，起先每天都可以見到她早班火車去，晚班車回來，後來就因爲工作繁忙的關係，隔天才回來，漸漸地，是三天，然後是一星期，之後就不回來了。有時我開車會路過那一條街，轉頭望一眼那家有些污損的鐘錶店，老實忠厚的師傅不那麼英俊了，呆滯地坐在玻璃窗櫥後面，前面走廊上兩個髒兮兮的孩子在玩耍，每次我都覺得自己很慶幸，沒有見到那兩個可愛的小孩痛哭流涕。畢竟我離開那裡已經許多年了，要非你關懷起你的朋友來，我也不會想起鄉下小鎮的這則故事。

你聽到這個見聞後完全默然，兩眼刺穿我似地瞪著我。你吵著不放過我，說我每次說出來的事總叫你心裡好不平靜，要我想辦法補償恢復你，我說又不是我負了你。幾萬年幾千世代過去，人類演化從古至今，誰也沒有佔到誰的便宜，兩性之間它的最神聖的公約乃是爲了履行自然賦予的使命，認知它的源頭，相愛就成了必然而沒有怨尤了。

現在我不再跟你說這些，雨下得好大，前陣子的雨時下時停，你走的那個中午暫時停歇，到了黃昏突然傾盆倒下，晚間的新聞都報出中南部的災情。而今天已經落下一整天，但我還是舉傘要去觀看那河在雨中的樣子，自然景象的美幾乎可以言喻我們的心靈結構，那溪流的相貌和姿態與我對你不在時的想念相溶合了。它漲升了，混濁而湍急的流去，有漩渦和奇險，帶走半沉的雜物，看起來使人驚駭。這喻象可追憶釋迦對無常人世的觀察和覺悟，它一點點一些些地累積，啓開我愛你和關懷他人的祈願，這靈感一定曾經埋藏在我的心底許多時日了，在我的卑賤生涯裡，不時地翻掀出來鼓舞著我，使我產生不安的躍動和創作的欲望，我幾乎不能用現實的名利去驅動我的生命，反而在名利的無望中轉移去注視自然，從它的默示裡顯露著我的心象和用意，眞確的，逐漸地去淡忘對人世名利的依賴，所獲得的是一種傾向實存的思想，從這一轉捩點去關注存活的人世，在那裡能夠去蕪存菁地認識和經驗到美感，這是我們應用著毅力去學習藝術的最高報酬。

三

每天我都劃分一段時間來練習琵琶的彈奏，自認識你後，我才開始體會南管音樂，我心中的感激無可言喻。南管戲曲的律動，當可比美西洋歌劇的詠嘆調。我認爲你的歌聲是這類傳統樂曲所需求的最佳音韻，加上身段的表達，構成一幅動人而完美的唱曲藝術，沒有一次聽到你正式的演唱而不感動和讚賞你天生的才質優美。有時你顯得疲憊和洩氣，冷淡而漠然的神色令人恐慌和著急，我試著爲你解惑，裝出我笨拙可笑的滑稽相來使你暫時分心，等到遊戲過後，我會回轉過來追究你懶怠的因由，從學習歷程、人事紛擾中找出癥結，平心靜氣地把實際的情形陳出，把目前的學習阻礙得以看清楚，好像我們在荒郊藉一根竹杖撥開雜草亂叢好找出一條可行的通道繼續前進。重新看到你的眼亮和笑容我總是十分的安慰，我們內心裡的蕪雜和混淆情事總需要有同伴的幫助才能快速的撫拭而轉成清朗。你獻身於南管藝術是你最大的驕傲，是你在人世裡最好的選擇，沒有任何財富可比擬，即使你生活中的愛人也不足以比它更牢靠和寶貴。我此時的學習自當不能與你相提並論，我的作爲不在於成果而是一種認知，它增加了我的學習經驗，肯定事物的美善，充實我天生貧乏的資質，從我向你討教受你指點後，我彷佛有了新的生命精神，新的生活樂趣。

我們分別了幾天，你回來看我，與你一同來的是幾位老朋友，其中有一位法國來的艾茉莉女士，她是研究台灣民俗陣頭踩街的學者，十幾年來她與本地的交誼頗深，說的一口流暢的本地話。說來巧合，十年前，她與男友相攜到鄉下找過我，因此也算是認識不陌生，但在我的記憶印象裡，艾茉莉的模樣似乎改變了許多，由樸素蛻變成銳利，一個青澀害羞的女孩轉換為成熟的女人。我老是記住她曾說她的身體不會流汗，這事不僅特別，而且我總是把它當成很可玩味的戲謔。我問她現在還是不會流汗嗎？她回答現在好像在特別熱的時候會流一點點。這樣的事體不料卻添加了大家相聚的愉快，我也為你們的到來準備了菜餚和酒。一盤白切牛肉，一些煮蝦，涼拌竹筍，和一人一份的奶油蛋糕。你的回來，使我心花歡放，快樂異常，你的面容因為飲酒的緣故呈現桃紅色，兩頰光潤，更加彩繪出你臉上輪廓的特殊美麗。這些你不自知而自然顯露的神態，我還記得另一次在城內你迷誘我的印象。我們和幾個朋友相約在一家餐廳吃飯，你坐在我的斜對面，整個吃喝和交談的過程，我都在留神注意你神采逐漸的變化；在那裡，我似乎見到了一朵花，由含苞到展開，我的心在歡躍，肯定那是人的自然活樣，經由養分的催促和歡樂的心，呈現出結構和色彩的美好和明亮，這使我感到驚奇，喚醒我內在的慾求。

我有生將不會忘懷，深夜時分，從新生北路高架橋下附近的一條幽暗巷子走出了你的形影，已經是深秋初冬的時節，你裹著擋風的上衣和長褲，肩背上吊掛著皮套裹著的琵琶琴，這特殊的身影集中我的心思，凝注著你一步一步地走前來，我站在橋下停車場處等候著你。這酷似流浪兒的身姿直呼著叫人感動，有愛憐和疼惜在我的內心滋生著，眼睛模糊而濕潤起來。你走近來望著我，好像察覺到我心裡的顫動，你原本極為平常的態度突然因為這種感應而羞疑，我伸手要去解除你身上的背負，你扭轉開了，移到我的身側，問我：你怎麼了？我馬上展出笑容說：沒有什麼。回到木柵的家，解開皮套，現出琵琶那可愛的樣相來，從來沒有一種樂器像它那樣更像仿古代的仕女的模樣，我目不轉睛地注視它，摸它，舉它，試著挑動它的琴絃，它的清亮和果斷的音響讓我震嚇了一下。那樣的形態發出的又是那樣的聲音，將是我永遠不解的問題，也會有永不休止的思考。這就是了，彷彿命定似的，我會愛它和學習彈奏它。那夜你背著琵琶和我一起來木柵的印象從此沒有離開我的記憶。之後，我要求你教導我，從認譜到親手撥絃，從你的示範到我一音一音地學，每日用一點時間來親近它，來了解它。當屋子裡只剩我一個人時，它就像你對我的祖裎慰解著我有時候的寂寞，我滿心對你崇愛，愛你和愛這隻琵琶琴。

四

電話給你，問你：你跑了？是，我跑了，你回答。那麼我去跳河，跟河水走，我說。很好，你去跳河，跟它走，它比較溫柔，也比我美，你去愛它，你說，一直說，像歇斯底里說不停。我急了，我打斷你的話說：不，你比較美，我愛的是你。我說我去看河是因為你不在，我只是散步解悶。可是你說到它比說我的更多，它是那麼豐饒，那麼美麗，你不必再騙我，所以我跑了。你又說：總有一天我會跑的，你可要有心理的準備，這就是女人。是的，菱仙子，有一天你會眞的走，離開我，讓我恢復我原來的樣子。但你不會寂寞，我走時你不會寂寞，也不孤獨，寂寞的是我，我從你身上看到我自己的寂寞，你愛我，所以你把你的孤獨和寂寞推給我了。我就是從這件事情上看到這一切的。你在嚇我，我說。是，我在嚇你，現在要好好地嚇你使你不安，有一天我眞的跑了，你就不會太難過。你眞壞，菱仙子，你現在距離我那麼遠，你就是肯狠心，忍心嚇壞我，使我活不下去。我的心好像響起琵琶的聲音，那斬釘截鐵的音句刺激著我，幾乎要使我變得惱怒和焦躁起來。你曾說初聽琵琶會有相互排斥的感覺，非得將琵琶入心才能接受它不可。你在電話的那邊，我開始聽到你的笑聲，美妙的笑音，你那演戲的聲音笑得好動人，我從來沒有會見過那麼美質的聲音。當一個人自認此刻擁有那美質聲音的愛，他就無法想像有一天那發出聲音的人離去了，愛不到了，他會變得怎樣的無依和寂寞。我也許不該提到我在散步中發現的河，我更不該把河做爲比喻。可是它是眞確的，我散步過去時看見它在大地上，我回來時它在我心裡被想像著，從客觀或主觀它都存在而不會消失。我屢次提到它，是爲了讓你知道我想念你的心思是什麼樣子。有時，我們會互相說傻話，像在戲台上兩個人相互配合，把某種現實放進來考驗著我們，而且把那種現實當成是眞的；可是我們眞不知道它是否會成爲事實，當接觸到它時，會是一種什麼樣名符其實的痛苦。我打電話給你，有時把我赤裸裸的心慌呈現給你，把我害怕的事告訴你。我的一顆心幾乎被所有可以意會到的恐懼佔滿著，我走到那裡，它就意會到那裡，不論是過去或現在或未來發生的，全都會把心佔滿，不論是發生在別人身上或自己身上並沒有什麼兩樣，好似全人類共有的是一顆焦慮而害怕的心。而你總會應和我，成全我心中的恐懼和擔憂。

五

說實在的，在去年底時，我並沒有保持十足的耐心陪伴你去爲你父母的新家選購家具，時間拖得太長使我常常冒出急性脾氣，倒是相對的你表現得很沉穩。我想你那遇事從容的功夫是長期在劇場培養起來的，挑選時品質樣式和價格記載十分清楚。你很像將軍，我是你的僕從，面對商家，你顯得穩重和具有威嚴，有時我會按捺不住講價的拖拉戰術，但取得勝算的還是你。一個原本空蕩的屋子要擺滿各類的合適家具，不是一件在短短時間就能購備齊全的容易工作。像這樣全神投注和參與，是你和我頭一次合作的事。說來慚愧，我的過往日子，也曾經在不同的時空布置過生活的家，但與這一次相比較，實在是太過簡陋和不完備，可用寒酸去形容。我的半世紀人生都在奔波流浪，在自己生長的國土遷徙生活，從來沒有賺得一個配稱舒適滿意的家居，與我共同生活的家人都只得一個基本的溫飽，當孩子出生時，總得想法去借錢做生產費，現在他們都長大成人，各自獨立生活；過往的辛酸經歷使我退休時決定與他們分開而居，更新生活意志，心中存在著眷念比日日爲伍的膩煩更符合人性。辛勞和責任都過渡了，多年來的獨身生活使我有一份坦然和自由，將來的歲月只能用來回溯思維織就的現實，所有的過去、未來和現在都是現實，它們有一個共同的幻覺形式，透過思維去確認它們的存在。雖然布置的是你雙親要居住的家，我好像是跟隨你去見習；每一個人家也許都有不相同的陳設特色，配合他們的喜愛，然而在同時代中卻存有一種共通的生活水平；有如每個人都有不同面貌，但在同一時空中卻有一種共通的思想意識和語言，這算是一種潮流趨勢，一種群衆的共生現象，我們親自去經歷才知覺那份實質存在。我們幾乎跑遍城內所有的家具市街、經過三番兩次的重複觀看，每星期都出去兩三次，持續兩個月時間，在比較和選擇中，有著無數次的討論和更換想法；直到那一天，在家具運來搬入放妥時，我們才眞正地鬆了一口氣，最後的一週，我們遠赴大溪，買到一張形式合你意的神桌，才算眞的大功告成。新厝入屋的慶宴我沒有到場，因爲那對我而言已經不重要了。我相信你還記得，在整個處理過程中，我曾經生氣口出惡言逼迫你，要你迅速決定某個選擇，否則我就不再理你；我甚至說那不是我要住的家，我怎麼可能辦理得完全讓你滿意呢？這些話現在回憶起來實在十分愚昧。不過如今，常常都是由你提起，你每一次回去探望父母，在新家過夜，你總是說你很喜歡那個家。

跟著來的，從年底循序至年初，布置好新家後就是撤離舊家的工作。你們原先住的是林森北路兩旁公園預定地的違建戶；配合市府的作業拆遷是必需的，市民當然應該守法；談到損失如果不去計較面前看得見的瑣細陳舊的家當，而有全生涯的思考，那麼有此機會脫離雜亂醜陋的生活地段，未嘗不是一件可喜可賀的事。之後一段時間回來觀看那裡種植的樹木和新生的美麗草地，必會有美善的感受。其實，同樣在那裡生活的每戶人家，都有程度上不盡相同的辛酸和艱苦。你的父母三十多年前打從南部而來，算是較早臨時設住所在那裡的人，做小生意，生下你們姐弟，與另類的人們，晚期從高山下來，從部隊退伍，以及所謂打零工的貧窮人或流浪漢，越積越多，越住越密，形成市場和曲曲折折的巷衖，所有的住戶都是違章建築，成了特異的社區，一任一任的市長都沒有魄力決心整頓，留存至今反而有所謂善心人士和學者爲他們請命，說他們要住往何處如果趕走他們，計較補償金太少，即使市府保證負責爲無家可歸者安妥住處，有人還是抵死不搬，要抗命到底，而據說這些人卻是趨前搶領補償金的人，回頭來再度擺出憤怒的態度，貼布告詛咒市長下地獄。可是說起來還是有趣的現象，那就是如何去處理一些似乎定了根的事物，譬如神像和廟宇，還有一些生活中逐漸累積起來的習慣事體。每一個住戶的空間都不大，而堆積的物品卻異常多樣，看見那麼繁複的形物，不得不好奇這樣生活的人的思想是什麼？看起來似乎不合理和荒誕的現象，他們卻能篤定的把守著；在那裡赤裸裸地可以見到藏污納垢，雜混著粗俗的方言，伺機偷盜和使眼色的色情交易。拆除日之前幾乎很少有住戶動作，因為若無其事是他們的一種習性，而事到臨頭毫無章法也是他們唯有的作為；隔街相望拆除那天真像有大難的天災人禍，再加上有人放火，眞是人山人海，煙霧和塵埃瀰漫，而熱鬧和忙亂已到了沸騰的頂點，像電視新聞的女播報員最喜歡動不動就說出來的一句話形容什麼達到最高潮；其時，喚聲四起，鄰樓是高瞻遠矚的麗晶酒店，這種事亦被目為一種不折不扣的激情表現。

就在這樣的地點，有一夜我們預先有相約，我和朋友先在天母聚會，等你下班回家在午夜前一刻給你打電話，卻始終打不進去，我離開了友人過來，車停在高架橋下，看不到你的人影，我奔進巷子裡，才發現那裡的巷衕錯綜複雜，辨不出方向，也不知道你住那一間，因為你從不肯告訴我住處。我心中很惶恐，繞來繞去無法尋找，折回高架橋下，心想今夜見不到你，孤單地回家必然感覺失落而黯淡，挫折感無可形容地損傷了心中的熱情。我不甘心地重返巷裡，在一座小廟旁試著再打電話，依然無法接通；此時我的胸腑充滿不能釋出的氣壓，在偶有行人的幽暗巷道上，只聽到自己按踩的腳步聲。我急中試著每走幾步路就輕聲呼叫一次你的名字，行到一個兩巷交會的地方，警覺中忽聽到一道細弱的聲音「我在這裡」傳來，我抬高一點呼，那回音又說：我在這裡。我尋聲走到一個門口，門開了，出現著你，我們喜極而泣，加上我酒熱情急把你擁在懷裡，那時的興奮如是一種重生的喜氣，沒有那一夜的重逢，我不能想像我們之間會跌落到什麼難測的谷底，分野就在那瞬間，你表示回家發覺電話斷線，有幾回忍不住奔出屋外但看不到人，正在焦心坐著絕望，直到耳聞我的呼聲……。

六

菱仙子，我不知道我們對宇宙世界和萬物的認知是否可以約略畫分成三個觀念的時期，把它視爲地球中心說，太陽中心說和宇宙整體說，而且重要的是地球中心和太陽中心兩種說法的界分和變遷的影響。以地球爲中心是人類最早認知的觀念思想，那時以爲大地是平的，視太陽爲凌越天空而滾動的火輪，日落月升，滿天星斗，對各種現象的想像充滿神奇。在那最早的神話時期所產生的比喻，流傳至今人們猶興趣勃勃的莫過於對星宿那套宿命的論調，每一個現代人（尤其新新人類）逢人便問道你是什麼星座，做爲交友和結婚、財富和事業、過去和未來的吉凶的依據，形成一種命定的生存法則。可想而知，這樣的應對作法，無論什麼遭逢，不是高興便是錯厄，如果不準確的話。每一個人歸屬一種星座是十足浪漫的想法；如不做此想，又顯得無依靠，認不出自己；信與不信在知識裡都是困擾和沉淪。而星座也有它們自己的浪漫故事，則是又新鮮又反諷的玩意。希臘神話有這麼一則故事，而且精神醫學上的變狼妄想，這個名詞的字源也是來自此地的人物。希臘的阿爾卡笛亞山區是個人情淳樸、世外桃源之地，賴肯是那時的國王，因爲他的邪惡，宙斯曾經將他變異成一隻狼。他把人類的新鮮肉體放在桌上招待宙斯這樣的來客，而他的罪有應得卻同等可怕的折磨到對所有壞事完全無知的女兒卡里斯朵。事情是出在宙斯看到卡里斯朵在阿特姆（司月、狩獵、森林、野獸的女神）打獵的行列裡而與她墜入了情網。每一個人都應該明白希拉——宙斯在奧林比亞山的合法妻子的厲害。希拉非常激憤和生氣，在卡里斯朵生下兒子之後把她轉變爲一隻熊。當這個兒子長大能出去打獵的時候，希拉就帶引這隻熊來到他的面前，意圖在他的無辜下，去射他的母親。而宙斯此刻及時逼近前來搶走了熊，然後放置她在星球上，在那裡她就被叫作大熊星。事後，她的兒子阿卡斯也被安置在她的身旁，並且叫他爲小熊星。希拉還不肯干休，對她的情敵的那份尊榮憤怒有加，說服海神禁止大小熊星可以像其他的星辰一樣降下海洋。自此這光燦的明星孤單地永遠不被安頓在地平線下。

這曲折的故事多少寓涵著普遍的人世滄桑，當然不在話下。意猶未盡的倒是提到希拉，不單只是行嫉妒的本質而已。不妨順便舉個不同例子：希拉神像的女祭師賽底普渴望去看一個更爲漂亮的女神雕像在阿格斯地方，是老資格的雕刻師波里可里特斯所作，被說是如同當代年輕的菲迪亞斯般偉大。但去阿格斯的路太遙遠了，對女祭師賽底普而言，從她的所在地步行到那裡如果沒有馬和牛拉動她的話。而她的兩個兒子比頓和克里歐伯斯決定好她應該擁有這個願望。他們將車上的軛套在自己身上拉著她漫漫長途經過了沙塵和炎熱的煎熬。當他們到達時，每一個人都讚歎他們的虔誠和孝行。快樂和驕傲的母親站在雕像的面前禱告，祈求希拉在她的能力下用最好的禮物回報他們；在她完成了祈禱後，這兩個年輕傢伙就沉入於地底。他們似在微笑，並且他們看起來像是如果他們是和平安詳地睡著的話；但他們是死的。

至今，人類思想已經行到了第三個時期，不以誰爲中心了，宇宙是整體而又相對的，大概可以配稱爲愛因斯坦時期，然而他相信上帝和一般人相信上帝有著不盡相同的內涵，因此不能以愛因斯坦相信上帝，所以我們都要相信上帝來進行說服。這是題外話。我要講的是：不論人類再往前是怎樣的思想觀念，無法泯滅的是基本的自然本質和性情，忽視了它就沒有所謂生存的趣味，那麼盡心盡力地去愛罷，菱仙子。

七

你對神話有疑惑，事實上我對它也同樣有著某種程度的理解困難。上封信裡提到兩則比較不受重視的故事，一則他們有玩弄的意味，另一則警告人們對神的膜拜不要等閒視之，以所謂對神的虔誠而向神勒索酬報。平時，讀讀神話是趣味盎然的，問題不在信仰與否，它完全供給你一種回溯式的想像，在那裡似乎可以找到我們此刻現存的情感和行爲的來源，認同或不認同取決於我們個人的價值判斷，無人可以擅加干涉，因爲現在的我們在約定的律法下存治，與古代人們唯靠那種傳諭的警訊過活的情形不能同日而語。神話的架構在意表不可抗逆的倫理，它的威力對當時的人們無不誠惶誠恐命定般地被約制，而現在對我們文明化之後而言，它有如焚燒過後的灰燼，我們在火灰中找什麼呢？似乎沒有十分具體的東西流傳下來，只不過有時在自我的情緒中浮出那假藉的形影。或許，對存在感而言，當你意會到你的情感的源頭是出自於那個端頭時，那麼自古至今，延續於未來，你是全程活著的，不但開釋了你當下的凝重情結，也爲你的困境闢出了一條可行的前路。在久知其酷之後，我們對希拉的種種報復行爲已經沒有惡感和批評了，並且對那件事的處置也很合理，最好的回報他們就是讓他們安息，像睡著般和平，以免再度過分滿足那女祭師的虛榮，一般觀衆也許只會附會鼓興，但對於一位神祇，祂不能不清明，因爲祂也不忍。

雷聲轟隆驚醒了午眠，它也劈打了停放在道旁的汽車，使它們紛紛發出咻咻的叫鳴，而增加人們心坎上的驚慌。對自然現象的難測，我們表露了一種膽怯的心。有時那雷鳴太過臨接窗簷，厲裂的音爆直接地使人產生畏懼；有時它又逐漸退遠，斷斷續續的悶響讓人反而對它專注傾聽和沉思。今歲從五月中旬開始，歷經了六月，到七月初，午後的變天一直演示著．端午節前後的雨水甚至釀成了各地的災患。不僅天然災難無法避免，人爲災禍也在不斷地增加製造。去年賀伯颱風大雨，山洪暴發造成土石流這名詞的赫然聽聞；今年的水患，積水不退，海水倒灌，把垃圾場沖散，形成垃圾流．使市鎭浸泡在垃圾場中。然後每天打開電視，不外是什麼命案的後續發展，讓人知覺結案無期。我們雖然置身事外，卻每天縈繞於心對社會的大小事故關懷，有如那警訊般的雷音，雖然沒有直接打著我們，卻不能不感受而心情沉重。還有修憲的政治問題，還有……不斷滋生和迸發的……一切的事均不能免除於我們的知覺和意識。從這些感想裡我們似乎明白從來就沒有安穩平靜的生活時空，好似從早到晚被叫賣的刺耳擴音器打擾，被深夜裡發動的摩托車聲音驚醒；而這一切都是由於那被標榜的自由國度而任所欲爲的存在著。有如一種在所謂自由中必須忍受更多被侵犯的狀況，想想在所謂不自由裡起碼還有某些東西是被保障的，但是此時此地的所謂自由已經沒有一樣東西可以保障了。

「台灣明天會更好」，當雨後我外出散步經抽水站時，看見牆壁上張貼著這樣一張演唱會的海報。多少年來我們常常瞥見到如此這般字表明確和響亮而字義無所適從的呼求和唱吟，幾乎坦率地揭示著糟糕透頂的現狀，藉著笑鬧或悲鳴的形式壓伏內心的驚慌與無助。「明日會更好」，你會相信嗎？人人這樣忘我而行樂之。我真有隱遁的想法以規避一切的假象。然而，我不能迴避，只能在這衝擊和紛擾的時空中尋覓一處小縫以做養息，看來生命雖然可貴，但似乎沒有多少價值，在一個不斷洶湧的流變中，個人無力免除漩捲，只能保持某種的意識清醒，載浮載沉地隨波流去，直到身腐神滅。

八

那天你回來，我帶你去散步看河，站在木柵和新店交界的河橋上的那一點往下俯視，它的最婉怨的樣相會顯出來。雖然看河要在月夜才好看，可是昨日黃昏時我攜了傻瓜像機去拍攝它。有一天也許我會有空把河畫在畫布上，依照拍下來的輪廓素描，然後再將我思念裡的夜相添上了顏色。我習慣沿堤防的走道邁著步伐前往，彷佛要去執行一項堅決的任務。沒有人知道我的內心懷著這麼嘲弄的想法，要去設置一個地點，攝取一種眷戀的永恆。當然這已經不是今天才突然有的衝動，每一個人幾乎都像似一隻從外表的特徵就可判定他的性情的動物，像虎豹獅狼、如馬鹿熊鷹，讓人去認識它們的習性，這樣你行走的步態會讓人意會到你要去做什麼事。我記得四十年前當我還是一個學生的時候，有一天早晨我同樣邁著決斷的步伐走過和平東路，第二天有幾位不同校的朋友和我碰頭，說他們在一家冰果室向外看見我，我的樣子像是要去與人決鬥。現在還有多少人能回憶四十年代城市的蕭條街景，而現在街道上的擁擠不易明白地辨識某一個人的行止，但在過往的日子裡，幾乎每一個人的形象都不可能與他人相混淆。我一直保持這份精神形貌至今，一直在我的思維美夢中度日；四十年前我走過那條街是要趕往學校去上課，那樣子被目為有如去決鬥；而現今我邁向一座心橋，我不知道此時目睹著我的人會以為我急去做什麼？不瞞你說，我是去留住一條愛的魂魄。

我難分愛你與懷想那些舊事物，我的生命打從那裡走過來，與那時的事物相接觸形成我意志上的情操，所以愛你與接觸那些事物所培養出來的思想沒有相違背。我想要把我從那裡認知的樸眞世界提供出來與你分享，可是我必須謹愼小心以免觸犯你的自尊，並非我比你先走了一段路，就有資格和能力在實際的生活中引導你。讓我們互相了解並找出我們共通的觀念取向，你喜歡吃什麼食物和我喜歡吃的相混合，你具有什麼表現能力同時在我身上也能回響的，你有什麼正義感同時我也有相同的看法，把你的生存願望和我的同質思考相會合，使相愛在這個共同點上獲得一種啓蒙。我這樣說並不是我們要去建造一種異乎常人的生活，開闢一個理想新天地，而是去承認造物者應許我們的能看到、能聽到、能感覺到的尋常國度，在這尋常生活的繁瑣下卻多少與他人有神志上的不同，有思考的區分，有工作上的不同途徑，有我們自己的個性。自由與選擇的意義在此，即使我們和其他人吃同樣的米飯，穿牛仔褲，同樣搭乘公車，同樣去投票，然而我確認每一個人的感想必不盡相同，這是一種自認的私密，如果我們不誇耀守著自律，不喧嚷侵擾到別人，任何人都能擁有這份自由和選擇。在那個我提到的舊時代理，我喜歡看美國西部電影，我喜歡那些演西部片的明星，曾有一部片子同時有勞勃米契爾、李察威麥克、寇克道格拉斯這三個人，他們與一群駕馬車的人們從東部往西去奧勒崗，他們中有一個人是熟悉印地安人的嚮導，一個是隊長，另一個則是懷帶著建造新城市藍圖的建築師。千辛萬苦之後奧勒崗在望，建築師死了，大半生流浪在廣闊土地上的嚮導回絕了隊長的挽留，雖然他長久的眺望眼睛快瞎了，然而他單騎離去時，他說：我喜歡印地安女人的長髮和溫柔，我年老了，但我還可以和他們在一起，沿著長河，可以在河邊露營和釣魚；你們有你們的美麗天堂，而我有我的自由和選擇。

生命的成長有不可告知的微妙指引，有一面鏡子寫照出構成心靈材料的樣相。心靈的存在首先是一種功能的學習，有一個外在形式做爲它的榜樣，它們存在於一切藝術的形式裡，我們最先開始會去接近已經被另一個心靈整理過的藝術作品，從那裡我們獲得一種訊息，感知自己的心靈存在，同時形式出自己的心靈模樣，從感動的某種事體裡辨識出自己心靈的品質。這個心靈形式的存在就是我們操在自己手中的命運。當我在那時看過《雙城記》這部片子，我的淚把我的受難心靈洗明了出來，透過這個感動手續，認同著類似的同質心靈。這個認知使我開始憐憫自己，同時憐憫受苦的人。這樣做雖然只能過著卑微的生活，卻無愧於這個安慰自己的心。我開始退讓，遠離那些可能爲了爭勝而誹謗我的人，以及可能有的不義的批評。我發現心靈是個思維世界，越退讓越覺寬闊，甚至覺得獲得自己的心靈的支持，比獲得名利更加穩當和慰藉。這是個不必去宣揚和引人注意的思想，更不足以鼓舞別人，因爲這是屬於個人自己的認知和命運，像這樣的心不會去觸犯人間的律法，不會破壞人與人之間的關係，甚至可以去愛人而不必索求回報。在影片中，我一直注視和感應狄鮑嘉那張悲憫而憂鬱的臉，當他救出了他愛戀的女子的未婚夫，替換成自己上斷頭台時，我的心同時在強烈地緊縮然後綻放，後來我由醫生那裡得知我有心悸亢進的病，也許有一天它會要我的生命。

那時的幼稚心靈雖然容易被啓迪，但對複雜的人世並沒有批判的能力；對一個學生而言，他的狀況還不具有完整的人格，因爲他的思想還沒有經過自己的人生生活的檢驗。沒有經由我此刻的追憶，那時在那裡的各種事物無法看出它們的眞相，而我現在擁有和清楚確認的是從龐雜和衆多中挑選和留存的，和我同時代的人也同樣做了這種篩選和攝取，形成他們各自發展的人格。這些從生活的經歷中留下來的精華，經過了大半生涯只有那麼一丁點記憶符號，此刻沒有集中精神還不容易去演繹和挑出這些意象，沒有我此刻對你的愛無法復甦一切過往的愛，我此時在此地落腳才能證實我曾在另一個地方住過。這好像季節，每一季有每一季的果實收穫，它滋養給另一季時的新的醞釀。生命從來不滯留，像河水，注視它時有一份悵然若失的心情，它的象徵和寫照同時給你一份由內心產生出來的憂鬱力量，去關注身邊的事物，去愛你能獲得的歡欣，去創造，去把自己洗刷乾淨。如果我不能從這簡單的生活意象裡獲得存在的意識，我就無法從他處再去學習和證明我曾經活過。

九

琵琶做件常相憶，自去年底你帶它過來，教我彈它，學習看譜，到現在已有半年時間，我總算對它有著漸不釋手的喜愛。琵琶的造形有個比喻，但這個可不必把它說出來。我不明白是否調音關係，握轉絃栓的木桿（琴耳）與它的力道相抗而傷了手腕關節，或者是我們在床上相戲時因爲支撐身體而壓折受傷，無論如何，要是現在做這兩件事的任何一者，都會在關節部位產生一些微恙的疼痛。起先我是追究它的造因，一定由某一件事開始，但兩者事體中不知道何者爲先，然而硬要說出那一個是因果實在非常困難。我總不能在彈琵琶必須重新調音時，心裡把那疼痛的感覺指向因爲和你做愛，或是，和你面首繾綣又推委給了琵琶。這種反覆移易的結果，你和琵琶已混成一體，再也分不開找不出理由了。我曾經在你與琵琶兩者之外去探求另一個可能導致的來源，我的日常工作似乎沒有那麼需要在那個部位集中用力，是支點同時又是力點，而我不做木工已經多時了，以前常做木工也未曾傷痛那個位置，甚至距離最后一次打架也已三十五年了。我爲此而歡欣鼓舞，它不是傷而成爲一種敏感的記憶，想及你那激奮的面部表情在黎明前那白白淡淡的幽光裡，我的心在甦醒後就湧起一股力量挑撥你的慾潮，猶如我在練習彈奏琵琶時必須自始至終所保持的情緒和體力。沒有所謂純粹記憶的存在，如果沒有聯想也就無所謂思維的事體；要是有一天你爲了某種原因而必須離開我，那麼就留下這隻琵琶給我吧！

十

有兩次我似乎忤逆你的意，可能傷了你的自尊心。先是在去年還未搬離林森北路巷內的住處時，爲了什麼我已經忘懷眞正的原因，只記得從新生北路高架橋下走出來，我提議坐計程車回木柵，你說走去坐捷運，路不遠就在前面。我堅持說路很遠，前方雖然眼可看見橫向的高架橋，但行走還是有一段不短的距離，我告訴你實情：我的腳有點不良於行。你直望著我說：這麼一點路也不用走，我走路可很在行。我只好順著你向前走，不料剛才看得見的高架橋是建國北路的，走到那裡，遙望前方又有一座橋橫向在半空中，那才是復興北路捷運線。我們原是高興地並肩而行，有時還互相牽著手，一面走一面有話說，知道誤判路長，我隨口一句：你看，捷運還在前頭，路可不短。你聽了我這麼說，突然快速地跨出一個箭步，就這樣把我拋在後頭，不說什麼任性地往前走，我叫著你，你不但不應，反而越走越快。我也加速腳步，又叫你幾次，你就是不回頭，就這樣在我的前方越離越遠。我感覺那情勢就是我能跑著追你，你更會往前奔跑讓我趕不上你。我永遠不知道你所表示的是什麼意思，我自來不識女性的特殊心態，也十分惶恐女性的某種突如其來的行徑。年輕時曾有一位女朋友忠告過我，說我完全不懂女人，不識女性心理，我爲她的說辭感到疑惑，我也不曾檢討我爲何不能使女人心歡，她們的表達行徑總是超乎我的想像之外。我以爲女人和男人一樣相處要講一點道理，不能凡事以女人自居，或以男人自居。

而這一次，我以爲我所謂的要講道理可能太離譜了，如果是這樣，和我相處恐怕太嚴肅又太困難了。以前我留不住女人可能都是如此，像個小暴君，太專制了。我要在此追述檢討它，是希望恆久以後還能佐證這個經歷，以明示我的道理有多臭，使得讓你會遠遠的避開我，免得再度傷害了你。週六晚上你回來看我，我告訴你雅馬電話來邀約我們出去一起吃個飯，要你回電話給他，然後你和他在電話裡就這樣講定明日週日晚上在仁愛路四段的一家老西餐廳碰頭。翌日午後，我們都安排睡午覺休息，然後沐浴準備赴宴。進行做這些事的時間我在控制，時時向你報時，以便換衣服，整理房間，你看起來心情很歡悅，一切料理得很妥當。突然你問我穿那件家常的長衫可以不可以？我搖頭，那是一件你目前最喜歡在家不離你身的薄料衣服，應該說是夏季裡涼快舒適的睡衣，在外頭穿它恐怕有點不妥。你不說什麼，似乎同意我的看法，我也沒注意你有不悅。輪到我去浴室洗澡，出來時我向你的房間探頭，看到你躺在床上看書，身上還是穿著那件衣衫，沒有任何打扮和換裝的樣子。我走到客廳看鐘給你報時，就轉到我的臥室穿衣服，差不多是出門的時候，我再到你的房間看你，你站在鏡前端詳自己的穿著，問我說這樣可以嗎？我說不出可以不可以。你一身穿著灰黃淺暗的顏色，幾層上衣重疊著，雖然都是短袖衫，手中還拿著一件毛線衣，看起來很不輕鬆的樣子。爲什麼？我發問著：你不能使自己寬鬆一點嗎？難道這樣不好嗎？你說著，把毛線衣用力丟回去。這是夏天，而且是夜宴，我說。好，你說，我該穿什麼？應該顯示一點得體的裝束，畢竟不是去郊遊或去工作，我這樣說。那麼我不知道該穿什麼配合你，你回答說。你有滿櫃子的衣服，爲什麼只喜歡這個樣子？我只穿這麼一次，不是每次都這麼穿，你開始抗議。我說：好罷，你喜歡就好，你實在不必問我。我們一起走到門口來穿鞋子，你想把腳套進一隻斷了後帶的黑涼鞋，我看著很不以爲然。我說：你可以不可以腦中有個觀念。你丟下鞋子奔回臥室，我知道我這下完了。

走出巷子，你超過了我，開始往前走，我呼叫你一聲，你根本不回應，只顧快速地走去。我想到前一次的情形，我在萬頭叢中盯著你跟隨在後頭追趕。這條巷子沒什麼行人，我能清楚地看著你的背影，一條暗褐色的牛仔褲配著淺黃的短上衣頗能把你勻稱美好的身材顯出來，而那雙短跟的淺綠涼鞋使你能輕便地走著。我心裡期望你不要在這個時候給我有什麼過不去的難堪。巷口接一條大馬路，設有紅綠燈，我看你在轉角的地方停下來，我心裡慶幸著，你能先攔車，像往常我們總是在那位置叫計程車，誰先到誰就招手，有一次你還開著車門等我快步上來。但是等我走到那裡，透過電話亭的玻璃，我看到你在那一邊遲疑停頓一下，然後也沒有回望就沿著大馬路的行人道離開了。我想趕上幾步阻止你已經來不及，加上我兩天前做木工，蹲在地面上釘釘子兩腿痠痛走不快，只得在後面大聲叫你。我似乎感覺我越呼叫你使你走得越快，當你始終不肯回頭望我時，我知道我的處境實在好悽慘又好悲傷。太陽在斜西，依然熱力很強，就這樣沿路追你，望著你越離越遠，在折彎的地方消失見不到你了。我不能寬諒我自己年紀老邁犯了這麼大的過錯還需在光天白日下在馬路上追趕一個年輕貌美的女子，這豈不是醒世殷鑑自討苦吃？我只得繼續往前走，來到另一個十字街口，那裡人潮擁擠，我四處張望看不到你的影蹤，我想你已經走遠了。我攔住一部計程車，順著我們應該赴約的方向往前開，然後我看見你在前面不停地走，我要司機在超過你的前方停在路旁，我下車站在你的前面，我們相視而笑，你終於上了車。你上車後，從背後抽了一張手紙替我擦額上的汗，你同時也開始哭，無聲的流淚，我接手用同一張紙爲你拭淚，就這樣一路上你的淚水不停地由眼眶流出劃過臉頰滴在赤裸的胸脯上。

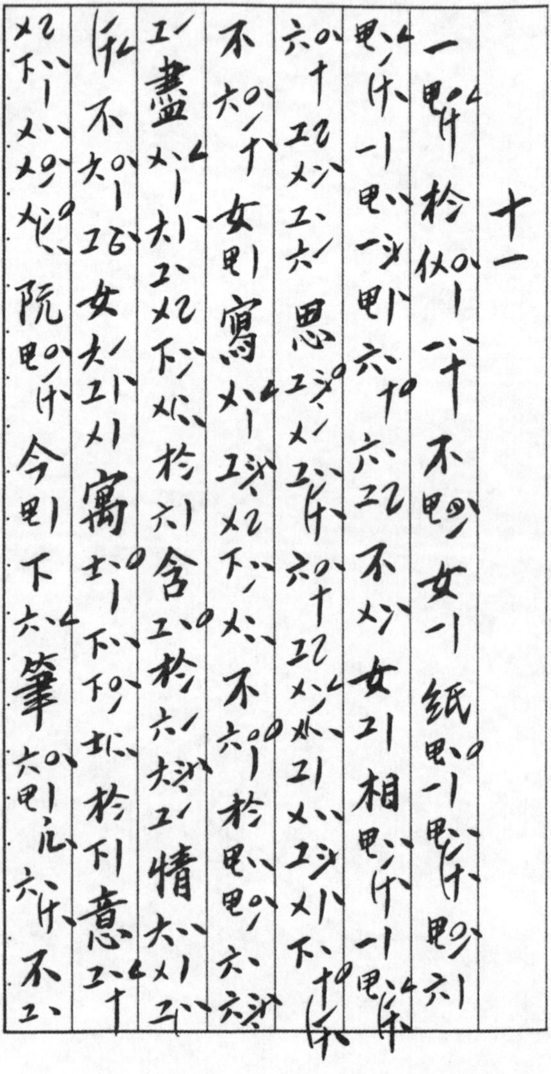

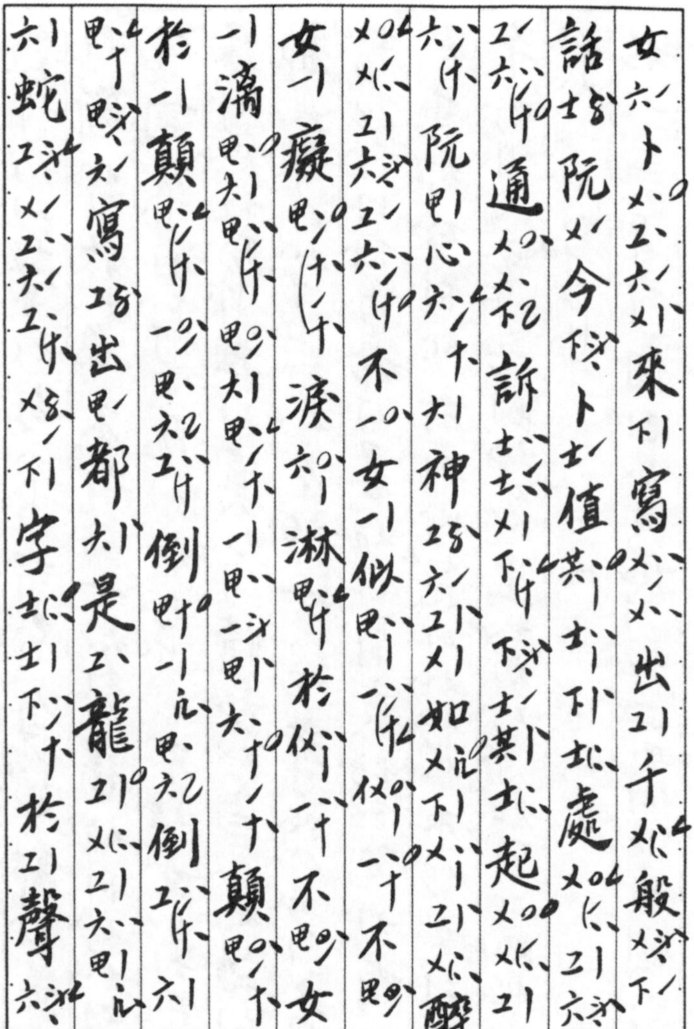
女卜來寫出千般
話阮今卜值處
通訴起
阮心神如醉
不女似不
女癡淚淋於不女
一滴顛
於一顛倒倒
寫出都是龍
蛇字於聲

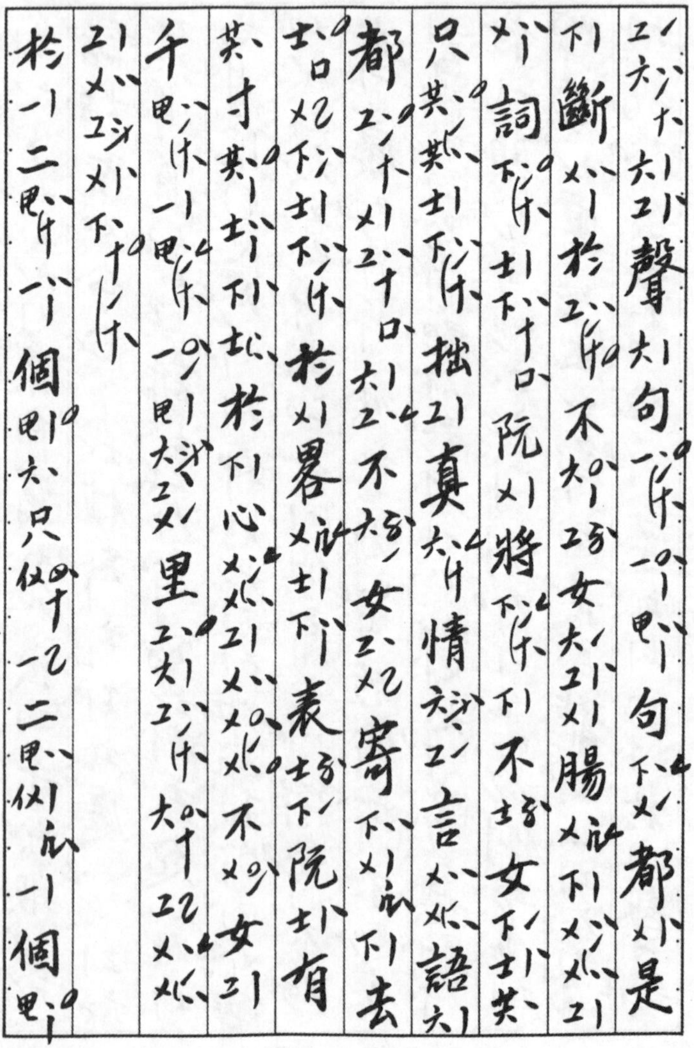
聲句句都是
斷於不女腸
詞阮將不女
只拙真情言語
都不女寄去
於暑表阮有
寸於心不女
手里
於二個只似二似個

本於成雙
着於風打即
會拆散覓在西
於東伊二個許處
相戲於障相弄
都訣得通來共於伊
不女相逢於
一哺個軟於弱都
訣做得於伊主
乞於伊二

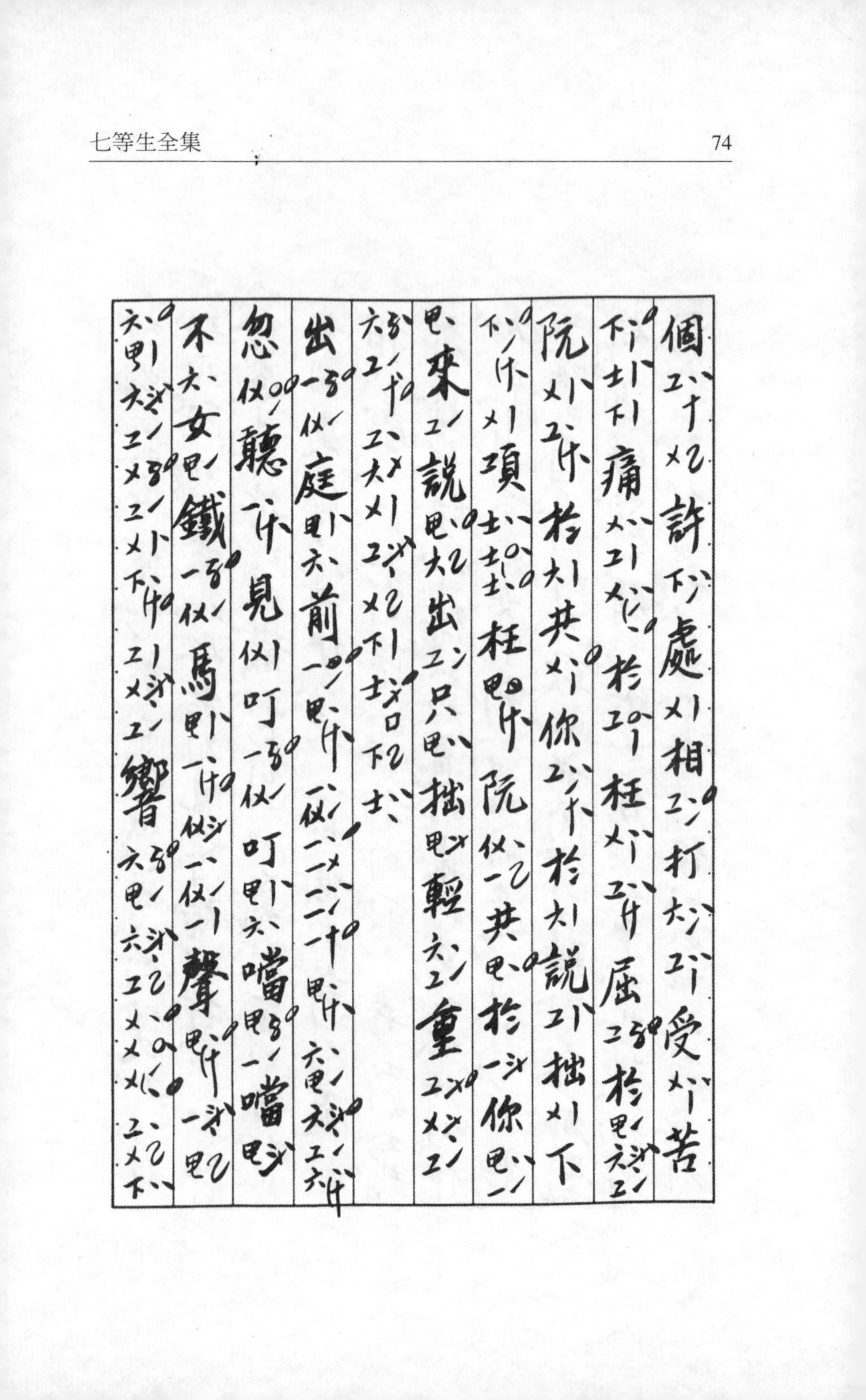

個許處相打受苦
痛枉屈於
阮於共你於說拙下
項枉阮共於你
來說出只拙輕重
出庭前
忽聽見叮叮嚙嚙
不女鐵馬聲
響

扵攬得阮只處新
愁舊恨阮只心腸
扵都來交
併不女又
聽見南來有孤
雁在許天邊聲
扵嘹嚦扵
雁你困
何不代阮掠書傳
扵傳扵乞我君伊有

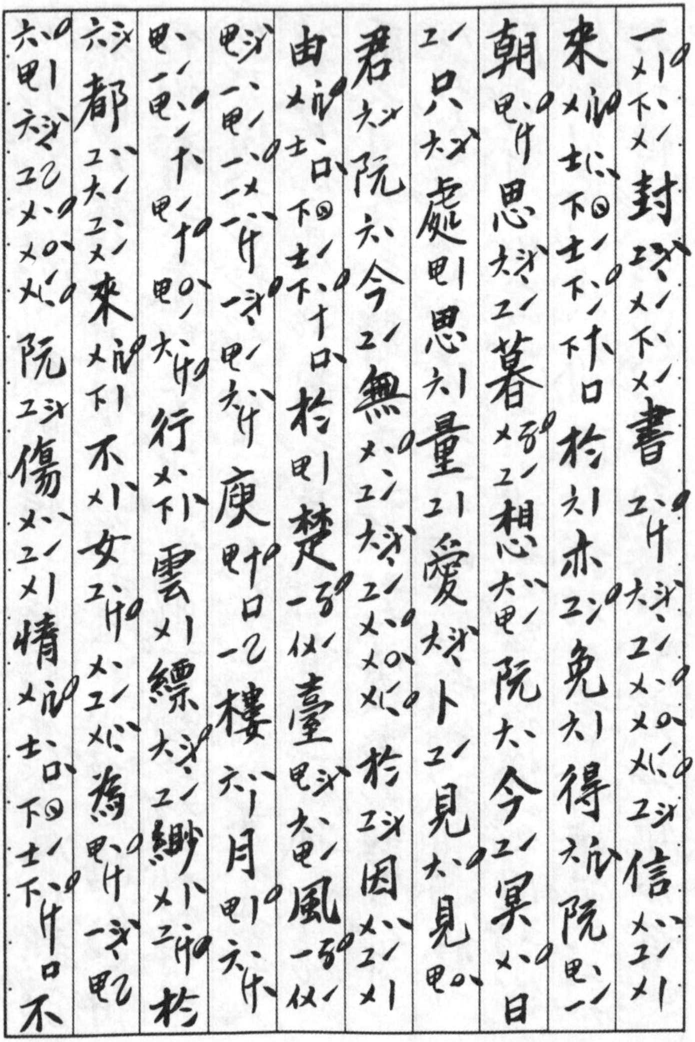
一封書信
來於赤兔得阮
朝思暮想阮今冥日
只處思量愛卜見見
君阮今無於因
由於楚臺風
庚樓月
行雲縹緲於
都來不女為
阮傷情不

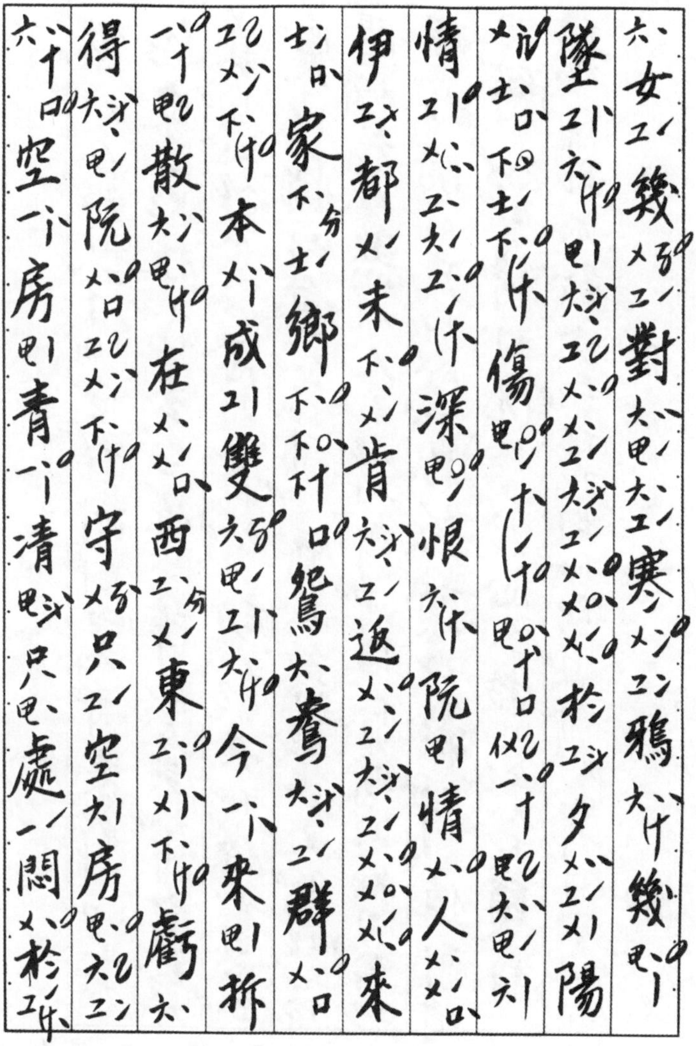
六 女 幾 對 寒 鴉 幾
墜 於 夕 陽
傷
情 深 恨 院 情 人
伊 都 未 肯 返 來
家 鄉 鴛 鴦 群
本 成 雙 今 來 拆
散 在 西 東 虧
得 院 守 只 空 房
六 空 房 青 清 只 處 悶 於

煞刂大人エ氵刂エ卜十口匝一卜耐巴刂寃一丨家巴卜十口寃
似8ㄅ家一巴乙值大口去巴氵你大卜障巴丿貪大卄富大氵エ
貴刂メエ卜メ乙不下氵念メ刂當大刂初エメ乙共下你メ丿恩仝
愛メ卜情土刂重下口下口十口氣大卜煞大氵エ人メ口エメ下卄
悶メ了於エ丿煞大刂人巴乙大エ刂大十口值下卜時メ刂解大十乙
得メ氵阬下卜只メ丿心エ卜於メ丿メ卜頭土丿鬆下十值下卜時
メ刂解大氵エ丿得メ卜阬下卜只メ丿心仝卜於メ仝メ下頭土刂
鬆下氵土乙不其氵女土に下メ刂土下下卜卄刂下メ土下十

有誰會相信我會走進手彈琵琶放聲咿哦這種舊有曲徑的形式裡，你到底怎樣的看我？不談我現在還未學好的拙劣樣子，僅就一種想像我每日撥時坐下來玩弄的那模樣是否可笑，不論我將來是否學得像樣，我仍舊懷有一份喜悅，那就是認識南管曲式的美。不用我說，你當然更了解。可是當我們去接近南管人時，他們是親切而謙虛的，不像學者或有些管事的人那樣的神氣，把它說得不是人間存在的東西。其實這種南管唱曲，不拘形式的來演唱，應該是個人最好的玩樂和排遣，也就不必太講究他們所說的正確或不正確而自縛手腳了。自來無論東西方音樂，門派之爭是論說不完的事，我們也不迷信誰是正宗眞傳，誰是旁門左道。放眼看去，曲譜上已經一清二楚，曲式上是自然脈動，自然發聲，依情懷而高昂和低迴，曲詞相纏合而爲一。講究藝術的美善，那是個人才情的問題，我不想要評論它，我學它和去愛你是相輔相成的，完全爲了我生活的愉快，只有私下個人的目的。要去愛一個像你一樣的南管人，只有鼓舞她往那曲徑走下去，爲她服務一些生活的家常，成全她學完一段必要的課程，如此也就夠了。當我無法提供除了我以外的其他幫助時，我相信你一定知道我是那麼地愛著你，那麼欣賞你的藝術才質，每一次看到你在戲台上表演都是那麼讓我感動和佩服。我沒有財富來扶持你反而使我學會一點謙卑，和你過每一個我們能相處的平凡日子，就是這一紙相思，也寫不盡我心中的含情寓意，我不自量力的學唱這一曲，實在是感悟那曲式的脈動精神，這種情感與任何時況的存活息息相關，直到命火熄滅而曲唱無聲。

記得不久前有一天早晨，你起床後在浴室洗身，我坐在客廳，從木櫃裡取出一張唱片播放，你走出浴室對我說，那歌聲可眞撼人心悲，我說這是馬勒寫的〈大地之歌〉。之後，我在一次晚上的散步裡獨自省思我現在對南管樂曲的入迷，簡直像是我在多年前聆聽到〈大地之歌〉時一樣，我固然不能學唱卻能像以往接觸交響樂一樣領悟那絕頂的造詣，如此的作品非有天才和豐厚久遠的承傳不能持續產生，雖是音樂卻是哲思。

我想你第一次聽它時是被那旋律和音色所動，像我在早年接觸西方音樂只知音調。那天早晨我沒有為你解說內涵，現在我試著把最后的一曲〈告別〉譯出來，或許你讀後再回憶那歌聲，與我一起將前者拿來兩相比對，才不會去偏愛誰。

日落山後
黃昏拖影臨村新冷
看，月如銀舟浮泛藍天海
柔風吹過松樹林園
黑裡溪流湍鳴佈音
幽明中花朵蒼容
大地深呼休憩
渴望做夢去
倦客歸家
眠中忘尋福祇
且去學和新春

枝椏棲鳥靜
世界已落眠
松蔭涼流我站待友人
等他來取別辭。
殷切，伴你享受美麗黃昏。
但你在何處，似離我而去？
濃徑綠地笛音起落，
哦，美麗！哦，世界！
永遠與生命和愛飲醉。

他下馬爲他的告別舉杯
問往何處，爲何必須？
他回答，卻掩語而說：
哦，朋友，命運在世苛我
無處去，我徘徊山裡落心。
我將盪回我的原鄉土地，去我家
我將不再在外流浪。

從始至終我等待著此刻時辰
任何地方，可愛的春地
繁花盛開，長出新草
任何地方，永遠皆是
地平線藍藍發著亮光
永遠又永遠……

一九九七、八月六日

輯二・

灰夏・草地放屎郎

灰夏

一

夏季中每日習常有悶熱的感覺，但今年的七月末幾日和八月初幾日卻有平靜的陰雨在不預期中呈現是從來未有過的景象。印象裡和記憶中，颱風的吹襲和夾帶的暴雨是難能磨滅消失的。所以那些天，城市裡意外地顯露出一種像灑花似的適涼和淋浴過後的爽潔。柳君就是在這種時候由遙遠的鄉下進城來探望他的妻小。一向，他的探望過程像定規似地約莫每半年一次，前一日下午到來，翌日早晨離開，依時間計算合成一日而已；他從未曾在這麼短暫的時間裡將到別處去，在火車站下車後接搭公共汽車，也依這反返的方式搭公共汽車到火車站乘火車離開城市。這情形是他的幾個小孩為了學業關係妻子必須前來租居合住照顧他們的生活起居之後，也是他自一個小工廠解體後感覺日漸老邁不想再服職而退居之後產生的，這麼自然地演變到分家和自我照顧的狀況，是誰也不至於會有片言隻語的怨懟。他之所以不願再回城裡生活只有他的妻子明白，二十幾年前就是他們夫妻相攜斷然由城裡奔走下鄉的，歲月似乎已經湮滅了往事，他已經變成了自認是個卑微的鄉下人，早就沒有那種城市人追逐奢望的心性和需求了。照說，在夏季時節，妻小應可乘學校的暑期放假回鄉來團聚一些時日，但幾個孩子由於潮流的關係還是分別忙於打工和輔導課程，因此，團聚的事就得由他前往城市去履行了。他是那麼幸運，預先連絡好他要進城的日子竟會逢到了沒有半點炎熱，柳君的心境也是分外地與往常不相同了。

所以翌日晨他的妻子淑容在餐桌對面望著他的時候，他一反過往低頭不敢看人的態度，也直視著她，讓她意外地感覺他那憂鬱成性的呆板臉上有著一種不尋常的微微笑意。這怎麼說呢？淑容所知悉的他是講話和行事依照習慣怎麼去說做就那麼辦的人，有如他養成的沉默態度一樣，他是多麼厭煩於用語言解釋某些可以改變的事體，如果這事只是爲了他個人的理由的話。這可知覺又似不可知見的笑容，使得淑容憶起他那年輕時離城說走就走沒有向任何人申辯任何理由的沉痛面孔正好是個絕對的對比。她想開口問他，卻又心中疑慮而不敢冒險去觸犯他，假如猜錯的話。這從未睹見出現在柳君臉上的神秘笑紋只持續了瞬間就消失了，他又低傾著頭來繼續吃著淑蓉手做的一貫習於他滿意的清粥小菜的晨食。淑蓉心裡雖然迷惑，但也疑問自己的老花眼是否加深了而眨眨眼睛，像若無其事般等候完成早晨的食事。而柳君竟然在這過程中沒有吐出任何一言來證實。但在臨近他應該出門的時候，他從客廳的沙發上拿起上衣要穿上，他才轉過身來對她說：

「今天之中，你還有重要的事要辦嗎？」

淑蓉倚在通往臥室的門邊看著他。

「你以爲什麼是重要的事？」她這樣回應他。

他想了一下。由於他不善於流暢地說話，他常停頓下來想想他要如何措辭。

「譬如任何事都不能佔先取代的。」

「那麼什麼事想佔先取代？」

「我想……」

「你就說出來啊。」

「我想去市立美術館看畫展，如果你可以陪我去的話。」

淑容像搶答般說：「爲什麼不可以。」就轉身進臥室換穿衣服。她知道要捉住他的眞實性就要像這樣不容置疑地迅速確定，以免在遲疑之間喪失了機會。

當她從臥室出來時，再度停站在門框的一邊，看見他彎著背，在他的手提袋裡拿出他那舊記事簿在翻看，書桌上有一具電話就在他的旁邊。由於他的察覺，他回過身來看見她整裝地站在那裡，因此有點致歉和急迫地說：

「可是我想打電話……」

她有些不忍阻止他地回答說：「你何不試試看。」

他的表情充滿了嚴肅而態度自信地撥著電話。他看了記事簿然後再撥號，把耳機靠在耳朵邊，靜凝了片刻，再看記事簿，重新撥號，這樣反覆做了幾次，最後把耳機放回電話機上。他嚴正地對她說：

「這樣做雖然愚蠢，但這代表我的信念。」

「我清楚地知道。」

「也許有一天我可以找上他們或在那裡可以碰見他們。」

「當然。」淑容心裡感然地說。

「好罷，我們應該可以出發了。」

「你有沒有想要怎樣搭車到市立美術館？」

「要是我們搭公車，你沒有反對罷？」

「沒有。可是卻要在某個地點再換車。」

「沒有直接到達的？」顯然柳君已經不明瞭現在城市複雜的交通情形，他心裡記住的是舊時的簡便樣態。

「我們現在木柵，美術館在圓山，必須通過市區，換車是必然的。」淑容的說明使他甚感訝異。

「那麼叫一部計程車會不會太貴？」

「這不用說，當然要貴很多，但……」

「如果你認爲捨得就叫車好了。」

「我和孩子無論到多遠的地方都是坐公車的。」

他們對視且沉默了片刻，終於得以妥協地出門了。而屋子裡在這晨間會只有他們兩個人，是因爲孩子們怕交通尖鋒時刻會塞車耽誤他們的事而趕在前面出去了。

二

在美術館寬廣的大廳，柳君注意到廳內的人，有的走向展覽室，有的上樓和下樓，有的卻在覓巡想要認人，對靠近過來或走過身旁的人投以注目的眼光。而他心中亦存有想發現熟人的熱切。淑容注意到這點，同時配合他而放慢了腳步。但他們似乎是孤零的一對，沒有什麼人認識他們，他們也認不出誰來。他們的眼光透過大玻璃窗，見到窗外似乎注定永久豎立的雕塑人像，然後很自然地依循人們行走的方向，步進一間有燈光佈置的展覽室。

柳君在這面積遼長的展覽室裡見到牆上的畫幅，那心中的私切事物就迅速地隱遁了。可是，每一個畫幅與畫幅的空隔間，在他橫向移步的時候，那隱密的事物又會再浮現到心頭，不由自主地轉頭注意身邊附近的陌生人。他甚至想要去分享那些眞的會在這樣的場合中相遇而停下來面對面說話的人的喜悅。他總是投出羨慕的眼光審視他們一下，注意到他們有的手和手交握的那種奇妙的感覺，臉面上堆滿了相見的歡快笑容，以致到後來他是越來越不能集中精神來看畫了。彷彿欣賞藝術品仍然無法與現實的快感做比價，美術品對人生而言只是次要和補足的作用而已。

淑容勸他在藍色絨布椅坐下來休息一下。他一坐下來就低頭閉眼沉思，好像是一個眞的看畫看累的人的姿態。這設計上只是個沒有靠背的長板凳模樣的絨布椅，大概也是爲配合展覽室的燈光和色調而用上藍色，有如坐在非自然世界的一片草茵上，其長度卻可以同時坐下五六個人，而且可以自由選擇不必同坐一個面向，因此它被兩人一組坐下，另外兩人坐向相反的位置，而有單獨一個人的話，只要有空位，也可以坐在兩頭中的任何一頭。這情形，好像在餐廳裡，有些桌子互相靠得很近，人來人往，互相間都是陌生，卻可以在那有限空間不避嫌地各吃各人的菜飯，各自之間說話的聲音，有時也可以聽得十分清楚。柳君和淑容的背後就有兩位中年女士在交談，由於這靜謐的展覽室，使那語聲即使放低音量，依然在鄰位上能夠清晰地聽聞到。沉默的柳君雖然閉著眼，卻無能關閉耳膜的響動。

「我大哥過世，寄出去的訃聞，竟然只有他退回來。」

「他對人說，他那時不在台北。」

「他在，我們判定那是拒收的情形退回的。」

「要是不回應也就算了，退回實在使人訝異。」

「那麼要好的朋友，眞想不到。」

「他認識我大哥，當然是透過我們的關係。有一次，他的女兒由國外回來，有人爲她安排私人的演奏會，他通知我們，但到了現場才知道他只招待音樂界有地位的人和我大哥，卻冷落了我們，使我們感到很意外和難堪。」

「現在又是見生不見死的態度。」

「就是。有時我們也不明白，他的太太打電話來，對鍾說：我們每天都在想念你。你想想，他們每天都在想念我們。而且每次見面，總是這句話：我們每天都在想念你。我對鍾說：其實他們每天都在咀咒你。鍾不知道在那裡得罪了這個女人，以致這個女人影響了他，使他們原先的友誼遭到如此的裂損。你知道，鍾在他們的女兒出國深造時，還贈送了數萬元贊助她。」

「世界上再也沒有那樣的友誼了。」

「眞的是這樣。我們都知道，他和老楊一直關係很好，因爲老楊的太太在廣播電台當主任。」

「這也無可厚非。」

「不錯。但鍾說，看人品就看在他的非現實性價值上。」

「現在已經沒有那樣的傻子了。」

「我常對鍾說，這個世界大概只剩下你一個傻子了，你一直相信你和他的那份友誼，幾次證明，根本就不是你想的那樣。」

「鍾惦念的是過往的那份存在，這是他可愛的地方。」

「這可是我爲鍾抱不平的地方。」

柳君突然站起來，搖搖他的腦袋，好像要揮掉滯重的頭部的某些東西。淑容也在凝神傾聽中驚醒，跟著起立，然後跟隨在柳君往前走的背後，那樣子看來就像要繼續他們未完的賞畫之旅。

三

年輕時，柳君服完兵事，隻身來城市尋業，先打零工度日，遇淑容，公證結婚，後經由服務所安排在小學校當代理教員。服務所和學校都曾對柳君說明，依照他的學經歷，在新年度開始有空缺時將優先補正。這一保證使他無後顧之憂，可以安心工作，學校也分配一間空餘教室改裝的隔房給他和淑容居住。在城裡，柳君和同學陳君往來甚密，陳亦在另一所學校任教，和柳君時以詩文、繪畫、音樂等事相投契。自有定職來，時光箭飛，半年匆過，再兩個月，暑期將至。柳君獲知新學期已有一個缺額，補正已無可懷疑。此時，春後，梅雨前，與陳君相愛多年的家鄉女子，突來奔投陳君，迅即結婚同居一起。一天，校長告知柳君，現有教師入伍空下臨時缺，是否有友人可前來代教？柳君轉告陳君，其婦阿貞遂來校代課。暑屆，校園一片空蕩和平靜，柳君依然和妻住在簡陋的房裡，且長子誕生，只等候新年度開學，一旦成爲正職教師，薪金加增不少，就可以在外租房有規模的成家生活。此期間，校內雖無學童上課，猶有一些愛運動的童子和青年在場上打球，其中有一位年紀越過三十的高個男子，球技精熟地混在群中投籃，並且時時指點新手做些示範。好靜的柳君獨自在教室內讀書寫字，有時，不免抬頭望出窗外，看看操場上的動態。不期然，那男人闖進教室，繞桌椅，趨前與柳君搭訕。他自稱姓趙，曾投效過有名的籃球隊，現賦閒在家，正準備尋找合適的工作做。從此，柳君與趙碰見時成了點頭之交。校長常至校巡視環境，時常駐足在廊柱邊，觀察運動人的活動情形。不久，柳君從主任口中聽聞，校長有意在新學期開始養練一支籃球小隊。有一天黃昏前，那姓趙的練完球走進教室來，邀柳君同到校外巷子小吃店散酌；柳君起先加以婉拒，說妻子已備有晚飯，正待他回家；但趙者纏拉不休，拗他不過，只得與他同去。過一禮拜，約晨間九時，校工奔來喚柳君的電話，他心裡以爲是陳君，接聽時才認知是那姓趙的；趙坦白說他昨夜來嫖妓，現在無錢被困在旅館內，請柳君帶錢過去。柳君聞言心中十分驚怕，而在旅舍招妓價格頗高，他本人無多餘金錢，因此也透白對趙拒絕，掛斷電話。此後未見那姓趙男人在校園出現，既未見那人，驚心的事遂平淡下去。暑假結束前幾日，校長傳呼柳君前去面見，其言不悅，說有外頭人家投書來校，指名柳君在外面小吃店賒賑，因催討數次不還，只得投書指控。柳君辯言自己很少有外吃習慣，如與友朋一起也不曾有過欠賬，也未有人向他催討之事，如不信，可叫投書人前來對質。校長大怒，說投書人爲了學校和他的面子計，只要他當面告誡，不便小事弄大。柳君不解，請校長說出投書者姓名，校長由怒轉溫，說如沒有就算了，要他退下。開學那天，柳君見陳君的妻子阿貞和那位趙姓男子到校，心中頓感莫名其妙，等校長發表人事和分配職務後，才了然補正的是阿貞，他與姓趙的都列爲代理。那天夜半，柳君躺在床上未睡，他轉身推叫淑容，其實淑容亦未睡著，只是靜閉著眼睛；他要她起身抱好孩子，他也奮起把簡單行李理好；然後離開學校，呼叫路過的計程車，駛向火車站。

從市立美術館出來，已經過了中午。柳君從美術館的這邊望向馬路的那邊，覺得那一邊的一個段落像喪失了什麼而有些寂寥，只有三三兩兩或孤單一個人站在公車的站牌下，但是鄰近或遠處，在眼睛的視線可及之內，皆普遍有著繁華之象，他想了一下，才領悟原來對面的動物園已經搬家了。

「我們應該吃個午飯，」柳君對旁邊的淑容說。

「我不是覺得很餓。」淑容說，眼光也在看對面。

「這個時候是吃午飯的時辰，不然……」

「我不反對去吃點東西。」

「那就好。」柳君點頭同意。

「你以爲去吃點什麼？」

「我想吃鰻飯。」

「那要找日本料理店。」

「不錯。鰻飯既營養又便宜。」

「我們散步走下去，看看能否找到料理店。」

「這主意不錯。」

他們一面緩慢步行一面說話，行人道上並沒有很多人。空際中佈滿著灰陰的氣氳，太陽始終出不來，午後可能會像昨前天一樣下一場雨。

「那時要是我們沒有離開，你說會怎樣？」

「什麼？你認爲呢？」柳君臉色變得凝重和蒼白。

「我問你，你不會不高興？」

「我不會不高興；我難以想像我沒有離開。」

「最重要的是你保全了自己。」

「保全自己也沒有多大意義。」

「怎麼說呢？」

「有時事情越說越不明白，去向誰說呢？我覺得我自感羞愧，在那樣的情形下留在城裡，我無法自處。」

「事情就這樣不了了之。」

「那當然，如沒有那事亦如此。」

他們在巷子裡的一家日式料理店叫來的鰻飯已經用完，柳君站起來去付帳，回座時他說：

「此時去火車站恐沒有車班，我不如改搭高速公路車南下，也能早點到家。」

淑容完全知道他那待不住在城裡的心情，只得順從他回說：

「這主意很好，我陪你到車站，我也好搭那邊附近的公車回木柵，有一堆衣服還沒洗呢。」

淑容這樣說時，柳君突然靜止不動，意味深長地眼睛直望著她，在他的臉上隱隱浮出一絲笑容，有若晨間時她所意會到的樣相，這印象像報償似的成爲她永遠的記憶而取代了漫長憂鬱不樂的慘淡生涯。回到鄉下後，到八月底，柳君在晚間因心臟衰竭而倒臥在客廳的地板上，結束平儒的一生。

草地放屎郎

柳源居市郊養花，自中年摒雜後，愛散步，不是晨間就是黃昏前的時刻。他走路的路線有一定，多年不改其癖。踏出家門，有大馬路，斜對面有岔口，是闢開相思林的下坡小道；走這小道百來步，接一戶農家，門前稻場邊有棵櫻桃樹，枝椏雜伸，交春後綻芽開著淡紅小花朵，十分美麗；樹下經常用鐵鍊銜著一隻黃毛大狗，對熟人不吠。農家側邊爲梯田，走過田埂，繞過斜丘，就是開展著上下兩層的大片菜園；菜蔬排列整齊，青翠悅目，有草人站崗，有網具防鳥。之後，就是更自然的山野景致了。先是平鋪的草地，長著綠綠繁盛的尖尾草，有一條走成凹痕隱顯灰白的小徑，引向充滿雜樹林的山區。柳源就是在那遠避人車的世外踢步漫遊，繞谷而走，觀樹看鳥遇蛇，仰天聽音湧思，吐納調息，怡神自得，好不自在，直到足倦折返歸家。

有一日傾近黃昏，柳源走回到林野與菜園之間那一帶低窪的綠草地區的時候，遠遠地就望見有個男人放低身子，一動也不動地突兀在翠翠草坡上；再走近些，才看清楚那郎是蹲在那裡，而且正好直豎那條徑的地點上，左右的草高把他的下身正好遮掩了，隱約露出折曲的膝頭以下小腿部分的暗黃色，以及有點蒼白的一邊屁股。啊！他在大便。柳源心頭震動一下，這是他去山林和回家的唯一通道，雖然他闖見了那郎，卻無他路可逃，只有硬著頭皮照走，因此也不必露出驚惡的神色。

再邁近些，終於可看清那郎的臉目，嘴上翹叼著香煙，前傾的面龐上兩顆烏溜的眼珠，像留意著來人，又像盯視著吊在近前的樹枝上的一件外衣；凝固的笑皮臉，那表意啊，像是擺明著：「怎樣？」而不知羞恥。

再走幾步，柳源就要面臨從徑上走開的抉擇，否則就要碰撞他。清爽的一條路，讓不合理的佔住。不過，當他繞了個小半圈，走過那郎的一刻，柳源發出語聲：

「爲何不去旁邊靠些內角？」

那郎答腔：「我看沒人走。」

「爛說。有人走才有路紋。」

那郎便不答。柳源已走過了他，不去理會了，逕自回家去。

次日，柳源已難能舉足去散步。想到那郎的蹲姿，實在無可奈何；想到那條路的一堆屎，感到無比的痛恨心。怎樣消弭它，腦筋苦惱萬分。再來日，逢雨，柳源歡喜，想雨水可以打散它，然後滲進土壤，便恢復舊觀。因此，第四日微晴，他在晨間耐不住便出發去看究竟。

他的心還是忐忑不安，害怕不能如願。臨近那區域，腳步遲疑。天啊，它看起來有如堅韌的銅質的赤裸的小型雕塑擺放著。只得依初識時模樣，踏開到草蓬繞半圈走過去。但來到山林間，看樹不是樹，看鳥不是鳥，天庭無表情，心田中混淆著憎惡。敗興回來後，不能入飯，不能安枕，焦慮得像親眼看見愛人遭侮辱。

柳源憶起屎龜來，童年時見過它的形貌，身體比別的甲蟲壯碩，土褐色，勇敢地爬上糞堆穿梭；他想那堆東西的特殊氣味應該會招引它來食，金蠅雖小，也可幫些忙和分享。有這種情形，也似乎必須靜候個二三天時間。

但，奇怪，難道現代沒屎龜，或有也不吃屎嗎？不見它們的蹤痕；那堆東西依然存在，色澤變了，深褐暗乾，縮矮了些，看起來堅實得像銅身轉成烏鋼。

●

柳源裝作若無其事，攜取鐽子出門；家人對他的突然行為頗覺怪異；不動聲色，尾隨，不使其察覺。當柳源走到站住要舉鐽的那一時，他感覺有隻腳的小腿肚十分刺癢，原來幾根硬尖的草葉從褲管口伸入抵觸著皮膚，這使他綻出微笑，意會到為何那放屎郎貪求適服的放蹲的聰明選擇了。他出口罵了一句：「你這夭壽阿格眞巧。」他原本想暴力鏟除它，卻改換成謹愼，免得不小心自己沾了那汚，像待寶般連那土座一起鏟起來，移到草坡內角的位置去，有如那郎原該放在此處的。回來的時候，他向家人故意展示：一株結成紫球的帶刺小植物。

家人笑問：「這算那門子的觀賞花卉？」

柳源暗自驚羞，答曰：「看你怎樣賞識啊。」

家人調侃：「人家找尋的是有價的百萬名花，你像是移花接木，搞個離奇的無價紀念品了。」

柳源推說：「有個別際遇，就有個別藝術。」

他將那有點滑稽的野植盛於花碗，置於後院花架下衆盆栽的最高層。翌晨起床不見，怒問家人，家人回應說：昨夜花賊來，大概手電筒照到它，以爲什麼高貴的奇珍異卉而捧走了。柳源想想，點點頭，家人看明直問：「是否癒了心痛？」柳源才放聲大笑哈哈。

兩種文體

阿平之死

一

他首次給阿平的信這樣寫著：

我已經有許多時日不用書信的方式向一個人（或朋友）表達我心裡的想法。你知道，所有有形的創作形式大概均來自內在思想的要求和需要，有如自然創造了生命一樣，靈魂投靠到一個有形的物體而彰顯出它的存在。《傾城》是你眞正顯現了你自己（不論這形象像是多麼驚慌和錯亂），它不是你的現實思想要你寫成的，是形構你軀體存在的內在驅迫你去做的，所以它的目的和內涵都是超現實的。一個人的意志力和使命感可以用來創作讓人覺得偉大的作品；虛榮心亦可以發奮努力而在現實的社會獲至一席地位；當世界的意識集中到某一個人身上的時候，它可以造就一個讓人崇拜的英雄人物。但就藝術而言，一個更重要而並不怎麼爲人探索和知覺的創造奧秘，甚至是指一種生活之道的形態和內涵而言，不懼毀譽的表達出自己的樣相是可貴的。在現實時空裡，具有不停變換的容姿，顯現時美時醜，時幼時老，實在掌握不住任何的樣相；並且物聚物散，得不到恆定的依靠和安慰。只有在效法自然創造的模式裡，扮演一個創造者的角色，那內我的慾望爲了擺脫而創造了自己的形象才感到實在和慰藉，因爲有那產生塑造自己的責任而獲得肯定，在那樣的意識裡卸下的重擔，就像母雞生了蛋。由於有這種行爲的完成，心靈才獲得放鬆和自由。我說了這麼多囉嗦的前提，意在於鑑定《傾城》的品質；談了以上的條件，只爲了說明我個人欣賞的範圍，而不是指它在俗世文學裡有多少被專家學者或讀眾去評價，因爲他們是論工計酬而又肯定約定成俗的，他們會為自己的論說而把一個完整的東西敲成散塊，並且會片面擇取而斷章取義，使它變得體無完膚，就像砧板上的骨頭和肉塊；而在所謂文學的架構範疇裡，由於合不上他們那設定的框架和條件而棄置不顧，有如現實的知識價值摒棄了內有無形的知覺，有如理性看低了感性。我們知道，擺脫掉文化累積的油污，才能透視潔淨的本體。甚至當各種的花朵都有人偏愛時，我也選擇了我愛的一種。所以我愛的是自由和自然的赤裸，這一點我們並不妨礙任何人，我們是在自己擁有的天地裡這樣做。我們並不缺少典雅和修飾的教養的一面，但我們不掩藏心弦的鳴動。我們看到別人的眞，同時也照會到自己的赤誠。我們同樣地和別人說同一種語言的話，但在這語言的陳述背後並不施狡詐。有時，在我們心智的天地裡，我們自許是最美麗和最善良的，雖然在現實現象界的表面的比較之下是落魄可憐的；就像在我們的心田感受裡知覺到那軍官是最英俊最體貼溫柔的，在那嚴酷和呆板的世界裡仍然有我們感受得到的最優美和動人的表現。即使它是夢，也是最眞實的，它被創造出來是最合乎造物者自我的意志。這個故事用來對比畸形的人類文明創造下的敵對和隔離的現實，讓我們不由得有一股強烈地渴求，需要那樣特別無微不至的服務和待遇；並且讓我知覺到，在那樣的情況的分離，才使那表現在過程中的深情存在。當然這個故事已沒有必要去分別它是否事實和杜撰；無論如何，它只有一種人才能去創造它，只有一種才情所凝集的形象才會被內在的意識安排去造就那種特別的事件；所以與其說它是曾發生的現實事件，不如說它是作者自己創作的夢；因為有那樣的心智才合乎它的創作事實，這事實不論在時空中顯相或在想像中印象，兩者都足以驗證內在意識才是眞體，它的主宰性同樣落實或顯示某一種的性格意涵，因為你把它寫出來，所以這種性格意涵的存在地位就此確立不移了。

《傾城》有別於其他你在沙漠中生活的故事，這好比其他的故事都像是一條線，這些線都像是軌跡留下的痕，這些痕在一張圖畫上很可目為美麗的筆觸而已。省略地說，這些筆觸都具有令人喜悅和欽慕的色彩。一條一條的彩線的確使人遐思，滿足人們的好奇。但是它——《傾城》是不折不扣的醞釀在地底下千萬年而形成的、在不斷翻掀的地殼中，不意而露出來的一顆未經雕飾過的鑽石，不知者視為一個普通的石頭而一瞥走過，知者彎下腰撿起且拂拭了塵埃，知道是它。它是一個貨眞價實的東西，撿者自忖它不是廉價的。而撿者也不需要把它拿去切割和雕鏤以便賣出被戴在仕女的身上當飾物，或被鑲在皇冠上和嵌在權杖中，只需放著當在觀看時可以憑想像和它隱隱放出的光相接觸，只需保持它自然的立體形姿，在另一個方面，似乎可以從觀看中領悟它曾經歷的苦悶和辛酸的過程。眞的，一個立體的事情，就如這顆鑽石，它可以被看到許多的面和許多的線和無數的交會點，有說不出的豐富內涵在它裡面形成和組合，只要有能耐的話，它比能說出或能體會出的還要更多。這撿者不是別人，就是作者他自己。而其他故事的主角是可被替換的，如果讀者高興把他替換成自己，那麼他就可以同樣置身在沙漠的愛情裡，我可以保證這一點。但《傾城》則無論如何替換不成，非只有作者本人不可。因此，只能感覺而不能明說去界定那女角到底具有何種性質，可說是介於「愛」與「被愛」這兩種俱全的組合，這兩種意識巧妙而均合的寄身於一個瘦弱的女體裡，這不能被消散的靈魂（只因它的強烈執著）的存在，使故事中的其他人物和景物因她的蒞臨而注定要存在這個世界上。這創造的必然不能以巧合而輕言帶過，這人類的世界也許有一天會完全毀滅，可是「愛」與「被愛」這種意念永遠是宇宙實存的理由。

你也許會認爲我言過其實，其實一點兒也不，這點要怪我有限的語彙能力所不能完全表示出來的個人思維，因爲這像是恭維的意涵說的卻並不一定是完全的奉承，故意地把一株草說成是一朵花。我不會破壞它——《傾城》：它對我而言，可望不可屆，假如要用我們都能意會的話去說它的話，它的眞情實事對我猶如夢境；而即使它是如我所說的本來就是一場夢境的話，它對你而言確是眞情的事實。當她抵達那座城時，她的身影灰白如幽靈，有如在我的視覺裡出現的魅惑和閃動的形象，那軍官無疑被這似眞似幻的姿影疑惑著而去嘗試接近她，自始至終他都不能擺脫這份他不能理清的知覺，而越出了他生活中慣有的態度，給她一份特有的照護，使他顯露出自己的身份不該有的被約制所埋藏的那份原有的人性。由於這一連鎖的事故，使這個幾盡被目爲不盡人情的城市變得格外的可愛和值得流連。這個不具有什麼目的的單純力量，當她啓程而前往時，她也不知覺那內在的操縱，只有一些現實事體的憂慮和困擾，她根本不知道那潛藏的心思的盼望，直到那分毫不差的邂逅，好像一萬年前就定好而在漫長時光中忘懷了的約會，經過幾世的轉迴而現今已不再認識，俗世的衣裳掩沒了原有的身分，但是卻逃不脫靈魂電眼的交視，一場原有和表有的掙扎於焉開始，在那有限的時空中劃分出屬於他們本有的永恆，在那充滿市聲和慣有的紛擾裡有另一種音律的交響，只存在那兩顆心的脈動裡。到此，我不得不結束這個故事給我的無窮想像，而你讀到後儘可保持緘默。此刻我想，我們不要被世界的無情集體化淹沒了個人的本性；雖然我能這樣想，我們仍不免陷入於世俗生活的泥沼，並且跟隨著越陷越深，已經感覺到壓迫到胸部，快要封住嘴巴和鼻孔的呼吸。到此地步，想離開沼澤返身回走恢復矯健的身手已經不可能了，唯一可想的，只要放棄這肉身，放出心靈去浩瀚無涯的自由之空，在那裡似乎有著更多的眞實讓我們滿足和快樂。

二

他投郵的信阿平並沒有收到，這是一個多月後兩人通了電話才清楚的事，檢討失信的理由都不得要領，於是他問阿平，如果他還留有底稿，是否願意看？阿平希望他能影印那份底稿寄過來。

約過了一個多星期，他沒有任何阿平的信息，這樣再過了幾天，他收到一封阿平寫來的短箋。

這短箋是這樣寫著：

跟你通過了電話不幾天，我摔下樓梯，把肋骨摔斷到肺裡面去。初送台北一家醫院，放了八小時沒有急救，休克了過去，再轉送「榮總」時已是天亮。在急診室動了手術，把肺插入管子，沒有麻醉，活活痛死。現在出院了，仍然不太能走路，肋骨不能上石膏，每有小動，就眞正痛徹心肺。我一個人住在台北市一個老舊的公寓中。母親也在病，我不能回去。明天有人會來送牛奶，我將這封信請人帶出去寄。三個月後，等骨折好了，必然想法又不一樣。現在活在孤島上，也很不解，這樣子活，居然還是存在著生命的意志。頭昏得厲害。你別急，我爬不起來接電話，等好些，就跟你通消息。

他的回信這樣寫著：

這幾日縈繫於心的是你那肋骨的疼痛，我幾乎無法有立即的行動，去看望你或寫信慰問你，因爲我不知道是否會過分的打擾到你；我遲疑的本性總是這樣地使自己不知所措，腦中一直盤繞著你痛苦的形象，想不出如何能使你減輕痛苦或能爲你分擔著什麼，甚至想如何使你發笑假如我能在你眼前扮演小丑。古希臘的季諾在八十歲時有一天出門踢傷了腳趾！他痛得仰天呼號：「何至如此？」可見這種意外是多麼痛徹人心，好像得道般大徹大悟。

我想你平時一定有些要好的朋友，在知道你受傷時趕來看護你，雖然父母都年紀很大了不方便來。平時那麼愛戴你的讀者也一定在獲知消息時爲你祈祝早日康復。我所能想像的最糟糕的事情莫過於你突然地受困於室內不能到外面走走，你一定想念現在秋天的晚風的涼快和美意，當你預期的復元到來時，恐怕已經是嚴寒的冬天了。像我這樣遙遠的朋友對你眞是一無助益當你迫切需要幫助的時候。我是個自來就習於爲常喜愛做家事的人，假如能在現在爲你做些菜餚或爲你侍候早餐必定是我的榮幸；但願從來沒有人像我現在那麼全神關懷你，這種思想似乎讓我向你暴露出早爲被人忘懷的古典主義。

三

朋友，嗄，你的來信是好的。

不知你是否看過卡夫卡寫的一個中篇，叫做《流刑地》。我只看了一次，幾乎嘔吐。至今不能忘卻，那個獨特的刑具能那麼把人慢慢整死——一天吧。

在肺中插入管子讓肺膜中的血流出來的那九天，我常常在想念《流刑地》裡的殺人機器，甚而起了羨慕之心。那書中受刑的人，不用一天就可以死，雖然還是慢了，而我痛成那個樣子，卻不能死。前三天一直叫喊「給我死，給我死」並不是一句台詞。叫到後來，覺得自己是一座四萬里方圓之內荒無人跡的孤島，那種鎖在靈魂裡的「沒法叫人了解」已使我今後的日子，在性格上改變了。

在我肺膜中的氣穿出肺外，在身體裡亂跑，把背上膨脹到成爲一只大碗一般的氣泡，而狂痛時，護士小姐對我說「你太嬌了，也不至於那麼痛到要叫喊吧！」然後醫生巡房時也說「你不堅強，再叫趕你出院！」這一霎間，我並沒有在叫，因爲剛打止痛針。等到麻醉效果消失，那根接在機器上再插入我肺中一個手肘長、水龍頭皮帶管一般粗的管子，又以「吸力」在我肺中抽血水時，我一定不許自己再叫喊，於是把口腔內的肉壁咬爛了。

九天之後，管子拔出來，我不必鎖在床上接機器，我請護士把我拉起來，即使天旋地轉吧，也拖著四根骨折，自己走去上廁所。那「能夠起床上廁所」這件事情裡所包含的「尊嚴」非同凡響。也在那以後，我再想起一位全身骨折，已經臥床十一年的青年朋友，我突然感到了他的無助和巨大的孤寂，我明白了他說不出的苦痛，那已成了一個「啞靈魂」的重度殘障者，過去，我實在不夠愛他。

以後的日子，每天我試著捧住不能上石膏固定的肋骨，輕輕的一步一步走，在走廊上散步。總共打了七十六瓶點滴，快八十針在手臂和臀部，這些嚇不到我，骨折的痛也可以忍耐，但我下意識的會去探頭看看其他「胸腔外科的病人」，如果他們身上有一條粗管子由肺裡引出來，引到地上透明血罐再插上機器的情形，我自已就感到那種痛又傳到我身上來攻擊我。那麼想走到孤零零曲著的榮民老人身邊去，對他說「你一定很痛」。我突然知道了，同情並不是一種罪，在他人極度痛苦的時候。同情減不少一絲肉體的苦和疼，可是仍是必要。

醫生說，拔掉了管子，病人心理上大約有兩天還會感覺到有管子插在肺裡，我也是。說，可以住一個月，回家休養再兩個月可以不再痛骨折，六個月後能夠自然癒合，終生不可以提重的東西，旅行再不可背登山包。在半個月滿的時候，我通知醫院，我——要——回——家。一個別科的醫生跑來對我說「你這種摔法一定還是很痛，回去一人不能有人拉你起床怎辦？」我說「試試看」，他說：「你一定很痛，現在感覺的是骨折的痛了，因爲不能固定。」我聽見他說了兩遍「痛」字，呆呆的看著他，心裡突然感到一種人性的溫暖慢慢流過，我再看這位醫生，他相當年輕——當然，就因爲年輕，他還有著一份其實在這份職業上需具備的「倫理學」觀念。他愛病人，同情病人，試著了解病人。這種關懷，其實就是另一份病人得到的力量。

有些人，在受過痛苦後，會改變。朋友，我也變了，我感到我對一切生病的人，有著一份欠負，他們是世上很孤單的一群人，沒有人了解他們的痛苦，他們是一種被鎖住的苦靈魂，人，在極痛時，精神和肉體是不可能分家的。

收到你的來信，是我下樓去買牛奶的夜晚，我試試牛奶的重量，只拿了一瓶，然後在細雨霏霏的台北市陰沉天空下，一步一步慢慢的走，輕輕的踏步子，免得那微小的頓足都使我骨痛。信箱裡，你的關心來了，在整室巨大的安靜裡，突然吹來了大地原野的氣息，吹散了都市的悶和心裡那被困的無力感。

很有趣的是，由摔傷，到急救，到那九天昏昏沉沉的大痛，到拔掉了管子，到回家來，突然面對一個公寓的寂靜壓逼，到夜裡反來覆去都是「不可能」的奢侈（我已經維持仰天躺下的姿式一個多月了，肌肉也快瘦死），到我慢——慢——的習慣了與世隔絕的日子，到我想起《異鄉人》中男主角莫梭在監獄中的奇想——就是把他放在一個枯樹中一生一世，他也可以觀察那細細微微的樹心，天上偶爾飄來的一片雲，看一隊螞蟻行過……過一輩子。「關」的滋味出來了，而我把電話常常切掉，沒有時間觀念的周而復始的細嚼一個人的日子。我的心沉澱下來，我安靜，不做什麼，偶爾吃一些東西，像老鼠一樣。我非常不歡迎有人熱心的來看我，我的生活秩序已經建立了另一個自我的小宇宙，外在的春花秋月已不存在。而我不急著回返樓下的世界。這才使我想起某些你早期作品中的「感覺」！我懂了。雖然這是兩碼子事。

想到你所選擇的生活方式，常常認爲那未曾不是極清朗的一片宇宙，難怪你不住台北。明年什麼時候去苗栗看看你的地方好嗎？秋天？可不可以？

四

今天早晨我突然想著如何將讀書的感想和願望寫一封私信這兩件事結合在一起。這兩件事原本不相關。我知道讀書的印象可以寫成一篇書評投稿發表，而寫私信應該談到兩人間相關的事情；但是我心裡卻抗拒著自己正經地批評別人的作品而讓人以爲想當書評家。人們總是認爲批評者高於創作者，其實不然，這其中涉及到許多性質和來源的問題：創作者依然是最高的，因爲原創者只有一個，而對這麼一個原創者的批評卻可能有很多，不可能許多的批評會有一致的看法去對一個原作者。這種事從社會的生活也可以看出來和印證。我心裡一直想要再給你寫一封信，這事盤繞我心已經許多時間，卻生出諸多的悲觀來。一個人活著憑著機會而發生感情來，並且似乎依憑著這許多層次的感情而活著。但不論友誼或愛情，我和你似乎都極其緣薄，只有一點點短暫的時光和物件，就像一般平常遇到的情形感覺不出特殊。在我的記憶裡的兩次是：二十幾年前在明星咖啡店的一次和最近在皇冠畫廊的一次，而那兩小本蓋有你的藏書印章的畫冊是我從你的男友住處取來觀賞的，我應該寄還他但留置至今我覺得更應該直接寄還你。但你知道在二十幾年前我取用這兩本畫冊時並沒有什麼預謀存在，以便在二十幾年後寄還給你而想獲得什麼來，那時你遠在西班牙，我只是偶然看見這兩本畫冊的美和特殊而想留在身邊翻看研究它，僅此而已別無用心，這是你可明瞭的，直到再遇上你，我才想應該物歸原主而寄還給你。如果沒有這麼偶然的會見，它們還會留在我的書架上，它們曾經隨我十幾次的遷徙而沒有丟掉，因爲我喜愛那你有蓋章的特殊標誌，好像愛著你本人似的。那麼看來現在我是有意圖的了，即使是這樣，我也不會承認或明說，這是我悲觀的理由，充滿對現實的失望，因爲在現實中我和你是不可能有深的和實際相處的友誼和愛情的，唯一希望的是偶爾在想念充沛的時候提筆寫信，假藉種種的理由以達心中的願望，實現另一種的存在。

在這個暑假裡（事實上我已退休，應該不能稱作暑假），我有機會比較完整的讀到現今幾位有名的作家的作品，我不知道你是否對他們熟悉而有深刻的印象，即使有，可能像我一樣在以前是零碎的，譬如在雜誌或報紙副刊上看到的單篇作品，但現在我讀的是他們較多的作品集在成冊的書上，所以能有較明白的讀後感想，不論如何，讓我在你面前而不是公開地表示一些觀感。

從略……

夏日像從後門溜走了，迎門而來的是涼秋，我的鄉居生活從來就沒有什麼新鮮事，因此不免咀嚼起來過往的事物。我似乎在前信曾提到很久沒有以信會友這回事，那是因爲沒有一個可資表達的對象，直到再次遇見你——使我——想到你最初那瘦長瀟灑的印象，竟然留置至今還有那身同樣的姿影，又多加了一雙要看透人的眼神，使我在你面前心裡有點顫抖，然後像已經明瞭我似的移開就走了，眞的，省卻了自己的表白之外，我不知道會不會有機會第三次遇見你，或有更好的文思寫信給你，我眞的一點都不知道。啲啲

朋友，好呀，終於找到了一個可以在文學上交談的人。你的先前來信，前一陣因爲很重的

傷，事情就停止在那摔下去的一刻。一個多月過去了，我沒有拆你的信，別人的匆匆看過，就好。你的不一樣。

木心尚有一篇，請一個人擺地攤賣人偶。（好像是）是有一回不當心在什麼活動場合看見的，所以只是快快的看。從此我一直注意到他。很驚訝的是你替我講出了木心給我的感覺。此人是極高貴的，他的內在世界相當華麗而豐富，就如張大春，也是同樣的滿，而他們當然不同。能夠懂得欣賞這等人內心觀照的我們，其實並不太多。

你所舉的幾位之中，張大春應用文字的活潑ㄐㄧ近頑皮ㄉㄠ蛋，令人失笑，可是非那樣，出不來他的情調（不用「風格」，情調是更神秘的字眼），在《四喜憂國》這篇作品裡，看見一個人如何駕馭文字如同大劍俠舞劍，那份驚心動魄呀，大手筆。

木心和張大春所不同的是，木心本身的「傷」，在在可以由他的文字中看出來，而張大春絕對不傷自己，他是混在裡面活，燦燦爛爛的活，看木心有一種被刀輕輕割過的銳痛加上鼓聲。看張大春只想尖叫——耶穌基督與你同在。然後大笑起來。這種笑裡面，有我的激漾。我更偏愛張大春。因爲本質上，我是木心。偶爾，我可以變成張大春的世界，那就使我有些緊張得笑個不停，因爲不習慣。

至於周夢蝶，他的人、詩，都是孤寒的。就單薄了。這關係到食不食人間煙火的生活經驗，我是喜歡紅塵之人，夢蝶凡事認眞到不肯「失足」，結果這一生最大的錯誤也在於此。近年來，他的門關得更緊，我大概十數年未見他了。想來關閉自己也是一種循環。夢蝶再下去，是寫不出人間味的東西了。這沒有關係，可是那份「空」又不是「眞空」。我巴不得他更加「眞眞實實的辛酸」些。事實上他是眞眞實實的辛酸，但作品中看到的並不重。

劉大任是個悶沉沉的好將，不過我很怕一種「文章背後又有暗示」的作品。雖然每一個人的作品，都自然有著另一種消息，躲在裡面的，但不可以使人感受到它的「意圖」。我常常看見劉大任那欲言又止的意圖，所以不太感動。但他很好。

我很自然的將陳映眞和劉大任連在一起。

至於文壇中的爭論，那只是等於關起門來鬧了些家務事，開了門臉色不大自在，路上的行人根本看也不多看一眼。圈圈太小了。

倒是你的形容詞「有如一個女子最後嫁給一個老實可靠的男人而忍痛告別了那位浪子」使我嚇得要掉信紙？你難道明白，我一生所不能忍痛告別的就是本身這種浪子的性格？你難道明白我一直想著修正自己，去做一個老老實實的女人而不成？

這其實是我終生的性格，我知道這一輩子不可能放棄這些「廢話」，也永遠爲「現象所傾心」。我不能乖乖的去守住股票，我不愛那樣的專心，而對於藝術，爲什麼一輩子不肯放棄或說在這片大海裡飄零至死，還是不會改變。

五

其實我還是清楚的，在欣賞一份他人的作品時，我的創造也同時產生。這份再創造偉大了作者，而讀者是成就他們的人。

我明白爲什麼在閱讀這件持續了一生的事上永不厭倦，因爲我總是在一頁一頁的「再創造」了作者的心靈，以自己變化不定的閱歷，同樣一本書，每過一陣再去看它，所觀照的東西都是不同。這使我的生命永不老去。自己也十分驚訝。

捽了一個月，事情耽擱了怪多的，現在還是痛得吃止痛藥，可是那些瑣瑣碎碎的小事和人事，又來偷擊我了。再這樣我要去海邊了。

十月底，他給阿平寫了一封信，描述著自己在現狀中的生活。這信是這樣寫著：

今晨，我出外寫生，在我住的山腰處往下走，由一條岔路再下坡，折過一道短橋，上了一片較廣的梯田，沿田埂走著，眼望著前面和左右的景物。我背著畫袋，手提著折凳，尋望我的目的物。這裡的環境我是走熟了的！從鎮上搬來山區住已經七個年頭了，平常日子的散步就在這一帶附近的山巒，穿越樹林或橫過田畝，但我不是農夫，走起路來頗有羞愧之感。散步就是散步，爲了運動的理由，一面還可觀覽景色，但是卻沒有想到有一天會重提畫筆對它們描繪。這十月的日子，天氣大都清朗，高秋的炎熱在白晝裡照耀，因此在這個月份中勤於外出寫生便不覺也畫了十多幅的風景。而自三月退休，四月開始畫素描以來，好像眞有介事似的在專心作畫呢。其實，我知道只是在擺度我的時光罷了。近三十年沒有畫，開始時困難極了，不知如何下筆，充滿著恐懼和排斥的心理；那種笨拙和惱怒的複雜意識更加阻礙著我；畫什麼？怎麼畫？只有從頭開始罷，而不是所謂跟隨時代的畫風去抽象或潑墨什麼的，只有老實的從根本的素描重新開始，注視簡單的物體，就這樣動起手來繪畫了。現在仍舊有心裡的疑問，可是已經漸漸習慣，每天都想出去，不然就在室內畫素描；只有每天都能畫一些，才覺得心裡有些安定，那麼其他時間做什麼都無所謂了。

從外頭回來常是已經過了中午，因此馬虎地做些麵食吃下。你說「難怪你不住台北」，我必須說，我住那裡或不住那裡，往往是被逼迫的，而不是我心滿意足的選擇。我在鎮上原有一所父母留下的矮小和破舊的房子，只有十四坪，因面對菜市場，在忍無可忍之下棄屋遷離。二十多年前，我離開台北，走往霧社，因爲我在城市打零工已經五年，無法安定的生活下去。在山上當臨時雇員又遭老闆欺視，只好回到童年的故居來。這樣的一個落難男子在自己出生的家鄉住下是十分痛苦的，一個沒有什麼成就，沒有職業工作的人是被人看不起的，不像在城市可以掩藏過去。

當我實在走投無路從霧社的山區回到故鄉時，我這樣暗暗地承諾著自己將來一定安於謀求的任何工作，默默地生活只求安飽不求聞達，並且相信自己只是一個和別人一樣平庸的人，這樣的人有他的懦弱的生活哲學，除了盡責養家外，我沒有愛。如果這是不確的，愛總是有的，那麼那是埋藏在我內心的東西，是從來不示給別人的。

這個星期來，我的睡眠都不好，使人覺得害怕的夢纏繞著我，當我醒來時就無法再沉眠了，只能躺著靜靜思索夢中的景象，感覺四周寂寥無人，整個屋舍空洞無人，只有一個卑屈的人臥在昏暗的書房裡。有時，像這樣的情形，會是一天的開始，我起身到廚房燒開水，洗完臉正好接著泡咖啡準備早餐。我一個人吃著早餐，它往往是我一天中的正餐，我準備有吐司麵包、有牛油和花生醬、有一個煮蛋，和切開來的柳橙片。我總是儘量吃飽，以便可以有一天的工作氣力，中午或晚上則依心情而定，隨便打發過去。

我眞的不敢確信你會想要在明年的什麼時候來。我不是那種你想要探視和憐顧的受屈的藝術家或什麼樣的人，我是一個平凡的人，孤獨寂寞但可以頂天立地自給自足的人。假使你眞的會來，那會是一件大事，但是從來沒有大事會在我的生涯裡發生，不是別人不想安排，就是我的遲疑性格不讓它發生。你不一樣，有如你說我不一樣相似的，我心裡盼望你來，假如不把它看成大事的話，我會像對待一般賓客般把你迎進來，問你要茶或咖啡，在這之前當然我要請你坐在客廳的沙發裡，再禮貌地問候你旅程是否愉快，感激你，說你的光臨是我的榮幸。所以你在信尾問我「可不可以？」完全是多餘的，要是你突然在三更夜半打電話說你已經在鎭上的火車站下車了，我還不是會迅速地開車下去接你上來。這事情想來是頂滑稽的，因爲從來沒有人會在五十歲時還有衝動的熱情去做二十來歲時才有的那種像大事情似的美麗期盼，把它視爲終身大事般去憧憬。可惜，這事臨到我們頭上時，你還有三個月的療傷，而明年秋天（今年秋天還未過去），我更不知道我是否還會安然地在這山區的環境裡作畫；現在我已在想，甚至是在趕，在今年的壞天氣來臨之前，這附近山色的寫生應該結束告一個段落，明年夏天天氣好起來時，應該移到那等待我去寫生的其他地方去，那裡會有新的構圖和色調等著我。以前用生澀的文字寫的，現在卻笨拙地畫出畫裡頭了，因爲我總是把自己沉墜於黑暗的心裡，從那黑暗的心顯出形象和色彩來。

他生活在鄉下，能夠和阿平通信必定使他感到珍貴，但前面的那封信再度沒有到達阿平的手裡，他對這事充滿了憂愁，後面這封信有他的細述：

我非常疼惜那遺失的信函，不是爲了語文，是爲了那四張手寫的紙；這些白紙所剩無幾，是抽屜裡許久留下來爲敬愛的人寫信用的，現在只剩這兩張了。我工作完畢，心情鬆舒下來，想到已過了半個月未知你的消息，因此違例（你曾說傷痛起不來接電話）打電話給你，才知那信函未到你的手中而頗使我驚訝。這像是個可惱的夢魘又回來發生在現在寫給你的信上，過去曾與海外友人通信，就發生同樣的事，不是遺失就是遲至，爲什麼？我很感懷疑和憤怒，因爲我寫信完全是屬於個人的事，也沒有參加組織會在信函裡暗藏玄機，可是由於我的個人思緒和語法的緣故，檢查信的人就頗費猜疑而盯上我了。我這樣說不是沒有緣由的，爲何發生在我身上的同件事的頻率會這麼高呢？或者，有另外的可能，當你傷重不便時，你有較親近照顧你的人，他知道我寫信給你這件事引起他的好奇，假定他是爲了你的緣故而不讓我的信再傳到你的手中，他的作爲是滿有理由的，想來這封信又要落在他的手裡了，但願這是無稽的想法，是我自來患疑慮症的例子（因癌症死去的唐文標就曾經警告過我要小心），不過，把你視爲珍寶而愛你照顧你的並非沒有，我這樣想。

這事無疑影響到我現在寫信的心情，使我沒有一個好的開頭，並且可能讓你讀到我壞心情的奇怪文字，而這封信便只有那壞心情延續不來的憂慮調子，把我原先預留在心頭的喜悅想法完全驅散，這不但使你損失那四張信文，還要再接受這份不該有的不快樂筆調；但是不寫又可能無法延續，這信函就如生命，沒有這一封就沒有下一封，沒有上一封就沒有這一封，環環相勾如一條鏈，沒有那電話，就沒有那再寄的拷貝和這一封信了。生命和信函同樣都具備著那「必然性」的邏輯，如果有人想再沒收這一封信，我還留有拷貝，我還是會在某一個時刻與你通話，使這一個通信的事體成爲現在最重要和最貼切的存在樣式，它的堅決和頑固是沒有人能阻礙得逞的，除非你親自叫停。

前一天，我在午後才外出去寫生，繞山而走，在那山路上，我遇到使我驚覺和駐足的一條蛇，後來我微笑了，當我不斷地注視牠，而牠又不走的情況下；因爲我走不過去，牠橫在泥土路面上佔住那空間，我要前行必須從牠身上跨過；又沒其他的徑道，一面是山壁，一面是崖下；由於路面有草和落葉，牠身上的灰紋只有在靠近時才辨識清楚。我已經走了有很長的一段路了，一直沒有尋到滿意的景，所以一直的走，心裡正在想今天恐怕就會白走一趟了。不過，我能認清方向，知道山勢，繞過去可以有路回家，而不必折返原來的路耗費體力。但是我不動，牠也不動地停在那裡，造成一種僵局的情態。這是我在今年見到最大的一條百步蛇，俗稱「乾尾」，那尾巴有一小段是焦黃成鈍形。我沒想到「立冬」了牠還未找到藏身窩去冬眠，也許牠還未吞到足夠的食糧，所以牠也驚住了，看到我這個比牠意想的還要大得多的物。我想應該找一根長樹枝趕牠走，附近的地面上卻沒有，這使我只好轉身往回走，當我轉身過後再回頭看時，蛇不見了，我更驚了，那只是瞬間，於是我又回來察看牠可能隱身的路徑，但山壁和崖下都看不出有牠經過的痕跡。我遲疑片刻，才放膽過去，但我相信我自己，在這廣大的天地間，萬物互有容身之地，無需互相傷害，所以我信賴我自己不會無端地殺生。

在這冬日午後迅逝的時光中，我終於走到一片荒草的地方，坐下來，靜靜描繪那眼前盛開在土丘上的一排寒草花。啊，親愛的朋友，這是我經歷的幻覺或眞實的顯現呢？雖然是平凡，卻是多麼奇怪的遭逢啊！這次能聽到你一如往昔的聲音和知道你傷痛逐漸康復的消息，也是一種莫大的安慰。

六

好。朋友：現在是深夜一點四十二分。

很快樂的時間。夜來了，沒有人再會來電話，也沒有讀者明天的信件+電話和冒失鬼的好心人，突然在我樓下按門鈴——說，嗨，是我，我特爲來探你的病。不，你沒有跟我約好？可是你摔傷啦，你一定在家沒事的嘛，什麼鬼？你還是不給我上來，好，我——你可以不見，問你——水果要不要？水果——名貴水果加鮮花，你要不要？不然我丟在你門口——樓下!!於是，現在最安全的一刻，讓我來告訴你，看了你連接兩封同時來信的感想——對不起，我哄著你遊戲——因爲電話裡你的聲音急迫——我說——是三封信。事實上，的確只是兩封。而信箱是被我鎖住的，倒不是怕人偷信，而是廣告太多的時候，如果不鎖，那些垃圾要掉到地上把人的路都擋住的。好，其實，我們的生活裡，最重要的東西，已經被我看了出來。我們不是沒有愛的能力，不看我們熱愛自己的「生活秩序」已經成癖了。你有你的鄉村散步與沙河。我有我的小樓燈火，都市。我們的日子，充滿著一分自我的孤獨——哦——這眞是我們要的寶貝——我們看來沒有做什麼大事，你在走走，爲了一條蛇，不知如何舉步。我呢——不錯——有一兩三四個熱愛我的人——我把他們都設定在四面八方的國外，而我——安全而不破壞自我生活秩序的活在台灣。這相當重要，不然車子怎麼開？「保持距離，以策安全」倒不只是一句交通口號。因此，當一個人（狗也不行的，我家中不來動的東西）偶爾掉到我們已然立下了「生活節奏」的那屬於我們獨立的時空來時，他們才是入侵者——好。五小時夠久了，可以。不然，我所表現出來的，就是一副無血無淚的樣子了。

你是一個有妻有子但獨自生活的人，我是有父有母有手足有朋友，還有男朋友一串的人，但是——我的生活，沒有辦法跟他們去混。面對我的父母，我一樣手足失措，無論在他們家，或在我自己家，我實在溶不進去。於是，我也問自己，是否、是否，我是如此的沒有希望跟人類去「生活在一起」，答案又是否定的。我的婚姻之所以令我深感幸福的原因在於——原來，也可以有一種人，他的存在，在我和他的時空裡，居然共有了一份安然的秩序，這是我的丈夫和我常常意識到的奇蹟。在這之前，沒有，在這之後，我沒有。於是，我的日子，變得好似在享受——品嚐——吃大閘蟹那般——一絲一寸的細吹——我一個人的生老病死。朋友，我們的個人世界太豐富了，豐富到沒有股票、選舉、沒有報紙（我近來已經不看了）、沒有電視、沒有「收入」（哈哈，我不好好寫稿，我在吃老本，生力麵吃得頭髮都掉了，也懶得去煮菜——倒不是省）當然，沒有職業。我跟你所感到不同的是，我是一種大大方方在混日子的人，我也不管人家如何看視我。畢竟我們不欠債，我們也不參加任何組織，我們不去打擾別人——但有限的讓人來與我們溝通溝通含笑而去（注意，五小時以內），我們對社會的要求是如此卑微，燈，我可是感謝了電力公司，人，我只要求那雜貨店——這涉及到人人人人的接力服務——我才有了一碗泡麵吃，這是要感謝的。在這些條件具備了之下，我只對生活充滿放心的感謝，於是，我把鐵門閉上，拴住。木門鎖好，拴住，於是，那美麗的快——樂——天——堂，在我眼前開啓了大門——不，我不在做什麼特別的事。我只是在洗洗頭髮，洗洗碗，每天把桌子擦得好亮，用手指去抹一下地板，看看有沒有灰，我去屋頂掃我的小花園，看那一方天空的月牙如何等閒成爲陰晴圓缺，我也不感傷——哦，我是讚嘆的。這倒不是說，我在養病才造成了這種生活方式，不，我一生過的都是這種日子，包括我曾經所熱愛的婚姻生活——都沒有破壞過這種潛意識裡堅持的「秩序感」，不然我不會去結婚的。好。朋友，我又有了一個對自己的看法——我太眞誠了。所以，在只有面對自己時，我強烈的意識到對自己眞誠的肯定，因此，我不願把自己卡成任何「魔術蛇」的那些彩色方塊，只爲了成爲一條聰明的蛇。那太累了，再說，我也懶。

不懶的是，這一生的看書。倒絕對不是努力，那是我的「狂愛」，我愛字，我愛字的排列組合，我愛字的組合之後所產生的魔幻世界，那太迷人了——至於，看多了書，看了一萬本以上（有哦）之後，所連帶產生的化學變化——在我心中，在我眼中，在我笑中，在我淚中，在我衣著中，在我舉手投足中，所表露出來的後果，倒是我不注意的自然了。

吃書的人啦！也不一定，從一張小廣告，舊報紙，火柴盒，信封上仍然印著的什麼保密防諜這種字裡，都可以看出玄機來，更何況，還有民生用品上少不了的文字——品牌的名字啦，說明使用方法啦，藥瓶子上怎麼講啦，沒有撕掉的價格啦（阿拉伯數字）——都是我天天的享受。更何況，還有大頭書——是，我在看周文、秦文、漢文、六朝唐文——再加上一大堆亂七八糟的雜書——好棒哦。雜得我自己都不相信，可——是，這其中，又有一種井然有序的節奏，我不迷失。

當然，我也要出去走走，我一定一個人出去走走，我看那五光十色的花花世界，又看成了一本——好大的書。好棒哦——。不想看書的時候，我自己來做一本，也好。

我忙不過來了，這不是事業，不是刻意的經營，這是我的痴迷。不過，對於鈔票，我也是細細的去看的，看花紋，看設計，看尺寸，看顏色，看紙質，看有沒有水印暗藏，看美金上寫著——我們相信神——我笑了。看我煙灰盤的反面，有印章，寫著「嘉慶年代」，我又笑了，一百八十塊台幣，假古董。

好，我不是在殺時間，我忙不過來。包括我旅行時的飛機票——什麼行李可以帶多少，萬一掉了又賠多少，我都去細細看一看。我實在等於是「時間在殺我」，而我又沒有事情具象的在做。我眞快樂。這個迷人的生活——有節有奏。朋友，其實你以爲你在殺時間，那你畫個不停難道只是要殺時間？不是的，你其實有著同樣的原動力——你所熱愛的，不願由裡面走出來的痴迷。殺時間難道不容易，坐在電視機前，把人像一個呆子一樣的打發掉，不也過了？

再繞回話題來——你是有血有肉的，只是你的血肉，不是你家人的血肉，他們對你的認識不夠，所以要求（或放棄了，在你身上完成他們的幸福感。或說，他們也有渴望，那是你這種人的能力，所付不出的）。他們因爲不了解我們這種人，才有了被傷害的感覺，一旦明白了一個人，一切的怨尤，都是自找苦吃。可是——站在人類悲憫的立場，有時候——我們還是要轉個角度，爲了他人對我們不過也是卑微的要求——去做一點點，使他們幸福的事——站在他們的角度，慷慷慨慨的去做，也沒有怨尤。這叫做「擔當」。

好，老朋友：我在四點半的清晨上床，看了一本《越南淪陷對中美關係之衝擊》就睡了，這本書，還是要再看一次以上的。現在是十一月十八日一九八九年下午兩點二十三分。

你的來信中有一種幻想——精神病人和天才的幻想，這不是貶或褒，這也是我世界中常常出來的東西。你想——或許有人在照顧我。這實在是很疼惜我的想法——在我的世界裡，有人在我身邊轉來轉去，等於是對我用刑，（我先生荷西除外）（他也不是人了，他是大氣）朋友，我那裡肯把我的城堡打開，放一個好心的人來打擾我呢？可是我的吊橋偶爾放下，爲的是接受我實在不在意的食物——人家在意。我開門，收食物，說——謝謝，下次不可以麻煩了，——就關門。我的家人了解我，朋友了解我，或受了傷害，如果他們自信心不足，我的家是不太給人進來的。這已是我最後的據——點，哦，給我呼吸吧。所——以——沒有人偷去了你的信，起碼在我的家裡。

好，你的不快樂並沒有傳染到我，自小以來，你的筆調就是我所熟悉的，這裡面，有一種沉緩的節奏，一份空氣中安靜的落塵，也有你強烈的個人文字應用風格。如果這是你所謂的不快樂——哦——對不起——那倒成了被我們讀者所享受的好東西——對不起了！我在十九歲到二十歲時，已經看過你的長信，當然不是寫給我的，跟現在的一樣——長。我看得怪慢的，那種——不是來報平安也不是來借錢更不是講一樁確定要去實行的事件——例如某年某月同學會——的內心信。

我不知，有誰的不快樂會傳染到我，而你，你的世界，是我可以進去散散步的，這很好，我需要散步。至於把感情寄託在什麼事上的必須，我已不再交託在任何可以動，會動的東西上，它們不永恆，正如我不永恆一般。但我的我，仍是以我的意識在活動和知覺的，於是我將我的投入，不刻意的交給了工作，不拿出來給人看的工作，就很專心的忘了時間，於是，夜對我來說，總是太短了，噯——。

現在我在寫一個「小說劇本」，基本上是電影技術配合的，已經寫了五十七場。它不止是一個劇本，我細細的寫，試試看，把那一場一場的情節、季節、衣裳、房內街上的景物，人的身體語言，對話時的口氣高低起伏——笑，光線，音樂都寫下來，包括「分鏡」。我——很投入，但辛苦中實在非常有趣。這也等於是你的畫畫，一切都由最基礎的開始，在中間創作、學習、成長、玩味，慢慢來，一步一步耐心的做，我相當有耐性，在我自己選擇的事情上。好，你仍在畫，我已足不出戶兩個月零六天了，我寫了一個細細詳詳的劇本。有一天我再見你的時候，你或許已不在目前的地方——明年秋天我又在那裡呢？都先不去想，也不要刻意去等，這才叫安然。

不是生死大事。對，我還是認爲死是大事，如果我生。

七

他和阿平現在常有電話，談些不必述諸文字信函的瑣碎問題，或直接談到他們處理信函的問題，因爲現在他們漸漸重視他們之間來往的通信，阿平甚至告訴他必須好好保管他們之間的信，她說她平常不留信，但他的信則要特別保留放在一個地方，她要讀好幾遍，在不同的時間，這是她以前沒有做過的事。

但阿平說，我們不要刻意爲了通信才寫信，只是想寫時才寫，也不要你一封來，我一封去。他說他就是這樣的態度和看法，因爲他寫信的背後沒有任何意圖和指望，就像他繪畫不是爲了開畫展當畫家，他明白地告訴阿平，自然給他天賦，他把它用出來就好，其他不重要了。阿平說，好，你就繼續給我寫信罷，我不限定你寫什麼，反正那是信，說什麼也不在乎，可是我好珍惜它，因爲現在的人少有這樣子寫信了。

由於他和阿平分隔遙遠的兩地，都沒有想要見面的願望，但電話卻可以互知對方的存在。對他來說，他常有好幾天連續不和任何人說話的時候，除了上街買食物會和商家問價錢外，他和人說話的機會就只有在電話中了，而偶爾能聽到阿平的聲音，常令他喜出望外，而阿平善於言談，那情形常常又是他只有聆聽的份，這點他並不在乎，因爲他沒有在電話中說的，仍然可以在信函中寫出來。

我感到一種無以名狀的羞慚的臨現，當我那夜再度打電話給你而獲知你仍舊停留在室內沒有下樓去取信的時候，這之前有一小時又半的時間，當我第一次電話給你之後，我去把洗淨的衣服從洗衣機裡掏出來披乾，然後播放一捲錄影帶來消度和等候，如果那時你眞的取到信回樓再剪開讀它的話，應該不至於太緊迫，所以當你坦白回答說出你還未下樓，實在是使我大感意外而震嚇不已。

我首先在腦中出現你可能有朋友在場而不便離開的想法，因此我說沒關係。你在五分鐘後回我電話（相對的又顯得何其快速），你說還有另一封信，是某人的，我又有了另一個想法加進來，那就是你的確太忙了，可用一句話顯示：人人需要你。這一切使我能想像出你現在生活的情形，事實上是你生活在台北自來就有的忙碌樣相。我約略可以了解你必須處理許多的信件，那可能要占用你大部分的時間，因此我想你已經建立起處理信件的方式，依照一種像是服務的原則而安排有先後的秩序。不論如何，這個想法雖然與你眞實的情形有差別，但卻給我解除焦慮難安的途徑。已經是晚上十點鐘了，對你而言還不晚，對我則必須準備就寢的時候。

往常在就寢之前，我會彈半小時或更久一些時的鋼琴，在今夜這種特殊的情形下，爲了支開我前一刻的思緒，是不好彈那些已經熟悉的曲子，像是爲治療而用似地，我翻開巴爾托克的練習曲，找一曲未曾彈過的"In the Style of a Folk Song"來彈，這樣便能專注精神以取代那有點紛擾和挫折的情緒。半小時後，我以那熟識的修曼的《夢幻曲》來結束一整天的一切工作，爲今天的生活放下休止，放開一切去睡眠。我累了，很快地便進入休息成眠的狀態。到第二天的清晨二點鐘時我醒來，是因爲尷尬的夢境的關係；在一個演唱會的場合裡，有人遞給我一本樂譜要我唱一首我不擅長的歌曲，我在無可奈何下一面視譜一面張口而唱，我的意識（夢本身是有一個知覺的旁觀者）清楚地知道，我正以堅忍的意志延續那荒腔走板的歌唱而沒有中途停下來，唱完我打開眼睛知道那是夢，在心裡充滿困窘和荒唐的感覺中起身，離開睡眠的書房，走到廚房飲些解渴的冰水。

昨日的一切都過去了，今晨南下的寒流籠罩著大地，我聽到屋外颳風的聲音，從窗子的玻璃可以見到搖晃得很厲害的相思樹林，天空彌漫著暗靄的灰雲。我知道今天已不可能外出去寫生，只有留在屋裡打掃一切；今天的黃昏家人要由城市回來看望我，約有一個多月他們沒有回來了，我必須把家人的事物整理一番以便迎接他們。其實這並不特別，平時我有空就是做家事，絲毫沒有家庭主婦在而荒廢懶怠的習慣；我的生活裡必須要有寬敞的空間，乾淨齊整的簡樸家具，這也就是我爲什麼捨棄市鎮避居山畔的理由；我甚至要堅持一個人居住的生活，把過去二十多年來的責任和義務在今年完全做個劃分的階段；在人生裡有那麼一個吃重和艱苦的生活對我並不算是呵責，而是一種考驗，一種認知，也是一種必然的煉獄；但這一切必須在適當的時候加以停止，使之對那訓練的過程有一種確然的明白認識，使之在清明的意識中對那時光的考驗有一種感懷的心情，而不墜入於永恆的忿恨裡怨天尤人。在我的內心裡，我最愛我的家人，現在比過去更愛，分開比在一起更能體會這個事實；我也要讓他們知道這人類愛的特殊途徑，它不是以一種夜以繼日同模的形式在進行，而必須適時創新形式來表達，否則就是一種桎梏和僵化。過去的歲月是爲著新的一代的撫養而操勞，充滿著忍受的千辛萬苦，好像是一種同命的聚合體，現在更要使他們知道個別存在的意義，由於這種分別而使那愛彰顯出來，使過去的能延伸到現在，使個別體不因長期的同命感覺而埋怨不自由，而自由是滋生尊敬的法門，自由之後也變得不自私，這在成長的意義裡是重要的課程。

同樣，在藝術的表現裡有同等的示範，人類的精神是依眞理而創造那「個自有別」的形式，同樣的形式不斷反覆延續反而使眞理曖昧不明，造成難解的苦悶；因爲精神的存在是鮮活變動的，眞理顯現在每一個不同形式的現象裡，而不是駐寨在某一個固定不變的形勢裡；這樣才能應合眞理是普遍存在的事實，使每一個生命的存在才有其地位和價値，也唯有這種現象才能造成欣賞、同感、互信和愛的效果，才能體認宇宙是一體的，才能認知造物者的無所不在。

這就是我能在貧賤中自安的理由，而不是什麼天大的道理；這也是我能掌握我自己的理由，而不是什麼奇門法術。你有你的，我有我的，這之間不是鬥爭和呑食以求統一和尊王。人與人之間的了解和尊重，完全靠那藝術的表達，靠音樂、繪畫、文字，各種的創造和服務以求認知，也靠愛情以求那產生原創的意志。這些都不是我意以爲的想向你說教，因爲這些事體在你本身是充足顯示的，只不過是換另一種說詞來交換和禮讚各自不同的生活體驗而已。你說我們之間的通信以私事爲主，從開始我就主動這麼做；我們的通信也不以有意要達成什麼目的爲宜，這也是我在先前說到的，有如我的日常工作一樣，但憑我的情感和靈感爲觸因，我不能確定它的發展是否能順暢，或明定一個主題，我只能掌握現在的時刻做些事而不寄望明天的雄心大志；但我忠誠於我的感情和能力，我只開採我的礦脈，貯存我辛勤換來的財物，我努力工作，以不辱這被賜予的生命。朋友，在我投身的環境裡，我知道我能做的是什麼，我只是在完成生活而已，隨四季的變換穿上足夠保暖的衣服，隨時序的不同，在三餐中吃點不同食物，隨著時際和品好和別人做朋友。但是我依然是我自己。

八

眞的。朋友：

我們是一種對於「質感」相當重視的人。這種信紙受我喜愛的原因是：寫起字來有一種自由的感覺，不過下面要墊一條布，而不可以是硬紙板。你所使用的一種信紙，已是我所不會用的。它們的密度相當緊，以至於沒有吸收的效果，而我是不用原子筆的人，用水筆。有一次在文具店裡看架子下面散丟著一疊黃色的素面棉紙，我抱著它走到櫃台上去，想知道他們有沒有存貨，給我的回答是——小姐愛這種粗糙的東西做什麼？現在的紙質完全不同了。

於是，我只有那麼薄薄一疊寶愛的紙，也不捨得拿來寫信。於是，我試了各色各樣的信紙，發現自己跟這種航空薄紙有默契。那天信紙用完了，我在夜間微雨的八德路，一家一家文具店的架子上找，就是要找這一種紙。有趣的是，在第五家小店裡，有一個大約二十歲的年輕男孩子，也蹲在地下翻那些形形色色的信紙。當，他手中握著這一本待售的信紙時，他向遠處一個中年人喊了過去——爸，我找到了想要的，就是這一種——的同時，我向年輕人叫了起來，接近嘆息的輕喊——嗳，你手裡拿的正是我要的那本。不過我不要了，是你先找到的。好，結果他們父子兩人，很客氣堅決又悵然的把「這一本」信紙「讓」給了我。老闆娘如何推銷其他的信紙，他們都說——不要了，下一家再去找找看。

不過我還是要換紙。我覺得這種不夠好。

那父子兩人是誰呢？我猜，他們爲著一種特定理由，特定的對象，很特定的動機（平常，他們不寫信的），要寫一封信，這封信，不同凡響，於是，下雨天也好吧，父子兩個出來選紙了。而當我們都在專心的選紙時，兩輛選舉車在夜間九點半已經空曠了的城市裡，「哀求」——親愛的選民，某某人懇求您的一票，只要您關心國家的前途，就是關心自己的命運，請將你神聖的一票，投給多少多少號——某某人——親愛的選民——。（我就是你的命運！聽！）

我，抱著這一本信紙，嚇得快冒冷汗。

如果，如果我關心自己的命運，好比關心這一份挑信紙的專注，那麼我們的民族，我自己的命運，會不會比較更有轉機？後來，我又對自己的驚嚇罵了一句——神經病！就抱著不可震動的肋骨，一跑跑回家中來了。

以前，我看《民生報》，它很生活。現在《民生報》過了黃昏就買不到了。可見，不愛看選舉新聞的還是怪多的。不過，《傳記文學》仍是我百讀不厭的雜誌。很好看，從小看到大，包括在國外時，也是請求家裡每個月給我寄。近年來，它又不同了，許多以前政體之下看不到的文章，都出來啦！眞棒。

今天你講，畫了一隻「紅色的水壺」，發現簡單的造型裡涵藏著那麼飽滿的東西。我就是——這種——永遠爲現象而傾心的人。不必什麼大戲給我看的，只要上街去買一個便當，人呀，車呀，房子的燈光啦，天空的色彩啦，路人走過時彼此的對話啦，小攤子上冒出來的氣味和那冬天裡的白煙——還有，還有千千萬萬個凝聚或飛散的現象、現象、現象，都使我著迷。我總是在生活中「入戲很深」。自我陶醉得相當厲害。

常常，我站在公車站牌的對街，看，看那些等車的人不一樣的神情、姿勢、衣著、髮型、性別、小配件、鞋子、手勢（如果他們不是一個人在等車，他們在一起等車）……我就要看得心跳成好快。萬一我太投入了，我就過街去，靜聽，有什麼句滑落到我耳朵中來。有一天，我聽見一個女人對另外一個女人說——如果他會發現他，他就不是白痴囉——。又有一次，我看見一個媽媽對小孩拍打了一個小耳光，小孩子也不哭，可見習慣了，然後那個媽媽說——媽媽打你，是爲著要你好——我大笑起來，大笑起來，我眞的很受震動，眞的，媽媽打小孩，難道還有別的藉口嗎？媽媽是偉大的代名詞，包括打小孩，都是偉大的母愛。我深深的受到了感動與驚嚇。又有一次，我在寶斗里裡面逛，一個妓女對路人喊，老妓女對小男人喊——小弟，進來——快樂！那一次，我聽見她的「用詞」——進來快樂——喜得東倒西歪。天下，還有比這種叫客法更令人動容的嗎？我正在細細品嚐這份驚天動地語言魅力的同時，一個小妓女，拿了一盆水出來追著我——潑。

口裡叫著——對我——我×你老母，幹你娘，你給我去死，看，看你老母——我眞想衝上去告訴她——他媽的，我實在喜歡你——還沒有行動，那個小妓女一看我，呆了，狂叫——「阿平——我是你的讀者」——我再回過神來——我們擁抱在一起，然後，我們手拉手，（下一個鏡頭）阿平和——她——一同在吃——哈哈——文蛤薑絲湯——誰付錢都沒有要緊——。都可以啦！朋友，好不好玩，這種生活。豪華生活。

我熱愛我孤獨的生活，我熱愛我生活中每日更新但看上去又周而復始的平淡生活。我的生活，就是我的創造。

朋友，我實在忙不過來，怎麼肯——哪有時間去賺錢呢？我當然也很愛錢，可是我的生命要求，一天五十塊台幣就可以達到了，那我——那我——我還是去玩別的，不必花錢就可以使我的心，快樂得——哦——炸碎了的「現象」。我常常一不自覺，心，就澎一下炸掉了——。嘩，好棒——朋友，讓我告訴你哦，有一天我站在街頭，看一個擺地攤的中年女人，她沒有注意她的生意，她好似靜止在她個人的宇宙裡，豐富的張力在她身體語言中透露出一種比羅丹塑像還要「飽滿」的巨大沉靜，我當然看痴了過去——然後，我連一隻十塊錢的頭髮夾都不買——免得驚動了她，我悄悄的，悄悄的，從她身邊走開，好似小偷。朋友，好不好玩？

又有一次，我在地攤上看見一件外套，可是老闆沒有鏡子，我試穿了，沒有鏡子，老闆好抱歉的說——跑警察，沒有辦法再預備鏡子——我穿上了他的貨色，大剌剌的走到隔鄰一家「超級名牌店」中去，說——我要鏡子。那個小姐一時被我催眠了，立即說——在那邊。我走上去，左照右照，然後對「名店」說——謝謝妳（真誠的）再走出來，就被「名店名店」的小姐眼光茫茫然的跟出來，就在「名店」外面把外套脫下來，對「地攤人」說「對不起，我不合適」，就施施然走了。走的時候，還沒有忘記我的雨傘。哈，好一個美麗的下雨天。

我想，我是一種「痴品生活的浪蕩子」，無藥可救。但是，活得這麼精采，爲什麼要救，爲什麼要藥？

朋友，我一直搞不太明白，到底是「無藥可救」還是「無可救藥」。好在，就是你懂，我懂，他也懂的句子就好——反正我們知道，意思就是——沒救啦！

一得救就成了「下嫁一個老實忠厚的男人」而「忍痛放棄了那個浪子」——(你的比方)。忍痛不舒服的。

不過，還是——朋友——讓我告訴你哦——這種對自己浪子的定位——可不是一朝一夕就把自己給認清楚的。許多人，是叫我浪子，他們看見的，是一種表象的浪子，例如說，離開家庭了，國外去了，嫁了個「交錯文化」的丈夫——而那個丈夫又是一種人人也肯定的浪子——潛水的嘛——然後與衆不同的裝扮啦，去些別人不去的地方住著啦——等等，等等，等等。

其實，浪子對我的定義，很不相同。這三年來，我住在台北市，前三年，好長呀，跟父母住在一起，一家三口，過著再安定也不過的家庭生活——我也不大出門，不跟太多複雜的人際關係在來往——可是，我還是可以，就在原地踏步——表象上，而內心的強大自由和頑皮，只有增沒有減。包括媽媽去陽台上澆花，對花講——你這棵花，也不長，也不死，葉子到是黃了一片，嘜，是什麼意思呢？——都可以使我從中得到玄機，更何況生活又不是那麼一句話。

好。朋友，我又搬出來了，人，以爲——這下好啦，阿平脫離了父母，又要翻江倒海啦——結果，我不是，我把自己——關——了——起——來，加上摔了一次大傷——更好啦——我從此割斷了多少枝枝節節的生活不必的必須，成爲一個眞正大自由的人。

我實在沒有在做什麼。包括花錢。不花錢，就等於大富。很忙。不忙。日子眞簡單。一個便當。一天。安靜的充實生活。

常常躺在沙發上，連音樂都不要。

至於編劇本嘛，那是一種投人，但也是很占時間的東西，它可以占去我的「工作狂熱」以及我的「靈感」、「表達方式」、「組織理念」、「人生經驗」，但——是，我一天尙有六小時睡眠，我睡四小時半，可以吧，於是，我仍有一小時半「以上」——如果我享受不睡，去做些我所想做而沒有任何動機的事情，例如說，在這裡塗塗寫寫，放筆自由。你看，我把「自由」先寫成了「自己」再去塗改。（我做劇本時，一樣可以放鬆。）原來，自由，就是只跟自己在一起。

有一些朋友，試著想改變我，告訴我說——阿平，你不對（聽，對錯這種字眼出來了，很可怕），你應該，去好好嫁個人（聽，應不應該這種觀念出來了）去嫁個人（聽，女性最終的目的，出來了）安安穩穩的過你的日子，（聽他們把一切人生不同類的幸福，在安穩這一個名詞下，給卡死了）然後，他們才認爲，這叫做「過你的日子」（聽，我現在的日子不叫做「我的日子」）。

朋友，你以爲人類是可以溝通的嗎？

哈哈哈哈哈哈——。

這才好玩了。

不要溝通，不能溝通，不必溝通，因此造成了，人，可以亂七八糟去做他愛做的事情——包括傷害社會、家庭、民族人類的事情，還理直氣壯。好玩。形形色色的。不過，我不是那一種。我只是安安靜靜的不響。也不溝通。

當，人，以友愛的出發點，來說「我勸你啊——」時，我不太說什麼的，我還給他們那種「蒙娜麗莎」的微笑。

昨天，在電話中，我對你說「朋友，我們不見面」你十分暸然這句話中的我——直接的我。使我產生一種自由的安然。朋友關係，如果不使人感到自由，就很困難再進行下去了。一般人不懂這個我的想法，有時，他們並不那麼想念我——正常的嘛，卻爲著在「友情長存」的善意裡，千難萬難的來看看我啦，打個電話啦，來「安定」他們心目中對「阿平好朋友」的友情。

於是，雙方吃力。

我覺得他們低估了自己已經存放在我心室架子上的「肯定」。他們對我，並沒有把我安放在他們心房的架子上「定位一輩子」，所以還來看看我，看看我。不過，今生的確有著三、五知己，就不做這種事，我們根本不見面了，可是，萬一，有一方，發生了獨立不能承受的大事時，我們這種不見面，立即消除。見到朋友難關過去，好，又不必見啦，各自去生活。

這個時候，我們產生了一個問題——照你這麼說，朋友是要來做什麼的？朋友重不重要？朋友爲什麼在五倫之內？朋友到底是什麼關係？

好。朋友，別人對朋友怎麼講，不干我的事。

我的朋友，就是——畫了一隻水壺，會想去告訴他——我畫了一隻水壺——而對方，會回答你——好棒哦——的一種人。

我常常去電話吵朋友，「常常」針對一個女朋友，她不煩我的，把心中的話，亂七八糟傾倒給她，有時是輪到她向我倒什麼東西，兩個人都可以喊「好棒哦！」

我們同住台北市同一區，但不見面。

如果沒有了她，倒是寂寞了。靈魂啞了不好。

向你寫信，是一種腦筋的休息。沒有壓力，沒有目標，沒有特定主題，沒有時效，不必修飾，不必組織，不必ㄅㄆㄇㄈ查字典，不必跟你計算稿費。

這麼多沒有，沒有，這麼多不必，不必，造成了信紙上的草原，不，我只放馬半韁，沒有奔馳。

好。朋友，這本新信紙，是那父子兩人已經拿在手中，因我講了一句話，他們就讓給了我。我豈是如此自私的人呢，是他們，一定不肯買了，說要我買下，他們再去找。這件事情，使我常常因此記得那父子兩人的身影，以後偶爾都會——他們永恆在我的記憶中了。

有關「質感」的事情，實在很吸引人一談。不過，今天談到這裡好嗎？

我的生活沒有改變，一樣，在外表上。劇本仍在進行中。你又出去畫畫了嗎？

我去睡了。晚安

又筆：

至於說，那天我沒有立即下樓去取信的原因是——很簡單——那個偉大的導演——正在審我的劇本。他審得很細，我得專心對待「劇本方向」和「情緒」。於是，如果我下樓去拿了，還是放在一邊，等到我已然「出戲」了，才能去拆你的信。

是的，我平均一星期上百封信以上。

全世界的朋友——不是我的讀者——都在懷念我——尤其是聖誕節來臨的月份，包括印度教、猶太教，回教，佛教，道教的朋友，都會寄張卡片來，說——我們想念你。

12月，是想念的季節。

我信成災。沒有壓力。

有關音樂，又得細心，不能講了。

今日可睡三小時。

九

你那靈活的思想和文字叫我捉不住你，我的朋友；你是一條流動的水，我是一個湖泊；但你不曾流進來使我豐沛和飽滿；我知道你的存在，你卻繞彎而過，後來成爲一條河，注入大海。我只期望雨水，當你是海洋的一部分時，你的本質升上空變成雲朵；當雷電打擊你時，你才落下來；我似乎感覺到在時光的末端有少許的雨落在湖邊，是你的，也可能是我想像的；以爲是你，其實並不然；我見到的是現象，我假想那是你，爲的只是在自我安慰。

假使你住的是一座自設的城堡，我的朋友，你便是一個單獨的精靈，一個純白色的形體，沒有面目，只有當你打開閘門迎客或開窗望向四野的時候，是一個人形的模樣，軀長而面目清秀。我是一個毫無裝備的獵人，因此終年一無所獲，遠遠看到了城堡，走近它，使我戀慕它的堅固和安全，但我環繞周圍卻不得其門而入，因爲此時窗戶不打開，閘門也不放下來。

像這樣的想像的設詞是多麼無稽啊，我的朋友。是什麼原因使人有這般的假想呢？答案是簡單的，有人會這樣說，而且許多人都能猜測得到，每一個人也都會卑視那單純的理由，就像每一個人都會嘲笑和不齒那樣的行爲，因爲那樣的想法和行爲是不聰明的，最後也逼迫我承認我自己是可笑和愚蠢的。這眞叫我好害怕，害怕我眞的這個樣子。所以最好讓我去創作而能忘掉你；當我不工作時滿腦子充滿了你，好像創作也是爲了你；我無法逃脫我的創作的自戀，假如那源頭來自於你，我的朋友。

我不是有意要把不快樂賈禍於你，或傳染給你，我的朋友，要不是你說出來，我還不知道我是這麼危險。我眞希望每一個知道我的人都忘掉我，尤其是你。其實不用希望，人們早就忘掉了我，當我離開了城市之後；你也不曾記得我，當你流浪去沙漠的時候。

在先前的時光裡，我傍徨地存在著，那時你和我是不相干的，只是兩個不會會合在一起的個體，最多只是在喝咖啡的地方互望一眼而已。所以你不會因爲我的不快樂而憂悶，你是不關心我的生死，最多只是微笑一下，或嘆息一聲。

現在我不應該再陳述著我的主題，這音調不美，你並不愛聽這詼諧的段落。你說你愛的是「質感」，我以爲「質感」的另一實體是「心靈」，但是你並不喜歡用這嚴肅的字眼，你寧可喜愛那可以直接感到的「形象」，心靈對你太過抽象，無可依據。說眞的，我卻拿不出心靈給你，要是眞的質問我自己時，我拿不出任何東西給你。我貧乏有如沒有心靈的空洞東西，除此之外，我還能動顫，但那是形體的欲望。假如你要的是心靈那被你稱爲質感的東西，那麼你不會向我要，你會向我以外的人去覓取，你知道這一點：因爲我空乏如無，你僅能對我憐顧一眼，猶如你偶然在街道走廊隨處擧目看到的人。

其實，你已發覺這所謂的空洞東西由於長久的存有而開始有著心靈的胚芽；或者，心靈本身永遠存在，和那形體的東西一同存在，只是因開始時沒有察覺那不起什麼作用的微小顆粒，直到那形體爲風雨和陽光的吹照而開始助長和成熟。當你看到事物富有質感的存在時，可惜那質感已褪色和老化，有如儲存過久的蘋果已熟透而鬆弱不脆實。

現在的你已不再喜愛啃咬哲學的理論，一切對你都過了時，像去夏留存至今年的果實已不新鮮和敗壞，引不起你的食慾。你活著，你這精靈事物，已經從活著的過程中變成了哲學本身，你投身於喜愛或驚奇於生活世界的細末去求證，微不足道的事（在哲學理論的時期是眼中無它的）成爲你的生活世界的情節，感動於那些小人物或遇到的陌生人，有如你擁抱那辱罵你的小妓女。由於你堅守那質感的作用（或一切唯有實感才存在），那小妓女日日夜夜所抱煩和疼痛的事物對你而言就是最美的感動。的確，你現在所要實踐的就是看看能否在日常生活中產生驚喜和雀躍的效果，不是高高在上的俯視和思考，而是溶入於卑微和普遍，邁出自由而不規則的步子。而你有時像一隻貓，在夜半中出來窺視逡巡一番，在白日裡總是躲藏在窩裡足不出戶。你也像一隻膽小和小心的兔子，怕被人捉去熟食。年輕時對哲學瘋狂的人，終會在那病症痊癒後成爲哲學的化身，好像最古的文明人類是中國人、吉卜賽人、或猶太人，叫人感到他們內心中的心靈（質感）的重要，並且不經意地製造出他們特有和充足神秘的物件，他們的存在總是永恆的，因爲他們的現實質感反應的正是永恆的心靈。

所以，你直截了當地把生活的事物當語言，你不再說那種在語句上開頭要加上「我想」「我以爲」那種凡事以爲我爲中心的文字，有如活得太久嫌煩把乳罩和內衣褲都拋棄了，有如把女人的曲線都削平了。我相信，有人是爲這等情境而瘋狂的，拚命追覓這種境界，愛戀這世界中的最美，因爲它是精華。有人所愛的就是這種捉握不住的東西，它像是快如閃電的思想，而它也知道被捉不住是維持那繼續愛戀的理由，就像對待一隻禽獸一樣，讓它永遠保持飢餓的感覺，甚至不惜讓它死亡，而不要讓它滿足，除非這隻禽獸有一天因它的鍛鍊和超越而變為神聖和能思想，能不畏懼地趕上那閃電的擊觸，才讓它任進這境界中來，讓它擁有這世界中僅有事物。

附上：素描、靜物（紅水壺）、風景和自畫像的照片各一張。

在寒流過境的那幾天時間，我畫了幾張靜物。上星期中，學習攝影的女兒回來看我並為我的畫拍照，所以我能順便寄幾張照片給你看。畫拍成照片並不好看，好像看不到真的東西，雖然我的畫也不怎麼好。照片是別一種東西而不是畫，它仍然叫照片而不叫做畫。這好比有些人去照像，洗出來的像片和本人相較是不相同的。有人也許從照片裡看起來十分美麗，認識的人就會表示意見說那人在照片裡更加好看。為此，有些人持相反意見不喜歡拍照，因為他在照片中總是像個壞人模樣，與他平時為人的善良表現有分別。無疑地，畫拍成照片總是對不準色調，照像館在作業中常將色彩做調整以符合他們認為理想的樣子，因此風景的綠色調便染了多些的紅，使天空和地上的稻禾燃燒了起來，甚至有些景物看起來都變成了剛燙熟的蝦子，或像是烤過的紅皮鴨子。

我不是在抱怨照片的失真使你看不到原來真相來肯定畫作本身較好，我們完全可以理解這種差別，事實上如果透過專門翻拍技術而不是經由商業的普通處理是能獲得較滿意的效果，目前在這鄉下是做不到這種要求，但我還是很喜歡這些照片能夠用來寄給你，這足以說明我到底在做些什麼事，至而不是辯護畫的好或不好；它們無論如何還是由原作拍下來的，可辨明畫本身的模樣；如果它（照片）令你覺得可怕，那麼原作也一定不足取，要借各種的理由說明照片和畫本身有如何的區別和差異做彌補都是強辭奪理了。

你會很快的看到那些畫作或將有一天會看到，不論會延緩到許多年之後，這完全視你的意向而定。但我必須表明我心裡的願望，那就是如果你眞要看它們，我寧可希望我的基礎穩固之後的來日再讓你看到，而不是現在（目前的幾日之內）。我害怕你現在來看了之後會使我沒有勇氣再畫下去，那等於要了我的命。我知道我在前面已經犯了一個錯誤把照片寄給你，等於在要求（或邀請）你來看它們。而這錯誤是一開始就犯下的，不是單指寄照片的事；一開始我們都在信裡說出正在逐日做些什麼事情。事情就在這裡有了分野，向對方說說在做什麼實在無關緊要，因爲對方都沒有親眼看到並不產生害羞；可是等到對方眞的要來看究竟時，就不免緊張起來了，有種種的顧忌萌生出來。這有如你也曾告訴我你在寫劇本，不論你怎麼去形容你寫劇本的情形或將劇情也告訴我，這都不影響你繼續工作的進行，也就是說你不會懷疑你寫劇本的意志和信心，但如果我要求你在未完成之前先寄幾章讓我讀讀看，那麼情形就不一樣了。你眞的會毫不考慮地寄給我看嗎？同樣的情形，我認爲我還沒有完成這一階段的學習，我還沒有長成，你此時看不到我的方法和要旨，我還只是一個顚簸移步而行的小孩而已。所以，現在你與其馬上來，不如延緩些時日再來，一直留在你的原地而對我保持一份信心，相信將來有一天一定能夠看到你想要看的畫。

是的，我常從野外帶著滿身疲乏和頹喪的心回來，我的朋友，我不懷疑我的年紀和健康的程度能夠出外工作，但我疑問著我是否有繪畫的才能。我能安定下來工作的理由是我只爲自己繪畫，因此我要怎樣畫就怎麼畫，與外在的世界評價都毫不相干。雖然如此，問題並不在於要有上面所說的孤傲的態度，而是一切發生於工作過程中的種種思緒的問題，這工作中的理念要把它演變一張畫的事實，那麼要表明那理念的存在，我每每在表現時遇到束手無策的困難，那難言的痛苦使我孤獨的一個人在荒郊野外中掙扎。讓我把話說清楚，當我注視自然中的物體時，我要相當的尊重它的形象，當我借助它表達出我的願望和信息於紙上時，我要了解和珍惜它供給我的那份資源，我和它結合於那所謂被畫出的圖像和色彩上，不但要看起來像它，也要看起來像我。如此才有創作的快感可言。創作不是單指把對象畫得像它的樣子就可以，那是模仿的作爲，只有我和對象兩者之間謀求成爲一個新體，才是創作。在陌生的野外，要說服對方也要說服自己是多麼艱辛的任務啊！常常會像個挫敗者般蹣跚地走回來，這是千眞萬確的實情，不是說來欲求你的同情或博得你的慰勉。

但有時，在我戀情般身處的地域裡，也有奇蹟似的交響音樂進行，一切便變得順理成章般地舒暢和捷快。創作的奧祕猶如孤獨的自我和對象間的一場私有的交談，這交語的內涵的憑證就是作品。

對於我們，還不能有那麼直接面對面交談的機會，我的朋友，我們的準備還不夠，心裡猶存有緊張的情緒。我們的個體生命太複雜，雖然在想法上可以摒除一切而單純化，但如果我在內心裡藏有太高的希望，那麼這份欣喜之情極易於在視爲目的物的畫作的貧乏的表達中散失，一切不免落入於失望的境地。但只要有一刻，我們眞的把對方視爲自己，那麼它就是我們交談的開始。在所有人生的努力中，少有機會達到這般的境地，它的存在是永恆的勝利，因爲那一刻是絕對的眞空，有如開悟後對宇宙的全盤接納，是從所有現實裡劃分出來的區域，即使現實的苦惱很快的又侵臨包圍來驅走它，它已是存在於天國。在諸多現實的困擾中，我們的心理總是不忘懷抱著美滿和幸福之地，這似乎不是虛妄的幻想而是眞實的存在於一個未知之地。所以現在的生活和創作對我猶如是一段磨練的過程，好讓我能爲一切在將來面臨的事做準備，好讓我配得那福地的靜謐和安詳。假如你認爲成行已經不能再延緩，那麼你就來罷。我把你的到來視爲只是觀看，是一個全然客觀的注視，不是主觀的投注。如是的話，那麼你一定懂得做適當的批評，憑著你豐富的閱歷經驗，不會過分驚擾一個自閉者的天地，因爲他的心靈是十分脆弱不堪一擊的。

我假想你現在已經在這裡，在這個簡陋的屋宇裡，似乎一切遭遇到的均不是我們在未見面之前所想的那麼曲折和複雜，那樣不易進行溝通或假意的裝出易於溝通。我現在就那樣以爲你在這裡，所有的內在空間都有你的影子，無時無刻均在那裡互相傳達和照應，當你的形體有一天眞的出現在這屋宇的空間時，似乎一切都安然了，或有朝一日你的形體始終不曾留難這裡亦無妨，因爲我欲求的精神已經居留在這裡永不離去了。

十

他和阿平間的通信似乎告一個段落了，到目前爲止，他們在信上的文字都是眞誠而純粹的，現在又是年末，生活在台灣的人到這個時候是十分奇怪的，充滿了緊張和忙亂只是爲了要過「年」。他在鄉間獨處一隅，鎭上沒有什麼親友，因此可以保持他原有的平靜，作息一如常日。而阿平在結束了劇本的工作後，健康也恢復了，在這過年的期間，當然儘量和親朋好友玩在一起，因爲她就將在這新的年度的春天裡和電影的工作人員，還有演員，一起去彼岸的大陸，去拍攝她精心寫出來的電影戲。阿平在整裝待發的前幾日和他通了電話，他好像是家中聽話的弟弟，姐姐要出門當然會對他叮嚀兩句，所以到底說了什麼實在並不重要。

春天裡，他作了些油畫，一個人在山谷裡觀察和思考，除了他感覺自己的存在外，這個生活世界好像並不意會有他這個人活著，不像阿平，到處都有報章雜誌不是刊登她的作品就是報導有關她的消息和動態，她在彼岸所受的歡迎也不亞於台灣本地。

到了夏天，他並不知道阿平回來；要是他打電話過去沒有人接，他就以爲阿平還沒有回家；直到有一天，他接了阿平的電話，阿平一面說一面哭泣，說話聲和哭泣的聲音合成一起傳了過來。過了幾天，他寫信給阿平。

深夜裡，你哭泣的話語通過我的耳膜在我的心裡回響著。你說，爲什麼他們都不擁抱：父親不擁抱女兒，母親不擁抱兒子，兄弟姐妹不擁抱，朋友不擁抱朋友，中國人不擁抱中國人，呈現著一個沒有愛的世界。爲什麼？你這樣問我。你的哭聲感染了我，我也在流眼淚，因爲我自小到現在所經歷的生活世界就是如你所說的那樣。好像我們都不該長大，長大就失掉了那擁抱的溫暖一樣，走進了一個冷漠無比的孤獨世界。我原以爲你是快樂的，充滿著友愛的生活，應接不暇地接受朋友投來的羨慕眼光，和喜愛歡樂的人處在一起，你也慷慨地把你天生的資質分發給他們，使他們能和你在一起爲榮。或許在某個時候是這樣的情形，但是並非長久，好像花彩外衣被赤誠的利刃割裂了。那些在你美好和風光的時候追求你的男士們在你病痛時期已不再獻出慇勤了。你的父母也因年紀老邁而無能爲力。於是你陷入了孤獨和無助，你沒有一個能在你最需要安慰時擁抱你的人，你伸出的手也沒有人能握住。但這些現象也許是表面的，眞正嚴重的是那難以解釋的深沉內在。人類的內心是一顆從外象吸收精髓所凝聚的核彈，也由外象的刺激而引爆。我心裡好傷心，讓我告訴你我年輕時在海邊經歷的一件事。

當我在礦區九份當小學教師時，每逢假日或暑假的日子都下山到瑞濱的沙灘來玩或游泳。那裡的海浴場簡陋極了，只有二三位救生員在輪值。一個夏日的黃昏，在遊客漸漸散去的時候，突然掀起了一陣聚集的嚷聲，大家紛紛奔向臨水的地方，有一位少女從水深處被抬上岸邊，於是大家把她團團圍住，像在目睹她美麗的赤裸。那少女的美好身體靜靜無聲息地仰躺在沙灘上，閉著眼睛像睡去一般。蠢動的人們互相擁擠著，只是爲了近前來觀睹這不幸溺水的少女。但是並沒有人敢去碰觸她，自被抬上來後像一條死魚一般被擺放在沙灘上，只聽到有人喊說打電話叫救護車，卻沒有其他直接的救助動作，而救護車要遠從幾里外的瑞芳開過來恐怕要延遲許多時間。注視那少女，讓人心裡焦急。我於是放膽呼叫救生員在那裡？一個大漢臉色陰沉的站在我身旁說他就是。我說爲什麼不給她急救？他說她的心臟已不跳了；我又說可能是休克現象，在醫生和救護車到達之前，應該馬上給她做急救。那救生員不高興地對我大聲說：你能你去做。我那時還不會急救的知識，只看過影片裡急救的場景。我的心臟跳得很厲害，只好跪下來，好像要準備和那少女做愛一樣，雙膝分開蹲坐在她的腹部上，雙手貼合按到她胸部左乳的下方壓迫著她。她一點也沒有動顫，像是一個知命而馴服的女人。於是我想到另一個更迫切的辦法，那就是對口呼氣給她。我俯身下來，掰開她的蒼白嘴唇，然後把我的嘴貼緊著它，把我胸裡的氣用力送進她的口腔裡。每一次都需要抬頭猛吸空氣再俯下來吹進她的身體裡。在這個過程中，我不知道我做的對不對，可是我卻不能停下來，也沒有人想要來替換我或指導我。直到經過多時，醫生和救護車終於到達，我讓開給醫生，醫生檢查她，說她已經死了，叫救護車把她載走。我立在沙灘上悵然地望著車子和人群的離去，我突然感到無比的孤獨和寂寞。當我離開沙灘時，夜晚就像黑紗一樣在我四周向我包圍過來。這是三十年前的事，如今印象猶然歷歷在目，觸覺那少女冰冷而鬆軟的嘴唇的記憶依然存在，但是她沒有活過來使我感到悲憫。

十二

阿平又要走了，再去大陸，這次的目的地是新疆，去做什麼，他沒有問她。他從來不會問阿平去那裡或做什麼，除非阿平主動告訴他。他固守著本分，對阿平他只有寫作外，他不去探詢她的私密行爲，就好像他不去親近她，自以爲他是阿平的最好朋友，這一點他嚴守著不侵犯他人的分寸。阿平說，這段時間她沒有信給他實在很抱歉。阿平又說，她十月前會回來，回來後她會和他連絡，並且會告訴他在大陸的情形。他說，你去大陸，自己一個人一定要愼加保重，你回來後，我也許可以再和你通信，但一切還是順其自然的好。阿平說，我實在要感謝你常寫信給我，不過你自己也要保重，我已經習慣一個人旅行！一切都不會有問題，再見了。

阿平九月底從大陸回來，到十月初才和他連絡，在電話裡，阿平透露出她這次在大陸的不幸遭遇，她說新疆的那個老頭把她鎖禁起來，不給她飯吃，也不給她水喝，一直逼迫她把錢拿出來，她說她沒有錢，只有一些旅費，那老頭不相信，說她財產起碼有一億。她求他給她水喝，那老頭說不給錢就什麼也不給，她求他放她走，那老頭說你來了就別想飛出去。她渴得受不住，開始腎發炎，關了幾天就昏歇過去。她被送去醫院，救活了，她乘機逃走，飛到四川來。在四川病情嚴重了，電話到台灣，姐姐去看她，但姐姐來得慢，到四川時，她已經病好了，向姐姐要了一千元美金，姐姐還怪她是騙她的。阿平對他說了以上的事，說這一生再也不會去大陸，熱情已經完全消褪了，但現在她要暫時忘掉這個夢魘，她要去香港看片，看那部她寫的電影片，這部片已經參加了金馬獎，十幾項提名，她要去參加這一切的應酬活動。

阿平在電話中說話時，他很少插話進去，他保持一種讓她能順利傾吐的態度，對她說出的事絕不加以評斷，只有諾諾的聲音，使阿平那音樂般的聲音，在適當的時候增加了一點合聲。

他和阿平的電話連絡都是在深夜打的，要是他打給她的話，阿平總是叫他掛斷，再由她打給他，她的理由是長途電話費很貴，她知道通話太長他付不起。在金馬獎活動的期間，他們依然在深夜常用電話交談，而阿平主要告訴他她所見到的被金馬獎氣氛包圍的人們的動態和情狀！而她的結論是：每年為幾部爛片花那麼多錢辦這個獎實在有點神經病。

到十一月中旬，他感覺一切熱鬧活動都稍微平息下來了，他才給阿平寫了一封信。

整年，我都在期望著能再見到牠，那條去年驚見的、在山徑上偶然遇到的蛇。我走向那山區，在雜草和落葉散佈的山路走過，仔細地尋覓，冀望牠的出現。我轉頭在身後凝望，以為牠在我後面跟隨，但依然沒有牠的蹤影。甚至在那山坡的樹林裡探望，也看不到牠行過的痕跡。只是抬頭看到垂下的彎曲的枯枝，以為是牠爬上樹想來驚嚇我。我耐心地一次又一次地行走在那條曲折無人蹤的山路上，僅僅希望能幸運而又巧合地見到那蛇的身姿，牠美麗的頭部顯得機靈，在我的印象中，牠是那麼神奇，那麼不可思議的生存在自然中，我見到牠的自由悠遊而見不到牠會顯出愁苦。在那次的邂逅，牠是十分坦然地擋著我，又十分奇幻地消失身影。從今年春天到這冬初的日子，我情不自盡地會想念牠，我付出行動走向牠，牠卻不願領我的情，不願見我，使我只能在夢中見到牠盤我的腿，讓我震驚而翻身醒來。我要的是清醒的時刻見到牠，在山林裡，在牠生活的地方，而不是在我的臥室，在深夜的睡夢中。

回憶今年的日子，親愛的阿平（諾許我這樣稱呼），讓我在這輕薄的紙片上這樣叫你，只要不在現實裡；在你的生活圈中不乏比這更親暱的稱呼，你不在乎一個遙遠的友人的輕喚，除了你能想像我現在寫信的樣子，否則你的耳膜聽不到這叫喚的聲音，但我相信你是「聲音」的精靈化身的形體，不難辨別我印在這文字裡的律動，不同的途徑似乎亦能同樣傳到你的心裡。回憶今年最初的那些時日，我這樣筆記著：拜訪者的腳步來的遲緩，而且不是年輕的詩人；小徑鋪著乾枯發白的甘蔗葉子；春天的訊息昨日才傳來，地面上的泥土猶帶著冬季潤濕的色澤。

浴在風中搖曳的是玉蜀黍頂端的褐色光冠，還有高高度過冬寒的田邊幹草的老鼠尾巴。身形細小、白色的蝴蝶輕狂地翔舞在迷濛的空際中；赤腳的農夫在遠處雙手捧著爲燈節做糕底墊的青葉子。你是否聽到鳥鳴？拜訪者？發出細碎而嘮叨的聲音的是山谷中的麻雀，你現在舉目所見的都是綠色了，並且看見偏南地帶的上空，大形的斑鳩轉了一個圈子，然後停棲在一棵樹頂上，高傲地背對著你。

昨夜，你答應我讓我封閉的手再度寫信給你。有片刻間，我沉默著，細思和辨別你是否眞誠地承諾容許我發出訊息給你。你也沉默起來，這一刻間正好形容著阻隔我和你之間的空間距離，形容著兩個形體間不可靠近的事實。我們認識於你年輕戀愛的時期，時過境遷，我寫信給你也是憑介於藏書的奉還；其實，我現在才是想認識你的時候，好像不曾有過往日，現在有著一種初識的新奇。你也許不計較這一些，因爲你有豐富的生活經歷，你也許太熟悉人類的靈魂，知道它詭譎的願望，有如你一直表示不稀奇人類的愛戀，你僅僅要一種殊異的友誼，一種只閃現在你生活和工作餘下來的時空的文字意涵，它不會使你改變你現有的秩序，不擾亂你的心，像你在旅遊中顯現給你的形象意象般，你視這書函給你的是同樣的自然現象，它打動你本質的心靈而不是生活的心靈，這兩種心靈，有時似乎混合在一起，卻有特別的時候，它們截然二分，獨存在微妙的寓所，好像盼望有一種愛，它不要去碰觸到你那曾經豐沛地愛過的身體，你要它離你遠遠地，有如深埋在地底，你要它時，憑著你的心思活動就能感覺到它浮升上來。

彼時的春日（今年春天）又這般顯露著：

細草綻出黃土路面的裂縫

它投下細長的影子表彰它的存在，
而它在風中搖動和顫抖
猶如其他萬物；
最嫩綠的是篦麻的星形葉子，
層層開展如手掌仰向天空，
它們如此鮮脆的莖頸是否易於斷落，
那刹那間牧童的利鐮？
天空的淡雲有如白色薄紗在藍海佈放
拖曳著由這頭山到那頭山，
疏疏落落地露出天庭奧底的深湛。
春日在晌午前顯得有些慵懶，
好似有些傢伙還未從冬眠中醒來，
鳥隻成群飛過這一帶窄小的空間
也顯得意態闌珊無精打釆。
而那竹怪和樹蛙的鳴聲，喀喀濃濃，
它們叫了一陣後要到許久才又再響。

十二

阿平讀到上信，馬上在電話中這樣說：你寫的蛇就是我。然後再寫了這封信給他。

我的朋友：

記得有一年（去年了？）我打電話給你，爲的是一個中國新年。那天我問你「家人回來了沒有？」你的聲音裡有某種「不屬於那安靜、孤獨世界秩序中的你」，於是我講不出什麼話來，把電話客氣的再見了。正如你所說：我的生活秩序中實在容不下什麼了。今天，終於買下了你後期的幾本書，在一個冬日黃昏微雨鬧市中的書店裡。

我還是抗拒過那麼整整一年，不，不是因爲任何理由，而是我給自己和你定了位。終於。才去買的。

我們是一種不可相見的朋友。正如人和蛇，常常相遇就不能感受那份僵持生活在各自定點上的安然了。對，用僵持是沒有理由的，所以我劃掉了這兩個字。

你的文字境界，自小以來是某種時空魅力，對我而言，那份時空是一種巨大的寂寞，感受到的東西，沒有朋友可能分享，是有些悲傷的。

在你的文字中，我被鎖入另一座城堡。

包括作者你本人在內，你的作品，經過了我或其他讀者的再創作之後，都已無法與你溝通。

不過在這不能全盤交流的中間，仍有部分的可能交代，就是：今天我注意了一下五本你的書籍總價，它們一共六百多塊台幣。至於是六百多少塊，我因又用找錢去買了一個便當，就弄不清楚了。

我這半生以來，只有兩種方法處理金錢，一種是：不去用它。另一種是：用去了就算不清。在經濟觀念接近低能的人——我，身上，實在沮喪於自己的與衆不同。還是去看你的書。很安靜的孤獨。

在這十月半（農曆）的時節裡，稻作已經陸續地收割完畢，行過那些鋪佈著稻草的田地上，使人感覺那富有深度的柔軟，有別於那經常踩踏的青草土地。年冬的腳步是近了，每隔五、六天，就有一陣寒流由北方南下，吹過這一帶山丘，呼號的風聲越過山嶺，吹響高壓線的線弦，像孩童放聲大哭和泣訴。在我常去散步的山谷間，就是因爲這變化著的氣候，把春天時的樣子完全地抹去，那些形像和色彩已經消失盡淨。而我想告訴你的春日，僅僅留存在我的記憶裡，這個供我寂寞時消閒的小天地，在大自然中根本微不足道，卻是我這卑微的人的思想和意象所在。我因爲愛人太深的緣故，以致落得流放在這些無人開墾無人蒞臨的林木土石之中，去注視這些山林的變化，彷佛去思考著人際的冷暖一樣。

拜訪者學習諦聽各種的聲音；他也想重新學習認識各種的形物。可是，他既不知鳴叫的是什麼鳥禽；也說不出那些樹木的名字。他坐下來聆聽一種單音節的鳥鳴，介於琴鍵上所發出的中庸與快板之間的節奏，有如一個無奈的求偶者的哀嘆，它來自深藏的樹林裡，卻清晰地散佈在山谷的徐風中傳遞，而且突然中止，像斷去了音訊，也尋找不到它原在何處。

無論如何，他依然在另一個山頭，那遠遠的木麻黃樹的高崇形影酷像藍黑的騎士，出現在坡道的隘口，他不是要走下來，是要你迎上去。山頭間，想思樹林突顯出折曲的灰綠樹幹和枝條，柔美的弧頂是由細片疏鬆的翠葉點綴而成，空氣在那透明的隙間穿過去，輕輕地搖動著它們，好似一種可親眼看見的精靈在穿梭其中，而遠眺時，整片樹林卻像巨大的風勢在搖撼和撫弄。那搖擺著長翅膀逃逸而去的是斑鳩，牠在幽暗的黃昏空際中，背部轉變了顏色，也在寂寥的山谷裡顯得碩大些，好像海洋裡的灰鯨的脊背那樣，可以感覺那栗褐色的羽膚在奮力滾動。牠是那麼驚慌，是因爲有拜訪者——或者恐懼那將統治大地的夜晚？

朋友，你不知道春天不情願面容的意態，至晌午時分，薄霧仍然未見消散。滿山沉鬱在時光中度過，只有樹梢能感覺一些生息。疏疏落落的鳥鳴顯得無精打采，這使人抬頭瞻望密林的所在，空氣裡的確滿含潮溼的訊息；空蕩的心靈憂鬱地期待著，好像那痠痛的筋骨欲望著復元。昨夜這山林的睡眠有如謎語，否則這晨間爲何始終保持著沉寂。

有時霧所搭起的布幕遮去了整片桂竹林，只留下晨光在近前顯現的一條道徑；翠綠的草因昨夜的露浴而耀眼，輕佻無重量的小白蝶像嬉戲般出現又消隱。隨時隨刻都有聲音來自那寧靜的延續，流動而演化的時光，不知疲倦的注視和醒敏；而無時無刻都有願望來自那無欲的底淵，這空際原本一片虛無，反而充塡著意想不到的景物。終於出現的竹林開始有戲劇化的演變，這是因為距離、陽光和時辰的配置；但是你只能幸運地目睹著形象和色彩，卻不能明白也不能支配這景象的一切。

十三

我親愛的朋友：今天是公元一九九〇年十二月四日，我剛剛做好了超音波，回到自己的病房來。離開了自己的房子，所帶給我的是一個完全失去主權感的客屬關係。我不喜歡台灣的醫院，它給人一種有求於它的傲然，使得本已不健康的人，在這裡更加壓縮他的人格，變得不合理的卑微。已經兩次了，不笑的男性衛生員，不敲門便粗魯的推開我的領域，自己走到浴室去。當他發現我的水瓶被移放了地方時，便對我很兇的警告。

這種被對待的方式，充滿在整個中國，我不敢在這麼細微的小節上對任何人講「人道精神」，雖然在西方世界，這是我的權利。

許多年了，每當我回到中國來，我所感受到的便是一種委屈，起初曾經因為種種現象，以及我，處身在這種現象裡的不快樂，感到灰心——算了，我不想分析了，總而言之，我不喜歡醫院的日光燈，我很怕醫院裡每一個象徵「我可以管你」的人，我失去了鎖門的權利，我必須等人按時送飯來就得按時吃下去，我不明白這一切，於是全身緊張得發痛。好，今天寫到這裡。朋友，我不喜歡這裡，他們不給人抽煙，進來的這一刻，就立即斷掉了做為一個人，一生的習慣。在西方，醫生是慢慢給病人過渡期的，這兒，我必須很堅強，來對待突然加諸在我身上一種無形的極權。我很沒有依靠，只有把床沿的扶手拉了起來，將自己放在那鐵扳手間，尋求意識上的「屛障感」來使我覺得安全。當我把床兩邊都豎起了欄杆的時候，護士小姐進來笑著說：「不行，這樣圍著你如何下床？」我說，我可以翻出欄杆去上廁所，她笑笑，叭一下順手拆去了一邊的鐵杆，於是我求她給我保留另一邊，她不明白我的緊張，不解的注視著我的時候，我已接近崩潰。

我去找另一個枕頭，我不敢問任何人，因爲我認爲在此地，任何提出要求的人都是不受歡迎的。我在「被褥間」中張望，有一個不笑的臉在問我「你找什麼？」我含笑說「我想要另一個枕頭。」她去管別的人了，我僵立在原地不敢動彈。她——護士小姐又說——「你回房去，枕頭不在被褥室」。她拿來了枕頭的時候，看見我脫去了醫院的被褥套，整整齊齊的在床單上鋪了一條氈子，護士說「你還是用被套吧！」我說「被套很縐，我有潔癖。」她說「你還是用被套吧！」我不說什麼，她自作主張的抱了一床被套來，替我鋪好，再說「妳要豎起欄杆來嗎？」（順手要取下那唯一的右手床欄了）我說「我要」，她說「那好」。帶著幾分容忍修養走了。

（十二月十一日）再筆：結果，我出院了，你的電話來了，我已經不能再講話。醫院中的經歷是「每五分鐘被突襲一次以上」。朋友，我想，醫院是使好好的人發瘋的地方。出來後我全身疼痛到吃止痛藥，原因在於肌肉永遠緊張，裡面的「胺基酸」都跑出來了。等我熬到金馬獎以後，我想一個月不見人也不接電話。

好，不寫了。朋友，我如此眞誠的對待你，包括說「掛電話，快要瘋了」都是出於眞誠，你明白的，不是你騷擾了我，是積壓的。

我希望有一顆平靜的心來給你寫這一封回信。早晨我到山谷間去散步，把你的信帶往那裡去讀。你在信裡所說的事實，一點兒也不爲過，這種感觸完全是我在我的生活裡到處遇到的，想到它還要延續下去，不禁讓我全身感到戰慄。近幾個月來，屋前馬路的拓寬工程，它的不近情理的施工方式，把我的住屋裡外覆蓋了不斷加厚的灰塵，即使我緊閉著所有門窗，還外加一層塑膠遮布，依然無法阻擋沙塵的侵入。我只得在晨昏擦拭我的坐椅，其他則任其堆積了，因爲我們不知道它什麼時候才能完工，每天都看著它靜靜擺在那裡，任來往的車輛輾滾著那些沙塵到處飛揚。我從你的信中看到另一個靈魂在那裡緊張的發抖，像你這樣被崇愛的人都無法享受到應被尊重的人權，何況其他呢？我完全無法意料你會告訴我這些現實的事，有時，我會誤會到以爲只有我一個人在忍受這環境和人際的侵犯和迫害，其實不然，這是整個有病的中國靈魂在那裡作祟的結果，造成每一個人都不那麼親善可愛，反而充滿了敵意和虐待狂性的現象。

可是，你不論遭遇到什麼，你容然保有那天庭般亮麗的聲音；我想像你要是在憤怒中喊叫，在悲傷中哭泣，在各種的情緒中發出聲音，都是一種美的音樂，使人無法抗拒。我是從你那天生的本質來欣賞你的，如果我有病，我要的是這種珍貴的藥石。你也許並不知道，朋友，你的聲音可以使徬徨的靈魂安靜下來；這些日子來，我是在這種自私的狀態下打電話給你的，你的聲音一出現，我就靜下來聆聽，甚至我就變得說不出話來，直想要陶醉在那樂音中，好像我所有的需欲都被它塡滿了，再也沒有什麼可以奢求的了。所以，我要爲我的魯莽的衝動向你致歉，我完全不知道你在你的生活中這麼忙碌和緊張，這麼身不由己，幾乎完全給了別人，而我竟在這無知中打擾你，加增你的負擔，你應該不客氣地對我斥責，說別再煩我，只要這一句話，就完全可以把我斥退。我是完全可以忍受得住的，雖然你是我這一生中發現到的唯一珍貴的樂音，但我知道我沒有那麼幸運能擁有常聽到它，雖然遺憾，但只要我知道它的確存在也就夠了。

然後，阿平給他寄了四張她的「小影」的照片。

年末，深夜，阿平給他電話談再進醫院手術的事。

翌年初，阿平死於醫院。

上李登輝總統書

自中華民國在台灣以來，有半世紀了，與前半世紀日本在台灣的歲月相彷彿。日本的統治非我們所願意，而台灣光復卻是我們所迎迓和歡欣的；相較這時光相等的兩種不同政權，我們對前者由抗拒轉爲馴服，對後者卻意外的由歡喜逐漸感到厭煩。政權的性質不同，殖民政治當然令人髮指，民主政治當然受人歡迎，效果卻兩相迥異，豈不令人返迴深思，再四究詰？其中最爲淺顯而對在這兩個不同政權皆生活過的人來說，其評論的準則在於政府施政的效率；效率不彰，雖是自己主政亦難從；效率彰顯，雖是異族統治尚能苟安。百年已過，事實已成爲歷史，前述兩者事體只能供後世人之參照，認知歷史軌跡和意義能產生智慧，想由劣轉優，由弱轉強，端視現今的人們能否借鏡而前瞻。

中華民國在台灣這五十年其實功績明耀卓然，竭盡所能改弊從良，經濟起飛，人民生活安定富裕有如世外之桃源。然而並不理想，依吾人之才智應可展現得更其優美，其令人不足而遺憾者，在於無一像宗教般之精神思想目標，無一像藝術品之可觀的象徵；前者可凝聚意識而有共識，後者可値運作而有自豪和自勵，進而自強不息。兩者實爲一體，藝術爲外在外觀，精神思想和意識爲內在內觀，此事功的籌建，如能統合台灣現今所有之才智和財力，其作品自當美妙而非凡耶。

那麼到底有何事功可以凝聚台灣之所有，什麼藝術品可以在將來的歷史佔一席之位，子孫爲之自豪呢？敬愛的李總統，像您這樣情操俱足的領袖，難道不日月盼望，不時刻籌思嗎？而生聚於此的所有同胞，事實上亦如您一樣的在夢中縈繫盼待精神奮發的事體之來臨，冀望事實之呈現眼前，使平日因細瑣而爭論的情緒轉變爲相勉而合作，群策群力而爲共同的未來前途相親相愛，凌駕經濟奇蹟而更上一層樓，爲民族之品質升級，使世界上其他民族爲之注目喝采。中華民國在台灣乃歷史不容否定的事實，我們是歷史中的一個份子，我們自有其應負的歷史任務。那麼目前或前瞻未來，中華民國在台灣的歷史標誌不是空談和口號，而是爲備用於將來世紀而開建的新行政特區，一如美利堅合衆國在二百年前爲他們的國家所籌建的華盛頓行政特區相似，成爲政治中心，而迎接未來的歷史的進展和挑戰；其外觀如藝術品，而體內則展現其運作功能；沒有這一所在，美國會散亂分歧；放眼世界各國，其國家民族之興而可敬者，莫不有其一如藝術品之行政首府，中華民國在台灣難道做不到這一奮發圖強的事功，立一歷史標誌，與世界各地區互爲比美嗎？

當然我們不稱其爲首府而稱爲特區，以免在其籌建時即遭政治歧異的各方之詬病和阻擾，而要凝聚共識，則僅就現實需要，喚起在台灣的所有中國人認知其必要性和迫切性的目的。我不宜在這有限的信箋裡煩絮目前在台灣地區的各種複雜心理和情勢；就以生存在此的一份子而言，我只能淺顯的盡其所思，表達一份忠誠意見。建設一規模宏大、功能完整的行政特區，言則易，行則難，是全體人民和專家的心力結晶，我僅能就其非建不可的緊迫性和將來的適可性之理由闡述一二，而有待更精細思考者之後續響應。

新闢行政特點的觀念乃是爲中華民國在台灣之歷史事實與日本在台灣之歷史事實同樣地皆有其代表性的行政所在和建築標誌而區別之。日本籌建總督府及市區之規劃諸事，建築學者已可爲我們證明，其威嚴和治理之準則，從其外表上已足夠明白了。中華民國在台灣續用五十年頭，難道不覺得漸不合用，漸受其約制而深感不便嗎？畢竟是兩種不同的思想和做事的態度，爲了邁向新世紀之新世界，資訊工具之使用完全是新式和新貌，這些新的軟體乃需要新的硬體之護置是不待權言，此其一也。

就市政而言，台北或高雄讓其專屬，中央不必混雜其中，一如當年美國不設聯邦政府於紐約或其他城市，而劃出一地單獨使用。一旦有朝一日，中央遷出北市，五分之一人口跟隨辦公移出，市區人口疏減，交通擁擠之情將可改善，總統府及相關之建築成爲美術館或文化活動之使用，北市將可靈活扮演文化和經濟之國際大都會的角色，令人一新耳目，其美可想而知，此其二也。

新特區的建設是爲方便將來中央行政系統指揮之用，並非藝術家或建築師之夢幻，亦非文學家或政治家的傻想。眞正的實用仍然要歸於政治的前途之考慮而可行。台灣政治之前瞻，端視這一藝術品般的特區是否出現於世。過去五十年政治上之遭人詬病者，可比喻爲頭痛醫頭，腳痛醫腳，沒有一舉而解決全盤之措施，以及存在苟安心態、退縮自閉，視台灣為一海島監獄，自生而自滅。近年來之革新，雖令人振奮，先開展經濟之實力，然政治精神之標誌如不出現，百業沒有上規可循，仍然是一片吵嚷和分歧，而不能產生共識和團結合作。新特區的建立的政治意義，必可讓生活在此地區者，感覺中華民國在台灣的眞誠建樹，而一反過去排斥的心理轉爲接受。在其如此巨大而坦明的目標之下，何人再有其指責和厭言呢？要是有人在大前題之下不能合作其間，其人必是思想和行爲可鄙之徒。

統視在台灣的人才，菁英備集，有如滿盆之水面臨溢流，有如密聚之猛虎形成噬咬，過去之浪費已釀成互相猜忌之果，今日如能取用則如導水成河，壯觀和效用如似賞景與發電相同。新特區之建築，用人何止千萬，然個個英雄有用武之地，誰不趨前而效命之？僅就建築界而言，數十年來除了爲經濟起飛而建的商業大樓外，沒有特殊之建築設計而讓人歸心景仰。單就偏向爲經濟和生活之需而建設者，拉拔經濟效益的結果，只能無情地導向拜金而不斷抬高物值，使人單向爲利競求，顯出外表繁華而內在空虛之象。政府雖然獲得豐富的稅金，在世界中扮裝闊人，然其內部人民卻養成嗜物狎雅人氣市儈；在家豪指頤使，旅遊國外則遭人鄙俗；雖腰纏萬貫，仍不能脫卸二等國民之譏的醜譽。而且就台灣經濟形態而言，在繁華的外表下，隱藏著更大的危機，因爲台灣資源貧弱，受制於世界經濟的搖擺，就商人的性質而言，重商輕義，一旦遭變則紛紛轉向。就目前與大陸的各種談判而言，我方雖是猛龍過江，但一入旱地，對方引誘深入，擒拿就綁，其結果不是雙贏，而是我方全盤皆失也。

五十年間所演變的複雜情勢，如不力謀新政，從思想精神給予救助，力挽汪瀾，中華民國在台灣不急於建設共識的指標，以新特區爲始，爲未來的存在奠基，時機一過，只有令後人徒嘆耶。而蓋新特區所需要配合的新政措施，猶如發現病症而開出的藥方，有效無效，我略述一二以就教於有識之士而呈獻上峰；雖是個人的淺見，然抛磚引玉，集思廣益，必能匯成主流；一旦人才效命，財力麇集，社會之防衛鞏固，工程的進展將無慮矣。

新政首重司法之獨立與公正。目前在司法的原則上雖讓人無異議，但在操守和執行上卻無明廉和做不到快決果斷，使司法的威權大打折扣。新官上任雖形象鮮明，下屬執行卻延舊規，進展遲緩，與國民之期求節拍不合。好比觀衆看到樂團指揮者的手勢，卻等了半分鐘才聽到音樂聲音出來。司法是執政者的心靈，人民生活規範的準則，守法或犯法皆視執法是否公允和效率。過去偏重政治課題，侵犯人權，現在應該轉向處理百姓間的糾紛，使冤屈者投訴有門，裁定交通事故要速審速決。民主社會，民事應該重於刑事。一旦人民視司法如敬鬼神，執政者威信自然無堅不克，無遠弗屆。

談到鞏固國防必須革新兵役制度與執行辦法。憲法雖明文規定國民應盡的義務，執行卻頗爲不平等。靠權貴關係或以自瘦的方法逃脫兵役者比比皆是。應該試辦：即使合乎免除兵役者亦必須繳納義務金，或進訓練營鍛鍊身體以爲收效。再者，收編社會上的遊勇（被稱爲失業和流氓者），高薪募集敢死隊成爲防衛上之最前線或應緊急之需所用的隊員。人性皆有善惡兩質，端視如何導向。我曾在校園將所謂的頑劣學生給予糾察隊員之職，其行爲立即爲其新任務所轉換，效果彰著。如此做來，既能減省警力又能保障國防；這種措施要先行開始，防犯新特區建造時來自各方的曲解和猜忌，利用社會的混亂來打擊我們。

再談新經濟政策的制定，以挽回目前的脫韁之馬，扎實和固守將來的經濟能力。依目前的放縱措施，人人趨赴對岸，十年二十年後，經濟流失和崩解將難免也。其對策必須要有斷腕的魄力，抑制富人的財務膨脹，降低地價，對高收入者徵高稅比率增加，低收入者徵低稅比率下降，使現今嚴重的貧富差距不再越拉越大。地價低廉合理，勞力價格不再攀高，以各種福利措施招回不願從工的人口，減少外勞前來，那麼到對岸設廠者將會考慮回家來。然後施行嚴格的營造審查，去除國內非常腐敗的營造能力，提昇品質，因爲國內建設將隨新特區的開工而大新氣象，百業再展新貌，人心自然振奮向上，異志自然消弭不見。

以上略述司法、人力和經濟之革新是籌建新特區的首要具備條件。但是針對質疑新特區的象徵意義的一場政治辯論將勢所難免。政治之爭如再度上場，繞著新特區的主題衝來，此次反而有對台灣情勢的釐清機會，使雙方偃兵息鼓，尋求認同台灣存在的共識，像朝野都盼求重回聯合國的行動一樣的可愛。最後我要申明，新特區的構想不是爲台灣獨立而設，反倒同情中華民國在台灣無一像樣和水準的建設標誌足供歷史的歌頌。民生經濟的活絡現象會隨時光起滅，但在土地上堅實建立起來的實體象徵卻不易消失，除非有意破壞。統獨的思想意識雖是此時期暗流明鬥的事實，各退一步則還能維持和平的現狀，太早摘下的果子必定不甜，爲何不等些時候讓它成熟呢？明理於此，時光會自然的推演，而有效率的治理台澎金馬卻是刻不容緩的日課，政治上的統合和目標必須建立共識而互相競爭和勉勵。台灣的身姿要在世界上再度放光，必須徹底掃清各種污點，重組文化建設的新貌，展現自我治理的高度能力，宛若完美的一村一里的地方自治，才能與對岸或世界去談判各種問題，以迎接未來世界的來臨。知恥近乎勇，同樣五十年的統治，中華民國在台灣和日本在台灣相較，不可諱言的在形象上略遜一籌。當時明治維新，日本去西歐學成的建築師在台灣先期實習規劃，一舉而成爲治理台灣的歷史不滅的標誌；日本現代建築史的前期空白，竟然要由台灣的總督府爲首的建築群來塡補。而美國華盛頓特區也竟然由一不名經傳的兵工起草，賓夕凡尼亞大道的長寬一度是歐洲權貴的笑柄，如今顯現的卻是無比的前瞻和遠大目光的證物。有鑑於此，請各方聖賢爲台灣前景沉思和設想，創造歷史是不是應該操在自己的手中？希望中華民國長遠留在台灣這塊土地上，萬壽無疆。

七等生鞠躬

八十四年二月

懷念和敬佩安格爾先生

我永遠不能忘記保羅．安格爾先生第一次給我的難以簡單形容的印象；一九八三年夏末入秋之際，我受國際作家工作坊（簡稱IMP）之邀抵達美國愛荷華大學；經指引，我從山下緩步朝安格爾先生座落半山腰的住屋走去，我看到了那座莊美的木屋，同時看見一位高大的男人單獨站在陽台的柵欄邊也看到我。他的俯視，一定覺得我十分的矮小，因爲我是個體格並不高大的東方人。在這之前，我沒有見過安格爾先生本人和照片，只讀過他的詩，因此我最初不能確信陽台上的男人就是他，但馬上在心裡又認可他就是安格爾先生。他不動聲色地讓我走近他的屋子，而我在先前抬眼看見他之後便不太方便仰頭注視他，而我們卻在最適宜的距離中，不先不後地同時舉行打了個哈囉招呼。如果是拔鎗，那才會分出誰快誰慢。然後，他半轉身朝屋裡像求救：「華苓，華苓：」呼叫那位中國作家最有名的朋友和大姐的名字，「你的中國同胞來了。」我瞧見一張善解人意的美麗面孔從門扉出現，她見到我就驚喜地叫我的名字，而靜待一旁的安格爾先生跟隨著說：「MR：生。」在現場的那一刻，以及往後的日子，我都感到他實在是太有禮貌又太好客了，表現得如此謙遜和可愛，並不計較對方和他相較之下是個微不足道的人。

我們都知道保羅·安格爾先生是IMP的創辦人，首任會長和主持人，但在近期把它有形有色的發揚光大的是他的妻子聶華苓女士，尤其對所謂中國作家而言，他們的木屋，像是遠離家鄉來美國作客的中國作家的溫暖家庭，也唯有所謂中國人才有這種與別的民族不同的感性和需要。在安排參觀約翰·迪爾公司的現代農機和美術收藏館後的盛大歡迎晚宴的餘興節目中，世界各國的作家都是單獨表演的，唯有中國作家，以華苓女士為中心，一起站出來像個小隊般表演了合唱，獲得最大最長的掌聲。雖然我自覺我們並沒有事前共同練習過，也唱得不好，但我們在那臨場的緊急時刻，卻有攜手合作的意願和默契，使別人看起來不可輕忽。事實上，要不是有華苓姐的存在，所謂中國作家，沒有那麼幸運能夠使台灣和中國大陸兩地的作家在一個特別的地方像實驗一般生活在一起，露出愉快的神情，互相暢談，互相了解和親慕。這並不是說我們與世界各國的作家有分隔，其實我們和他們做了更好的交流，是因為得到我們自己的同胞的鼎力幫助。我常注意到在旁的安格爾先生，以他詩人的心，敏銳地感悟到我們所表現的一切，常常向華苓點頭稱許，毫無隱諱地露出以她為榮的長者風度。我有這等感想：那時能夠讓華苓女士那樣盡情發揮能力的理由，無疑是有安格爾先生那種獨具的慧眼和不自私的人格存在，才能使別人也同樣做出盡其所能的坦然表現。

他比誰都年長許多，而且是美國本土最有名的愛國詩人之一，他的理想表現從行動中創辦IMP，懷抱全世界各國的大小作家，就可資存證。這一點可以說，與另一美國詩人惠特曼的思想和情操的特殊氣質大異其趣，但相比美。但在這個時代裡，我特別敬佩他的大公無私的讓賢作風，當他年高時很有才智的、也很巧合地選擇聶小姐做他的接棒者，沒有人會疑問他的動機，當任何人接觸到華苓女士的熱情和才華的時候，一切都釋然，而後來華苓女士照樣秉承安格爾先生的理想意志，在適當的時候，將主持IMP的重大工作交給另一位較年輕有能力的人去做，而不當為私有；這是美國傳統民主風範的表現，也是一種博愛精神，因為IMP的理念，無論如何，非長存不可。平常我們都直呼安格爾先生為「保羅」，稱聶女士為「華苓姐」，這是由於認識經由體會而形成的自然理由。

在愛荷華短暫的一季時間裡，我三不五時會走進他們的屋子，常碰見保羅和一位十歲左右的小女孩，在客廳促膝相談的場合，她是他的外孫女，漂亮、健康和懂事，對比著高大英俊以及年老莊嚴的安格爾先生，這景象的確大大地感動著我——眞美和祥和。據說他有一顆孩童的純眞心地，這也許不是故意說的，好來讚美他的慈愛，因為我是親眼看到的。還有一個聽說，他在青年時期曾是個有名的馳騁於美國中部田野的牛仔，如果是，那麼我可以想像他一定類似西部電影裡那位身段瀟灑和作風使人欽慕的男主角。總之，他的一生是和他們的美國精神同步成長的，那種年輕體健時豪邁和正義，年高飽滿智慧時，懂得奉獻關懷和愛的友善精神。甚至可以這麼說：所謂美國精神，是因為有保羅、安格爾的至眞至美至善的表現，贏得當今全世界各國作家的喝采，他成為道地的美國精神的一個象徵。

他回歸永恆的訊息傳來，是在接受捷克作家總統哈維爾之邀請的時候，我心裡當然會為我再沒有機會和他見面交談感到難過，可是，凡是他的朋友或家族，都會有這樣的看法和感想：這是天主寵召的安排，在他認知他這一生所貢獻出的均能美好回報的無憾情形下，心情達到最高的愉快和滿足，飲下他手掌中平常酷愛的那杯加冰塊的威士忌，然後向我們告別而去。這是奇蹟，眞使我們爲他感到欣慰。每想到各國作家同聚一堂時，他是德高望重的大家長，聶華苓就是最佳女主人，我好懷念和敬佩他們兩位。因此，我在此向保羅·安格爾先生的安息敬拜。

一九九一、三、二十六

有緣再相會

四十年代中期距今已有三十五個年頭，當時從不同的各地前來考進台北師範的，都是十五、六歲的男女少年。因爲是公費和住校，在第一天晚上熄燈後，便有竊竊的哭泣聲從蚊帳裡傳出來。三四天之後，這種令人要笑的聲音才會沉寂。整整三個學年中，共同在一個大餐廳吃飯，在教室學習上課；清早全體集合在大操場上升旗和聆聽訓話，晚上睡前在寢室門前列隊唱反共復國歌。時光的推進，他們長大成人了，當大家混熟親如手足之後，便被分派到各地去擔當教職而互道珍重再見。

但任誰也不會相信這種的輕描淡寫便是代表著在那樣的環境裡生活和學習的一切。每一個生命個體的外表雖然都是相類似的，但內在卻潛伏著極不相同的素質和抱負。每一個人的內在來處，都是一個不可更改的執著世界，在那樣的年代裡，師生之間有如一條巨大的鴻溝，屬於個自的兩個範疇。在那樣的天地裡，經常顯現的是冷酷無情和畸視，但也偶有溫情存在，那就變成一生心懷中不能忘卻的感恩。校園無疑是一個小社會，班級只是這試驗的社會的一個小聚落，學習和考驗都是爲將來做準備。許多人都相信在校園的班級裡已經可以見出某些特殊的端倪，師長們都喜歡注意者少數所謂優秀的才質，相對的，也都討厭那些所謂頑劣的敗類。

所以，時報周刊的王之樵來電邀約我，要我到北師校園與當年的同班同學見面時，我心裡既興奮又慚愧。我從來不曾想像過會有這樣的一次聚會。起先，我有點不以爲然，以爲周刊大概只爲他們的刊物著想，卻未必能想想我的處境。爲什麼？不只是時光已去久遠，還有我本身那裡談得上有什麼成就呢。可是，我卻可以想到我的同學，他們的成就非比尋常，像創辦藝術家雜誌的何政廣、馳名國際的現代畫家李錫奇、主持兩所畫廊的劉煥獻、開創風土民情電視節目先河的雷驤、在坎坷中獨創品牌的陶藝專家戴清村，以及以插圖和教畫培植兩位子女成爲世界級音樂演奏家的簡滄榕等，他們非常具體地在現今的社會裡展現才華，爲人榜樣，能有機會見到他們實在太高興了，因爲從北師闊別之後，甚至有些還未曾有過一次的謀面，不論如何，去會見他們，分享他們的成就實在有與榮焉。

眞的，看到他們的樣子，和他們交談，他們比我預先想像得更好更成功。因爲我需要從鄉下長程搭車，又逢在高速公路車禍塞車，耽誤了一些時間，他們竟然耐心的在高陽下的校門口等候我，讓我感動萬分；這一分際，把當年師生們視我爲劣等生的深沉感想一掃而空。我們急著去尋找校園中還存在的一些事物，坐在老舊的禮堂廊下開始話舊起來，而舉目所見，已一片新穎和陌生；在操場邊角原有幾間教室和練琴室，現在已經改建成一幢四方形大樓，十分簡陋和短小的游泳池卻依然留存，只是令人感嘆它的外圍加高了牆和佈設鐵絲網。還有那間用紅磚砌成的廁所，仍然掩藏在體育辦公室的後面；記得當時的校舍和圍牆都可明顯看出紅磚交砌的形線，它們被取代而消失了，再抬頭眺望也看不見那間兩層樓木造的女生宿舍。

時間已經過去那麼久了，見不到多少舊事物猶如意味著我們不能久留和徘徊，有一隻同學的手重重地拍了我的肩膀，在我耳邊這樣說：「你得要認分、要覺悟、要認輸，是不？」我也記得有一位學佛的朋友有一次和我坐下來飲茶時，他一面望著我一面語重心長的對我說：「我們畢竟都活過來了。」這句話已經包括太多要說而不必說的事實。王之樵過來招呼我們到某個地方去飲茶，這難得的聚會應該感激她，我們這幾個愛囂鬧的同學，像當年一樣喜歡搭肩勾臂，說說笑笑的進來，也說說笑笑的離開校園，胸前抱著書本從我們身旁經過的年輕學子，側首疑目的看著我們這幾位不知從那裡跑來的瘋子。

認知與共識

一

首先我要讚美學生在廣場上靜坐和絕食的自發性舉動，而不是肯定他們是否達到訴求目的，就像我們感動於天安門事件中那位隻身擋住前進的戰車的青年的沛然勇氣，雖然後來戰車依然開向殺人的場所。

任何的存在，於過程中，在現象裡，片刻即永恆。它並不計較是否在時空中繼續延展和獲致效果；事實上，它能影響深遠，無遠弗屆地在心胸中打開啓示和振奮的門戶，無形而普遍地深植在心靈的記憶裡。

所以學生們無需自責（被迫檢討），如果要做完美無缺的檢討，那是你們的事。你們的美表現在於一個受管制和嚴格約限的、也普遍認爲不關你的事的那種觀念的環境中，而你們在這種所謂成人的世界裡，擔負了成人老做不好事的責任。你們這一次意欲一定要那些成人必須徹底做出好事來。雖然，結果像是大人拗不過小孩的吵嚷要求，而破天荒地不以打罵而用安撫的態度擺平你們，但是，關於以後的事如何，那是另一個問題，大人們是否食言那是他們人格操守和能力的事，與你們已經無關。我現在寧可就那一刻（廣場上）存在的事讚賞你們，而不願與其他的枝節做混淆：雖然我們遺憾那位擋戰車的青年可能已經被判監或槍決，可是他的美已永恆存在於歷史。

二

有人也許要質問我：有鼓勵後來者效法前者，以滿足那份改革現狀而無實際行動的懦弱意圖。沒有。以後如有後來者，講求的一定是訴求技巧，考量效果性，與我現在說的「美」的範疇無關。因爲合乎「美」的現象是自然產生的，沒有預設性和計意的效果，只有特定的時空氣候和意涵，後來者即使有類似的現象外表，但意義和本質則不同，這是可以感覺和觀察出來的。就像「人」和「猿猴」有其相似處，卻是不同的兩個類別；兩個「個人」的外表更有相同點，但卻是兩種氣質。

如果硬要混同和泛神，則萬物莫不是同心，宇宙世界莫不同始終。當然，今天我們要提防人心的狡詐，正如我們要能認清新聞毫無忌憚的挑撥心態，以及語言的是非不明。

每一個人都有發言的權利，以及表達政治的意願，但這個原則如不建立在誠實而可信的表達自己的話，這所謂的民主作風要比什麼政體更糟。

我們確信不移，當學生們靜坐在廣場上的那一刻，心地是純潔的，這一點我們要明辨是非，靠的是知覺而不是聽覺，就像我們判定某些政黨的謊言，靠的也是同樣的感覺。

有時我們覺得，我們所使用的語言已經超越了語言的代表性而爛掉了，這種不堅守其內在規則和普遍眞理的語言，事實上，已經在各類的議場氾濫成災，像作賊喚捉賊，甚至加上肢體語言來推波助瀾，當然這是有人在語言中耍詐的緣故，如在法律中找漏洞以合法掩護非法，而且兩不信賴和共識，其結果有如「狼」與「狽」之爭，看不出優劣耳。

三

許久以來，我們是創造不出美的族群，這是受「目的論」所延誤的緣故。這個「目的論」在此現狀就是「達到目的不擇手段」和「秦始皇想長生不老」的觀念和意圖。先不論這種觀念和意圖有什麼不對勁，檢視它落實於社會人生，卻處處都可看到野蠻和權宜的伎倆，聰明有餘而智慧不足的表現。

就以修築道路而言，雖天天修補，而且的確處處有路，卻沒有一條完整和平順的，路面怪模怪樣應有盡有，有如鬼臉。以那條最老的南北縱貫的省道言，現今的柏油路面模樣還不如四十年前那種石子路面的格調美觀和完整。這種醜陋的鬼臉道路，由於每天都得走，像教育我們一般的烙印在我們的心坎裡，養成了我們「忍受」和「漠視」的態度，責任移轉到每一個人要「小心」的身上。

我們看到和記得，李煥院長那饒富的內在感的表情，是螢光幕上出現他視察某區里，被問到是否知情爲何這鄰近首府的地方竟沒有自來水喝的那一刻的詫異表情，就這一表演足夠贏取一座「奧斯卡」男主角獎。他的一個表情已非個人，而是代表著某一政府政治累積的形態，今天他把它十足地顯現在他那鎮國大臣的臉面上頗令人玩味。我很欣賞他處世待人時的臉目，是可意會到他的豐富而達練的好臉。

在同一時空中，另一張亦足可細細觀賞，那是總統的臉。

四

不論什麼觀念和意圖總是要講求可行性的技巧，而技巧不是權宜之計，它的品質和可信度，猶如上面所言的「名與實」對「理論和實際」的相配。

當學生們大膽訴求解散「國會」時，我想大家認爲那是非解散國會不可的，而不是誰有權或能力解散國會的問題，這種問題卻用法律加以搪塞，總統的謙卑並非眞正的謙卑這是十分顯明可意會的事，同樣出現在螢光幕上。

在這同時，他也失掉創造和更新歷史、普受擁戴的機會。這個機會可遇不可求，他卻捨棄坦途那懷了武士快刀斬亂麻的勇氣和魅力，而寧走荊棘的愁苦之路。我想這不是見仁見智的問題。他說他背著沉重的十字架，這是某種眞心話，吐露了他自己的憂懼心聲。可是同樣的十字架，無人可與耶穌同義。耶穌心懷坦然的慈悲，骷髏山一路是他預期的，就像從容就義一樣坦然以赴；

而李總統卻爲當總統恐懼而處處謹愼小心，雖然他知道這個總統不好當，卻認爲非當不可，這可以從他「向小人鞠躬而提防君子」的作風，和模仿傳統的假戲眞作上看出來。這也許不能太怪異他那得來不易的成就，在此不是深責，而是充滿了同情。

因爲，我們的正統歷史只登錄誰做高官，並不記載誰做了歹事。這有如家譜一般充滿了空洞的名字，卻體會不出他們的實際存在。在攸關名節的榮辱上，學生們像「國王的新衣」裡扮演了他那位直言不諱的小孩子角色。

五

今天我們的國事如麻，不僅僅可用「不要臉」來形容。一個年居高齡的國民代表知識份子，竟然還大聲喚不退職是爲了「愛國」，以及「維護憲法」，然後政府還處心積慮地爲他們安設下台階，用錢安撫他們。「愛國」而不謙讓怎麼愛法，當你已沒有體力和辦事能力的時候：說「維護憲法」而卻不尊重憲法，你奉行的又是什麼邏輯原則呢？在這些自欺欺人的大言下，落實的都是自私自利的個人意志。有如在一條公路上充滿了我行我素的開車人一樣。

廣場上，自認愛國的綁上布條以做識別，然後就有權理直氣壯的打自己的同胞，懷疑別人不愛國，強行捉人，命令下跪，任意欺辱，這種作風是誰袒護他們這樣做的？如果愛國僅僅表現在唱國歌、升國旗，簽名以誓效忠這些形式上，不愛也罷。

如果「民主」和「自由」就是讓某些人任意養豬狗，堆肥丟垃圾，掛喇叭播哀樂，不民主和自由也罷。這種鮮恥寡廉的民風，是誰縱容不取締的？

難道「愛國」沒有一條共識的法則嗎？做人的品質就只在爭勝的節骨眼上論高低，就像道德可用錢的多寡來評量一樣，我們生存在這樣的社會還有什麼心安理得的幸福可言呢？

六

除了承認少數人有點錢外，外在的世界並沒有人肯定台灣有什麼美好的品質，因爲台灣人普遍在自己的土地上生活就沒有什麼物眞價實的好品質。「沒有禮貌」，「沒有秩序」，「髒與亂」，這些都以現在是民主自由的時代爲由而行之。導民於此，是誰的責任，用自身的劣根性來自嘲嗎？一個執政大黨的智慧和能力，只用來防止少數人奪權，其餘人民生活如何則一概不管，這算是行「民」「自由」之實嗎？

這種愚民政策，在封閉時代或許還能以白色恐怖罩得住，一旦在開放的時代裡，恐怕再也不能常以「體諒國艱」來保住自己的權位和利益了，甚至再也擋不住外在世界口出恭維，心存疑惑的卑視眼光了。當昔日我們在被出賣爲殖民地時是次等人被看待，而現在回到自己的國度，卻不能超脫這次等人的身價，我們萬萬不能等閒視之自身的痛苦的。

我們的生活環境和生存狀態，猶如悽慘的沼澤地的景象，無從盼望和體會不出導水成河的壯闊之美；每個人被離間成一窪一窪的死水，看不到收山川的餘流匯而成湖的景色。我們心生害怕，因爲作姦犯科者到處橫行；家家戶戶鐵門深鎖，再也不敢舒坦地步出屋外，因爲我們再也不能相信別人，甚至再也不能相信自己了。

七

爲什麼有人要「台獨」，這不是沒來由的，說來也話長。雖然這個理想與所謂「反攻大陸統一中國」同樣的遙遠和夢幻，可是我們現在同在這個島上生存，難道沒有必要把現在生活的一切都處理好的共識嗎？

這兩種對抗意識，最大的受害者是每一個生活在此而努力工作的人，因爲它們腐蝕我們太長久了。它們一個在朝，一個在野，用在對立的資本和場所卻取自納稅人和他們應該享受安寧生活的時空。

好像只有他們組成的勢力，可以有權決定應該怎麼做似的、毫不考慮和尊重人民的意見。我們眞想知道他們兩者要達到他們預設的目標的時間表和作法到底在那裡？

四十年都過了，一個依然充滿特權和洋洋得意於所謂創造「經濟奇蹟」（天可憐見，不富也罷）；另一個受盡了挨打，氣不過，只好喪失風度用野的來。坦白說，沒有人不同情後者的艱辛歷程，因此都希望他們的競爭能公平些，而扶持後者到議場去辯論。多年前，康寧祥先生重獲當選立委，學界的人紛紛前往道賀，就是明顯的事實。

但是，他們兩者對於理想的立說，有誰做到讓人眞正了解而心服的地步呢？那種與現實不符的宣傳謊言和煽動，也許能使人惑迷於一時，卻不能永遠讓人愚昧到底。

好罷，即使這兩種理想，一個用「偉大」，另一個用「美麗」來形容，它們始終還是停滯在自我的主觀意識上，而不落實於客觀的時空，我相信他們兩者更不敢冒險求諸民意來表決到底全民的意願是如何。

說眞格的，從客觀情勢和條件上，西藏更有理由和資格都不能獨立了，台灣欲待何時呢？而李總統公開說：六年內可以回大陸去，他根據的是什麼藍圖和客觀情勢，竟自信地說出這樣的話來呢？兩位強人四十年做不到的事，自謙不是強人的人卻想在六年內做到，委實使我們都傻住了；而彼岸又常常這樣喚話：「現在祖國情勢大好」，且動不動就要用「武力」解決台灣。台灣啊！妳眞命苦：因爲三方的聖人都把你當芻狗。

八

我眞正所要的是一個誠實可信的社會，充滿美德和情誼的人事交往，而不是處在爭執誰做老大，誰當老二的吵嚷家庭裡：服膺的是智識和能力，而不是屈服於恫嚇、欺騙和暴力。人生短暫，煽動和組織強大的獨佔惡勢力是對人生的浪費和侮蔑，而且害人也害己。美的事物的存在自然而感動人心；美由誠實奠基，我們歌頌美的事功，愛戴和敬仰創造美的人。我們尊重有理想的人，但理想不是「極機密」，讓我們充分地了解那理想的實質和可行性，而不是利用我們人性的弱點來空塑幻想。不要自諛你才是人類的菁英，可以從心所欲地支配他人；人人都是世界的菁英，萬物都是這世界的合法存在，而運行有道，應有共同的認知和共識而協商出一條應行的規則。讓我們選你做我們某種事物的代表，替我們服務，因爲我們知道你學有專精，你的操守和人格可讓我們信賴。但你不要假借所謂歷史的責任自行辦事，滿足你個人的權力慾和物慾；因爲每一個存活的人都代表眞實的歷史，而不是那不斷更改名稱和杜撰的歷史，那種只有名稱存在的歷史不是眞實的理想所在，我們不幻想它，也不追隨它；我們要的是實實在在的每一刻，我們的每一刻間都是永恆，我們不要那種現在掌握不到實質利益的價値觀念，只有這種能看到觸到和感到的遠見才能眞正惠及我們的子子孫孫。爲什麼每一個人不抽點空坐下來想想生命是什麼？我相信我們是可以在冷靜的沉思中創造一點不害人的美質。

境界何所在

諸君對孔夫子名言「有教無類」的英譯供獻出寶貴的認知，這誠屬於美好的事情，但美中不足的是互相間皆覺得譯文仍無法契合原文之意，不能上達原有的境界。如果在這之間爭執的是誰近誰不近或誰可誰不可而忘卻原文之意爲何就有如射靶而不見圓心。雖然諸君紛紛拿得出學養工夫和本性能力來，結果像是無的而放矢，使人感到無可奈何的遺憾。孔子的話是什麼意思，這「四字經」恐怕也是各人有各人的解釋，而不一定比意識中似明似不明的原意狀態好多少。不知道是否有一種所謂科學的方法來實證出這四個字的結合所應有的最正確的解釋？除此，我們知道某甲問道：「你好嗎？」和某乙說：「你好嗎？」所掩藏不露的是不同的心胎。那麼孔子說何者有教，此聲音之背後，有可能暗指何者無教。而再度檢視各家的譯文所劃出的意思，也許可以在精益求精的細思下，獲至一個意外的驚喜結果；當創作者（造物者）給我們惹出這許多的麻煩之後，在忖度其所謂原意爲何已不可能有定論時，只有亦僅能就被造物本身的符碼做考量了，這猶如經由萬象來悟出神意一般。

「有教無類」在舊英譯裡這麼說：「在眞正有教養的人士中，並無世襲階段或種族分別

（Among really educated men, there is no caste or race distinction）。」這層說法無疑意在指出：眞正有教養的人才是消除那不公平的世襲和種族色彩的區分，而獲至平等的觀念之前提；也就是說沒有世襲階級和種族分別的觀念，才算眞正有教養的人。這麼明白的界說，不是將導論出置疑那所謂眞正有教養的人的偏頗標準嗎？那麼無世襲階級或種族分別觀念的是屬何種人等？在人世社會中，普遍的認知是：有教養的人皆強執著他那與生帶來的世襲階級和種族分別的觀念。如果他們不是，那麼眞正有教養的人何在？這樣的因果和邏輯無庸再辯，它的存在早把我們要把握的主意趕跑了。

而《四書英譯》中，「孔子說：教學應無階級之別（Confucius said: in teaching there should be no class distinction）。」看來這是十分淺明的直譯，但「教學」對「有教」，「無階級之別」對「無類」，還是有種不十分妥貼密合的感覺。

而新英譯重新敲定爲「教育原無界限（Education knows no boundaries）」，這與四書英譯同屬相同靈感的不滿足之處，還是在於字與字的對譯不能達到天衣無縫的功夫，尤其是「界限」和「類」，難免如何同籠？

而陳蒼多先生之英譯：「教育必需平等主義（Education entails Egalitarianism）」和我提倡教育中之平等主義（I advocate Egalitarianism in Education）」其明顯地有極端現實的觀念存在著改換孔夫子說話的語氣作風，給人一種急功好利的感覺和恐怖；雖然滿合乎現代情勢，但以有限的空間來取代無限的時間，恐怕有得不償失的後果。

張正平先生在「有教無類」之英譯的文中勾勒出翻譯之原則，特別說到，「中譯英，非獨文字問題，……而往往是專門理論及特殊觀念之學識，若非該科專家參訂，很容易閉門造車，英譯使美國人難以接受。」這個原則的型模雖然很好，很尊重他人的意見，但是他卻劃了一條適用而不高貴的尾巴，因爲他最後的意思說，英譯是爲了使美國人能接受，如果美國人難以接受，就不算是好的英譯。這好像人體素描時平添出一條動物尾巴，以迎合動物學家的觀感的作爲，一定會給有識之士帶來了前俯後仰哄堂的捧腹大笑。美國人要懂，爲何他們自己不去想辦法，中國人爲何如此卑恭？這種出力不討好的時髦外交觀念，實在難在學識中延用。

而路見不平的丁一先生，及時站出來大喝一聲「四字經」，指出遠在一個世紀以前，理雅各神父的英譯，顯然認爲理神父將「有教無類」譯爲In teaching there should be no distinction of classes是再「貼切」不可，最多將「distinction of classes」改爲「discrimination」亦已足矣。這是否道出一個「中譯英」中，許多中國學者還不如一個外國神父來得感性的現象呢？的確，沒有人不嫌幫閑衙門有越幫越忙的行徑，不過應該體諒他們仰賴記功嘉獎領獎金討生活的苦衷，他們遇到這類事，有時也有不知如何是好的憂煩。

平日來披讀這類學術問題文章，有如觀賞一齣戲劇，它的發展頗符合戲劇原則，有人物個性，有複雜的情節，現在它把讀者的觀戲癖引上了癮頭，讀者的求知欲望強過一切，非要看到它的結果不可。可是自來坊間的戲劇總是有一個最軟弱和無興趣的結尾，叫人失望，原因是它最後的落實性大大地違背了人類想像力和昇華效果。其實，孔夫子塑像和「有教無類」英譯之雕刻已經落成而不能更改了，將來如再改亦不過是求合乎來時的需要，要說止於至善，則不免多事罷了。孔子雕像既然是照古中國人的樣子刻的，爲何他所說的話不用中文直寫，要改譯爲英文何故呢？這是否又一次地證明中國人辦事的周到能力正是最傷人感情的地方？想方便別人就得降低了自己的本格嗎？相信任何外國人在孔子像下看見那一條（任何一條）英譯後的文字，都不會覺得它有什麼啓示他們或幫助他們的想法，因爲那些英譯後的文義，對他們而言，只是他們已有的觀念和力行中，再加上重複的嘮叨而已。他們不能忍耐中國式的重複性的說教和被說教，他們不喜歡灌注式的教育和措施。相反地，這些英譯後的文義和觀念，在本國是缺少的，應該提倡，政府率先楷模才是。誠此，相信外國人看到孔子像下的中國字，一定大爲好奇，這「四字經」必定引發他們的求知熱，像曾經有一時的寒山潮，去追覓和請教，他們也將獲得他們的求知願望，但絕對不是明刻在那裡的死板的文字意思，他們會把孔夫子的一切都包括在思想裡，而豐碩得像看見一幅畫，或一個景致，甚至產生境界的存在，有如人們尋思他們自己文化中的偉人一樣。

再說，要將某種境界推行到他國，應該在本國內普遍存在。孔子的理想在本國內始終無能落實生根，見諸於社會人生，以外國包裝推行出去豈不換來恥笑？不論何種文化境界，能在本國落實於人生，自然會吸引外國人的嚮往和學習，實在不需自己花錢送出去，然後學者們空心爲此爭相修飾，則無此必要。如果是爲學識之眞理而努力，則令人敬佩賞識。

而孔子所說「有教無類」的眞正意思何在，雖然透過無數的翻譯，依然沒有明朗的境界相等比照，只是呈現有限的意圖，好像要分段實施，以偏概全似的。世間對「蒙娜麗莎的微笑」的詮釋此起彼落，我想多一人對她加以評語，必定增加一分她的魅力，而論斷必無損傷她本身。任何的思想結構，它的存在莫不來自於有感的實際人世現象，像「有教無類」這等的意涵，實質上並不是什麼難以在腦中捕捉得到的理想蹤影，孔夫子實在是在哀嘆那些有身分名之和野心勃勃的那類人之不可教救，有教救者唯有剩下那無以類別區分之赤子，難怪諸君懷抱著意以爲多麼廣涵的教育理想境界，在述之於文字的翻譯時，感到難以符號成形了。

一九九〇、七、十五

當代文學面對社會

一、當代文學的特質：

我自己常不由自主地表露出個人內心的孤獨和寂寞感，而且這種情緒自來久遠。但是我在這裡並不想追溯童年的部分，我只願意把和文學藝術有關的事略微說一說。在五十年代，我十七八歲青少年的時候，像一步踏入了陷阱一樣，我在寄宿的師範學校讀書，主修美術。即使是現在，事隔三十年的歲月，回憶起來仍舊不免感到羞恥和傷痛，我不知道爲什麼我在那時全身感到不對勁和難過。他們動不動就把我捉到升旗台上和校務會議的校長室，當著全體學生和全校的教師們面前指責我的頭髮留得太長，服裝不整，甚至有專門跟盯我的行動的人，他們向導師打小報告，教官終於藉著一個鼓動喧嘩的理由把我踢出校門。事實上我的本性十分害羞和柔弱，這柔弱是由於營養不良，不善於出風頭，只有懷著一顆愛美的心，美的事物對我具有極大的吸引力，也唯有它能影響我的舉止和動向。因此，除了畫畫，我對其他的課程均不感到特別的興趣。好在學校有一個不錯的圖書館，在那裡我以無知和探索的心找到了莫泊桑、惠特曼、海明威、勞倫斯和法國的現代詩人們，尤其是我讀到雷翁那圖、達文西的傳記《諸神復活》時，我才漸漸敏悟到我自己的存在。他們才是我的導師和朋友，我有點不自量力地沉迷於他們，愛他們；沒有他們，我感覺無法和那時的生活環境抗衡，我會被那無情的環境毀掉和淹埋。然後我才懂得如何以時間一點一滴地訓練和累積自己的品格，我幾乎以我行我素和靜默的態度塑造我個人的品好，譬如我逃學去聽音樂會和看電影，到大街上去寫生，甚至一個人騎單車環島旅行。為什麼？那時我只是有衝動要那樣做而已。後來我放棄當畫家的想法，突然想以文學的創作做為表達滿足自己，假如我還要謀生活下去並且不會太引人注意的話。之後，雖然邂逅了一些同樣以文學的表現為職志的人，我體會到自己個性的差異，知道「道不同而不相為謀」，認為還是自己孤立起來的好，假使我要永遠忠於文學的創作的話，我必須要有自己的獨立思想，以及個人的表達方式，而不是去附和集體的意志。後來我閱讀日廣，有系統地把中外歷史涉獵了一遍，對於追求美的初衷，完成自我的事更加的堅持，我覺得這是有限的個體生命去向永恆挑戰的課題。

我不知道以上的自我回憶是否觸及了所謂當代文學的特質，也許並不盡然；但然或不然並不重要，我所以要從自我說起，因為我不是專精的研究學者，只是一個自我設想的微不足道的小作家，重要的不是內容或所謂成就這一件事，而是做為一個人的思考形式。這個思考形式決定個人的存活樣式，甚至決定了追求美的本質的途徑，使個人感覺那存活的重要，愛惜個體生命，進而尊重別的個體生命，推而不只是人類，還包括自然界的一切。或許可以這麼說，當代文學的特質顯現在各個不同性質的作家的作品裡，表現在他們不同生長環境的薰陶塑造裡而有不同的思考和個人化的風格中。社會有集體意識和教條做為一種傳統的要求，也有堅守自由原則的個人表現，雖然都有一個美和藝術的原則，卻可以看出在內容和形式的主從不同關係上建造的不同面貌的文學堡壘。如果說，這是文明進展的一個過渡時期，當代文學的確具有多樣式的風貌，文學作家不可避免地普遍有著孤立奮鬥的不安寧心理。這種特質可以在作品裡嗅得出來。從今年諾貝爾文學獎得主布洛斯基有限的作品和資料檢視，他有一個猶太人宿命的基調，但是仍然以他個人的抒情去反映他經歷過的社會背景，他說：「我認為一個人應該以一種比種族、教條、國籍更精確的方式來認同自己，一個人首應辨明自己是不是一個儒夫或誠實的人。人不應依靠外在的標準來標明自我。」他沒有索忍尼辛那種狂烈的批評精神；換一個地區和個人，馬奎斯的《百年孤寂》，則展佈著潛意識支配下的幻夢世界，而在中國作家裡，王文興質疑著家庭倫理的淪落，進而嫌惡著現存的不倫不類的社會結構和偽哲學的迷信表相。這些主題全依靠著個人的美感語言直覺地表現出來。

二、文學在當代社會中的地位及與社會的交互關係？

文學在本世紀裡，自從上世紀末印象主義從古典的溫柔懷抱脫離之後，似乎取代了傳統的學院哲學的地位，勇敢地面對現實的實際人生，這包括兩方面，就是個人詩情抒發和向社會要求合理公平的生存權益。這種情形雖然有點混淆，到底文學和哲學誰是主從，不易辨清，但像我這樣的凡夫俗子倒不必去為這個事體傷腦筋，我要的是從它們之中吸取養分，滿足我生存的愛欲。像柏格森、沙特、羅素、卡繆等人，你無法清楚地考慮到底是他們的哲思或他們的文筆吸引你，也許兩者你都要，即使經過一段時間，你會不喜歡他們的某些主張，但你還是忘不了他們文字的簡潔。更明顯的，像托爾斯泰、喬埃斯、紀德、赫塞、梭羅等，他們明顯地以文學的創作取勝，但我們讀了他們的作品，仍然忘不了他們在小說或散文中的哲理。文學成爲一切表達的工具，文學成爲一切存在的主要形式。從柏拉圖到佛洛伊德，這當然不是哲學的傳系，而是說到從古至今的知識，無不依靠著優美的文學表現來傳達。再說卡夫卡，我認爲他是現代的唐．吉訶德，我心儀他的「不可爲而爲」的犧牲精神，用象徵的劍法揭示社會的醜貌，向既存的社會道德做抗辯。在中國，從屈原的離騷到蒲松齡的聊齋，不論是胸襟抱負或揭揚人性，無不端賴文學的形式得以表達。這些精神目標推至現代，已經遍佈全世界的各角落，廣達了全人類，即使各民族都有他們原有的互不相同的文化背景，但是拜文學形式之賜，在現在無不有著不可搖動的共識，它推動社會脫胎換骨，社會也回報它應有的尊重，文學成爲人類社會的一項重要不可少的品質。如果我們在這裡不去計較文學作家是否有對錯的話，我們也可以檢視中國社會在近代的演變，文學扮演了一個推波助瀾的角色，三十年代左右創作文學的知識份子受政治的徵召，導致了現今的局面結果，這一點使我們活在此時的人頗爲省思。所謂社會，不只屬於政治的或經濟的，事實上在那裡潛移默化的是文學。在現代的文明社會中，知識份子（尤其是掌握文學的份子）才是社會的導師，從他的直覺裡就負有強烈的道德責任，不完全是政治家和商人。甚至，文學總是在那裡做替罪的羔羊來平衡社會的運作，免流於商業的低俗和政治的縱慾。更確切地說，文學支持個人在社會無情的壓力下，免於崩潰的命運。我們也非常地清楚，文學的個人總是在最後耗盡心力而倒下，但是他存留下來的總會有後來的人承傳下去。所以文學雖產生於個人，卻終於成為整個人類的資產。文學的取材來自社會的現實和個人的生活，但它的價值投回給社會歷史大於個人，在社會裡生存的個人多少都受到文學的安慰和啓發，每個人都從文學的資產裡分享文學的美感和認知。在當代裡，文學的力量甚至衝破了民族的限制，和制度的禁錮，透過美感的啓示，使存在的時空更形幽遠和遼闊。

三、作家創作的動力（動機）與目的：

當我指陳所謂作家都天生賦有一種表達的本能時，我的意思不在指稱作家是有比別的人更高的天賦能力而恭維他們。這是一種性向工作的類別，而不是才智品格的高下。任何工作在生存的意義上都是平等的。在我的觀念裡，一切的出發點都是公平的，而且一切的成果，我也不完全把它全部歸屬於個人，環境的因素頗能使個人的才具顯達或趨於隱沒。要了解作家創作的動力，或許可以先探究作家個人的稟賦性向，而至於作家創作的目的，恐怕非對時代和環境的考察剖析不可。這可能也是文學批評掌握的所在，分別來自心理和社會兩個範疇。嚴格說起來，每一個作家都是個案，譬如我們閱讀托爾斯泰和卡夫卡的作品和資料，會發現他們有性情和教養的明顯不同，這還包括他們的生活背景。我常常感覺作家作品的形式風格，他們等於都在做開天闢地的工作一樣，《戰爭與和平》和「審判」「蛻變」之間，有何等的不同差異，等於是兩個世界或兩種天地。在我們中國作家裡，王文興從《家變》到《背海的人》似乎也認識了這項創作使命。我個人當然是一個微不足道的寫作者，正如有個朋友對我說：「你只寫了幾篇短小說，還不算是個作家。」我聽到這話並不覺生氣。不論是大作家或小作家，我在這裡並不做任何作家或個人的評價。我們討論的是動機和目的。以我個人而言，雖然不能眞確地指明我的軀體內有一個驅迫者指揮我，但是我必須承認，我的開始是在一種恍惚的狀態裡，某種東西會聚起來運作而成形了，或者說，某種體內的熱能逐漸升高到了一個燃燒點；我的情形是：我經歷的現實世界的一個個物件經由想像的作用而組成了某個虛構的世界來，那種趣味的滿足幾乎有一種不可抗拒的快感，也是一種緊張渴求一種解脫的舒放。我記起了和文學季刊的朋友們在一起時，尉素秋女士說過：「作家在寫作時體溫比平常高一些，」那也許是一種發燒的難過，必須想法把燒退掉才行。爲什麼會感冒，總要把濾過性病毒找出來，才能治好。那種神秘不易理解而只能感覺的東西到底是什麼呢？創作的動力和我們在哲學裡詢問生命是什麼，是同樣性質的東西。要回答這個問題是頗不容易的，要是能夠的話也頗費周章。要把這個問題劃在知識的領域裡來說，美學家克羅齊說它是直覺底，而且他說：「直覺底知道並不需要主子，也不要依賴任何人；它無需從別人借眼睛，它自己就有很好底眼睛。」我們想伸出手來捉它，它並沒有形體；最好不要動它，把我們的身體借給它，看它要做什麼順從它好了。而且最好也不要先去問它，去和它計較到底是好意或壞意，像我們尊重「藝術底天下只可以沒有反省底意識」，這句話也是克羅齊以爲的，他說：「這反省底意識是歷史家或批評家應有底進一層底意識，它對於藝術底天才卻非必要。」我實在不知道爲何蠶兒要吐絲自繭；眞的，我也不甚明白爲何要把一個字一個字寫出來，這眞是一件莫名其妙的事。可是我們越是以這種質疑的態度來看待它，動機的存在是越能顯明出來，越能讓我們體會它的職能。蠶兒吐絲成繭並不是爲了要給人做衣服穿，這是人說的，可不是蠶兒明白表達的和奉獻的。同樣，作家創作的目的，不是別的，完全是爲了完成自我。

四、當代作家面對社會時所採取（及應採取）的態度：

我有時疑惑於人們到底是以怎樣的辨識來看待作家，他們會不會像看待木匠、水泥工、清道夫的身分那麼明確呢？恐怕不然，其危險的程度在於對作家有過猶不及的期許。在這個半世紀當代裡，作家的行情被看漲了，生活在文明社會的人們的種種不能滿足的心靈欲求，不只是個人隱秘地，甚至述諸公開地期望聖人般的作家出現。社會的現象愈不平衡時，渴求愈烈。這多年來對我們中國人而言，大家眞是急壞了，諾貝爾文學獎的桂冠怎麼還沒有落在中國作家的頭上呢？我們愈急迫得熾烈，恐怕愈會失望，演變到後來，疑問誰是這個全民仰戴的文豪和指責評審不公，兩方面會混同發生。試問，到底是給了中國人就好，還是一定要給那個最好的，但是誰是最好的呢？標準在那裡？目前中國人的看法和諾貝爾評審會的看法是否有一個共識呢？這是題外話，也是庸人自擾。這個問題從不曾困擾過我，因爲我把它視爲與我無關。我們在這裡事實上也不關注這類所謂榮譽的問題，我們要的是給予作家一個肯切的定義。前面已經討論過作家的寫作動機和目的，已經有個概念來認可作家的存在，現在進而想想他面對社會時所採取的態度這個複雜問題，這個問題恐怕會更衆說紛紜，更見人見智了。當一般人對作家的職能辨識不清時，同樣地要求作家應對社會負起過重的責任也是錯誤的。談到責任，我就感到戰抖，像我從來就沒有那種慷慨激昂的性質，正像有人認爲我還多方逃避責任，甚至有人進一步指責我在散佈毒素，迷惑青年，倡導頹廢和消極。有一位批評家指出我是一個理性的頹廢主義者，某報副刊在多年前曾刊登一篇論文〈商青〉，把大陸變色的責任推給像我這樣虛無的個人主義者，論的是拙作〈我愛黑眼珠〉，後來將這篇論文和〈南海血書〉全成小冊子發給全國的高中學生。有名望的學者和愛國人士也把我視爲反傳統倫理的作家。我認爲這些都是過譽，我不但擔當不起，事實上也沒有那麼偉大。我既不是上帝，也不是撒旦，我只是個在這夾縫中有限存活的個人。請諸位包涵，爲了免於空洞，我大膽地把一些親身經歷的私事加在這個討論裡當例證，像類似的情形，我眞的不知道如何有一個更好的面對社會的態度社會好像在作家未出生時就定好了一個職責擺在那裡，事後就依照那個規定的責任批判作家的好與壞，全不顧慮到所謂作家充其量只不過是反映現實社會的器皿。再說作家在各時代中或許有著高低不同的地位，像那些身爲演員的人一樣，在當代中被人重視的程度超過於以往過去。但不論如何，要明瞭作家是否眞的必須應向社會採取一種適如其分的態度，說回來還是在於作家的定義上是否明確，用我個人漫無體系的話總是說不清楚。再借重於克羅齊先生罷，他首先說：「作家的題材或內容不能從實用底或道德底觀點加以毀譽。」他的理由是：「藝術批評家說某題旨選擇得不好時，如果這話有正當底根據，所指摘底就不是題旨的選擇，而是作者處理那題旨的方式，由於內含矛盾所致底表現的失敗。」他進一步說：「藝術家們只能從曾經感動心靈底東西中取得靈感。批評家們最好去注意變動四周底自然與社會，使他們所認爲可譴責底那些印象和心境不發生。如果醜惡可從這世界中消滅，而普遍底德行與幸福可在這個世界中奠定，也許藝術家們不再表現反常底或悲觀底感覺，而只表現平靜底、純潔底、愉快底感覺，成了眞正理想國的理想人物。但是只要醜惡與混濁有一天還在自然中存在，不招自來地臨到藝術家們的頭上，我們就無法制止這些東西的表現；表現已成了，要取消已成事實是無用底。」我想這些話已經足夠道明作家對社會的取向的反應，社會有多畸型，作家就有多怪異是不足爲奇的。藝術的獨立，作家所應獨抱的藝術原則也就不言而喻了。

畫鋪子自述

少年時初進城市的師校藝術科第一堂素描課就被教授罵得狗血淋頭，因爲在他講解素描的要件之後，同學們紛紛搶著教授認爲最好的受光位置；那畫室不大，連兩旁的位置也被同學佔滿；而背光的對面卻空空沒有人，我只好去那個寬敞的地方，擺上畫架，畫那呈現黑黑的瓷瓶子。兩三個小時之後，教授把我們的畫都釘在黑板上做評論。只有我的畫是黑黑一隻瓶子，好像全環蝕的太陽，只有邊緣有光。他用最嚴厲的話責罵我，令我羞悲異常。我流著眼淚回到校舍去，沒有人跟我做伴，我由此慢慢體會追求藝術的孤獨之路。

生命的誕生，有了意識之後，邁向社會，似乎一步一步的去尋找著自我。我離開了使我徬徨和生活無依的城市去鄉下，三十年的筆耕把我自己完完全全的洗滌了。從我的觀察和練習過程中認知了我應該去作什麼畫，因此，我在教職退休後重握著這神聖的畫筆。我生活周圍環境的土地、樹林和海灘，每當我走近它們時，它們用形象和色彩招引著我，我和它們和善相處和交談，它們和我產生前所未有的默契。它們和我互吐氣息，互相知覺對方的存在，然後讓我和它們達到和諧時呈現出一種境界留在畫面上。這個畫面就是我和它們共同認可的合同。畫面上不僅有我，還有它們，是我和它們在時空中的合一。當這些記錄足夠充滿時，我帶它們回到了闊別的城市。我是經過許多曲折途徑和遷徙才回到城市找到一個小小的據點。我沒有財富，只有微薄的退休俸給，這已經足夠了。我眞正擁有的是我的畫，我的卑微理念就在這些畫中，混合著我的一份熱誠。而自小至現在的孤獨之感是我的精神力量。我的不足道的筆名就是鋪子的名字，雖然給人奇怪的感想，卻完全能代表著我的個性，也是我的命運，爲什麼要在這最後的一段行程中相棄呢？

這個城市已經變貌充滿著新人類而不認識我，但仍有少數人因爲我在文字上與他們相知，我知道他們會愛我，那是因爲他們知道我在文字上愛他們。所以我回到城市用我的畫再回報他們的愛。這是我要有個地點展示我的畫作的理由。可是我必須聲明我的作品沒有比畫家們的畫好。畫家們的畫都是用他們可貴的心血畫出來的，我的畫也是用我的心血畫出來的，只有一點不同，他們是所謂美術史要歌頌的畫家，是有脈絡可尋和承傳的，而我是一個赤裸的野孩子，是誕生我的土地自生自長的，因爲那最初受教的責罵之言已把我扭斷了那份承傳。

這並不表示我有什麼特別之處，野孩子跟有教養的孩子是一樣的孩子，只不過看起來似乎受著不同的教育罷了。上述的回憶只不過是個人的小故事，每個人的成長都有他與人不同的小故事。而這個一度被分離的孩子，他自己尋著路回來要找他的同伴，找他的兄長，找他的師長，找他的愛，因爲他愛文明，他要向新的朋友學習禮貌。

因此，我要逐步定下課程，來向大家接近和學習。首先每週開三天展示少量我的畫，兩週換一次。先輩的畫家們走進來，看到我的畫就給我一份疼惜和鼓勵，然後我們認識了。三十年前的老朋友聞風也來了，興奮地觀注我的畫，然後擁抱笑出聲來。好奇而路過阿波羅畫廊區的人進來了，向我瞪眼表示驚異。有些在畫廊區習慣了十數年畫風的觀衆，推門進來，三步做兩步走，擺頭掃了一眼就匆匆走出去，連我向他說聲謝謝都不願理會。但是也有似乎依依不捨凝視畫作的人，我的臉感到羞熱，心中卻充滿喜悅和感激，他或許在我的畫作上看到某種他隱密多時的熱情。有人想買我的畫，我說請您多看幾回再決定罷，當您確定喜歡它時，再和我來談談價錢，就像我們有更多的認識時再做朋友一樣。

要認識人，要向人學習，像我的處境只有一個辦法，就是開畫舖展出自己的畫。然後讓我一位一位的向他們分別討教，也同時讓愛好藝術者做爲一種有趣的觀摩。我和某一位畫家對決展，要打的是觀衆心裡頭的比較和認知。其實這種形式與雙人展無異；但對我而言，其意義卻不是單純商業的指向。這種展覽對於我個人重新打算的生活是一條必經的磨鍊之路，它會消除我心中的自大，我平時氣息的浮躁，它沖淡可能唯利是圖的經營。總之，它讓我回到城市重新做一個人。敦請現在有成就的畫家們，共同注意將來台灣藝術的成長，扶持那些正要向這一條荊棘之路走來的人。所以決然推出二十場與台灣畫家的對決展。

有關七等生與台灣畫家對決展

我的心跡有如上述已經闡明了。「對決」其意就是「討教」，「討教」必須經由「對決」。我出生於日據之時，父兄均受日式教育，學劍道，小時耳濡目染，知道所謂對決乃討教之意，也是達到境界的必經過程，因爲沒有經過討教（對決）就不知自己在何種境界了。「自然」賦與人類競爭的意志和精神，人類之間又產生一種要合理要公平的競爭約束，來展現才智，讓人們體嘗和欣賞其中的「眞」，其中的「美」，和其中的「善」。所以人生的目的是喜悅而非悲愁，眞美善不是目標，是過程，然後產生無盡的喜悅。德哲尼采曾這樣說：

Woe（悲哀）Speaks: Hence！

（從此）

For joy wants all eternity,

wants deep profound eternity.

先輩畫家最有知覺，也最先表示贊同，首先簽名表示要依照這個形式開展。他們認爲這是一種良性的示範活動，一種深入內心裡的活生生的意涵。他們的眞情感動著我。然後有壯年輩的幾位畫家進舖子後，我把他們拉住了。我希望有中年輩的畫家能夠坦然的來和我會面。我是依照一種緣分的說法和作法，只要他們肯來，而且願意，我就順序排下去，不論是知名與否，二十場就打住，往後再集思廣益推展其他形式的活動。舖子雖然用我的名，應該是大家的，只不過先由我來爲大家服務。

我現在最最迫切和著急的並不是找不到人來對決，殺得你死我活，來滿足我的瘋狂，而是關懷大衆不知情而流失了對決所激發出來的閃光的美麗。畫家們都知道個展和雙人展之間意義的區別甚大。個展本身它的光華不論有多大，總比不上對比之下的認知來的光耀，像武士的單挑對決，其精采超過一切個人的表演或混殺場面，這是無庸贅言的事實。

在商言商雖然是現代人的信條，我也會在某種合理的程度上去依循，不過在其可預期的影響教育目標上，我更應該依照我的理念來營運。如果在這個城市裡，我的想法行不通，畫家們紛紛而去，媒體不理會我，我也可以依照我的初衷，用我的耐性和我原始的作品，在我的位置上，只做我個人的展出，也許有緣進來看的人很少，直到油盡燭滅，也心甘如願。畢竟這是我的最後一程，其長其短，又何必去計較呢？

藝術是我一生的最愛，無論表現在文字或繪畫，藝術就是我的全部人生，無論在思想和行爲上，我遵循的是合理性，約制和和諧。藝術不是我個人的專屬和獨有，是每一個人都有的美妙事物，有如畫舖子開幕時的題辭：

每個人都知道美，
不同的美是最自然最眞實的；
而每個生命現象的存在都是一種接受
或被接受的不同的美。

一九九四、十二月

愛樂斯的傳說

記得年輕時，初讀柏拉圖的《饗宴》激賞望外，至今依難忘懷。移居十年，這傍山的陰暗書房潮濕嚴重，書與櫃皆腐蝕，群書變貌，卻捨不得將吳錦裳先生譯注的《饗宴》拋掉，抽空再覽這本潰成散頁的書，仰臥沙發，依舊興味盎然，不減當年。其中緣故，不外是柏拉圖的間接筆趣的手法，使人著迷。我相信，除了勸人細嚼全書可以大獲全益外，如要單憑口述那書中內涵給人，似乎頗難達意。古希臘距今遠矣，時代雖已變遷，但某些眞理精神和認知的思辨，仍然還是人世修持和努力的根基。就這件事而言，雅典的宴席早散，活躍於當時的菁英人物的諧謔言談也隨時空消逝，所謂流到現代的「愛樂斯」，已經成爲一種傳說。

向來讀書會手癢想要筆記，爲了方便記憶，常將書中的要旨散文圖（改寫）之，也是一種閑情樂趣。《饗宴》本身，好比現行的小說或戲劇，人物與對話均鮮明如生，有如臨場看舞台表演；但就筆記而言，我要做的只有兩個部分，因此如後文：第一個部分是序章，專事禮讚的說辭；到第二個部分，才是精華所在，是不折不扣的哲學的探源課題。筆記原不是什麼稀奇事兒，拙文本不擬發表，而有朋友問詢時索讀，就乾脆拿出來與大家共勉，在此聊添記之。

第一部

一

古希臘時期黑西奧茲的詩歌寫著：

混沌（Chaos）先生，

然後出現了寬懷的大地：

這萬有的永恆寶座和愛樂斯。

愛樂斯，依照希臘人的說法，是所有諸神行列中，最先形成者。又說，這最古老的神，對於我們人類也是最大福祉的泉源。因爲，對於一個想要過著美滿日子的人，做爲他全生涯的指針，即使是血緣、榮譽、富貴，以及其他任何東西，都不能像「愛」（愛樂斯）那樣能夠把它那麼完美的栽植到靈魂深處。例如：一個在戀愛中的男子，當他在做可恥的行爲，或正遭受某人的侮辱，卻因怯懦不敢反撥，等到情形暴露，即使被親長、朋友或其他人撞見，還遠不如被他所愛的人看到時，那樣感到極度的難堪。也就是說，一個人當他做了某種愧行恰巧爲人看見，他所覺得羞慚的，莫過於在愛者面前。不僅如此，甚至願下決心爲對方犧牲的，僅有「愛者」可以做得到。這種情形，不單限定於男的，即連女的也都包括在內。攸列庇斯提斯的悲劇《埃爾賽施蒂斯》，寫她決心爲丈夫殉情，雖然父母健在，她對丈夫的摯愛，簡直遠超其餘。諸神曾經驚嘆她的行爲，而極爲難得的，終於將其靈魂歸還了她。猶如此例，諸神極爲尊崇爲了「愛」所做的犧牲和勇氣。又如：阿起立斯毫不顧及從母親獲悉的切身事實——「如果殺了亥克透（Hector），自己亦將難免一死；不殺他而自反故鄉，將可久保長壽，以終餘年」的慈訓——竟勇敢地前赴「鍾愛者」帕屈羅克洛斯的救援，且替他達成復讎的目的後，不但情願爲他捨生，甚至自動選擇了追隨其後同歸於盡之途。因此諸神都讚賞他，爲了他是那麼深切的愛上愛人，特地賜以超衆的榮譽，將其送上「幸福之島」。因此，愛樂斯是諸神中最年長、又值崇敬，並且，對於德行與幸福的獲得，祂在人類中是空前絕後、最具權威的導師。

二

但是愛樂斯勢必區分爲二，即使天女猶藍納斯（Uranus）和宙斯和戴安娜之間的女兒愛拂羅戴蒂，稱爲「適合萬衆的」。一般庸俗者，易於被後者所吸引，像這類人的愛情，首先是少年們對於婦人。其次，當指陷入戀愛的境況，他們喜愛肉體遠勝靈魂，最後就盡可能地愛那「愚昧」。這是因爲只把達成目的放在眼裡，毫不介意所做的方法究竟是否上乘或美雅？像這類人無論什麼事，不管那是良善與否，毫無辨別地，只在偶然的機遇裡去濫行。而前者生性喜愛堅強和富於理智，在年長粗具智慧之後，才開始去嘗試「愛」。如此，才有貫徹生涯，永不離棄鍾愛的人，願與偕老的決心。由此，「美」與「醜」之意涵，即謂之為，愛戀「崇高氣質者」和「愛肉體遠勝愛靈魂」的卑俗的愛者而言。因此，愛美者就有獲取教養和其他智慧的功效，是依照好人之意，且以善良的辦法遵從施行之意，反者即為醜惡。這是雅典當時的風俗，均以「智」與「德」為終極目的，尤其以柏拉圖主張的精神戀愛（愛的精神化）的時候，他所企求的卻是要棄絕肉慾。如果，只要在短暫的時間能夠克制它，得以順利通過這情景的話，對於有志向上的青年，是一種很值得期待，而且不可缺少的要素。

愛樂斯不僅單單潛在人類的靈魂深處，且做為對別的許多東西的「愛」，同樣地存在別的許多東西之內，幾乎是存在一切事物之內。在人的肉體中，就存在著這兩種的「愛」，凡是順從在肉體中的優良因素和健全因素的旨意者，是即美又合乎義務；相反者聽從不良因素的與病態者是恥辱。就我們所知悉的範疇裡，無論是醫學、音樂、體育和農業，甚至是天文和占卜術，愛樂斯是全盤具有如此多樣、偉大的能力，因此在一切事物上，因為兩種「愛樂斯」同在其中，我們要盡所能地留意對方。

三

愛樂斯是諸神中，與人類關係最為密切者，是人類的協助著，治癒人類所有的苦惱；這苦惱的治癒，就是意味著對於人類最大的幸福。溯古之說法，人類的性別分為三種，兩性（男女）

外，還有兩者所結合的第三性，他們皆具有可怕的力量和強健的身體，以及極爲高傲的自尊心。因爲他們得意忘形地挺身向諸神挑戰，如荷馬詩中所述：「這兩人爲了要攻擊諸神，企圖昇天……」終至遭來剖切的處罰。自從人類原形被剖切爲兩片以來，每一邊的半身，均憧憬另一半，並且渴望能合併爲一。於是他們燻燃再使身體成爲一體的慾望，饑渴的糾挽著手，互相擁抱。當這兩個半身中任何一個死亡，另一方則必覓求另一死亡者的半身，並與之始終糾纏不離。不論逢上那是以往完整時的女性半身，或是男性的半身，如此，他們都是爲了饑餓和不克照常活動而困死，漸漸趨於滅亡。因之，宙斯憐憫了他們，當兩性相逢之際，得以在擁抱間生殖，並且繁育子孫，而男性與男性相逢之際，至少使其感動饜足而壓制慾焰，好去從事營生的工作。爲了這些緣故，自從古老的往昔以來，人類就被這相互間的愛，牢牢地栽住。這正是，企圖使人類從原有的本性合併爲一，把兩者匯成一體，並且給予治癒人類性情的機會。因爲，我們原是完整的人，所以對於完人的憧憬和追求就通稱爲「愛樂斯」。

四

愛樂斯，也可能是一位最柔美、最優秀而最吉祥的神。雖然說，這位「神」是定居諸神與人類心弦和靈魂之內，並非毫無辨別地，隨便住宿於任何人的靈魂深處，當遭逢「持有粗硬心腸」的人時，就是一直貫穿溜出，迨遇上「軟心者」始得留宿其間。而且，在花卉豐裕，幽香芳郁之處，祂總是停歇留滯其所，以表達神情之美。愛樂斯不受強制而顯示自制，意味著能支配快樂與情慾；身爲快樂與情慾的指揮者，尤非富於自制不可。無論任何人，只要「愛樂斯」一接觸到，即使他過去與繆斯（藝術之神）毫無緣分者，就都成爲詩人。一切生物的創造，使所有生物發育，以及成長的，是非由愛樂斯的智慧教導不可。有如阿波羅所以發現了射技以及醫學和預言術，是想求得「愛」所導引的結果。就因爲這樣，在諸神世界裡，有愛樂斯的參入，秩序才得成立。自從這位神出現以後，無論在諸神中，以及人類之間，才得由於美的愛慕而發生各種慈善事，詩曰：

「於此塵世，賦與和平
無邊海源，賜與情浪
狂風暴雨，令其休歇
憂患之軀，使其安息。」

把這些帶來的，乃是愛樂斯。

第二部

一

愛樂斯是否眞如上述是一位偉大的聖神，而且對於美者的愛呢？試問：愛樂斯究竟屬於某物的愛？還是不屬於任何事物的愛？還有究竟愛樂斯是不是欲求著祂所隸屬的人呢？祂究竟是享有，還是不享有祂所愛慾的呢？設若：「不缺乏的時候便不慾求任何東西」，這種推斷是絕對而又必然地正確的話，假使有人還說：「我雖然健康、富有，還希望健康、富有；我是祈求我已有的東西。」這意思當然十分明白指向，「我願此後長久保有目前所有的這些東西。」可是，求著未能由己做主，又未歸自己所有的東西，以及希望目前所有，直到將來仍能確保不致損失，根本就是同一件事。此即所謂：一個人所愛的，就是他現在還沒有的事物或將來的，或者不屬於他的東西，因此愛與慾尋求著這些東西。那麼「愛」就是對某人來說還缺乏的東西了。要是連諸神的世界也由於對「美」的傾慕始能維護秩序，因爲對於醜陋的東西，根本不會有「愛」的存在，那麼「愛樂斯」就成爲對於「美」的愛，而不是對於「醜」的愛了。我們人是欲求著自己所欠缺而不擄有的東西。所以，我們不能把愛樂斯欠缺著「美」，而幾乎不具有美的東西稱做「美」。進而言之，如果我們稱「善良」的東西是美的，那麼愛樂斯同樣欠缺著善良。

二

不過，祂既不善亦不美，可也不是既醜而兇惡的。我們習慣認定沒有智識的人就是無知的，卻不知道凡是抱有正確意見，未能示出觀點的，那就既非睿智（因爲不能出示根據的，怎能算得是知識？）也非無知的情形。所謂正確的意見，很明顯的可說是「介於智與無知」的中間位置。所以不要在以爲「凡是不美的就必然是醜，不善的也同樣非惡的」想法了。

我們既已認知「愛樂斯」正因爲欠缺美和善的東西，所以才求其所欠缺的東西，那麼祂是不能當作神來看待了。而非「神」是否就是該消滅的東西呢？當然不然，只因是介於該滅與不滅之中，是稱爲「神靈」的一種東西，具有「翻譯與傳達」人類的事給諸神，及「出自諸神的事」給予人類的能力；這在神與該滅者之間存在的神靈，一面是祈願與犧牲，另一面卻是命令與報償。只因其介乎兩者塡充其中間隙，結果，萬衆就被結合爲完整的統一體系。神是不會跟人類直接交往的，諸神與人類之間的交往與對話——不管覺醒時，或睡眠中，都需通過這位「神靈」而進行，並且通達此事的，就稱具有神靈者，愛樂斯就是其中佼者。

三

有人會問愛樂斯的生父和母親是誰？說法是這樣的，當愛拂羅戴蒂誕生的時候，諸神曾經舉行了祝宴，美蒂斯（巧智之神）的兒子保羅斯（術策之神）也在其中。在餐事行將結束，配尼亞（窮困）盼望著這一頓大菜，行乞前來佇立門口。保羅斯喝醉了酒在宙斯的庭園醉倒陷入酣睡，於是配尼亞爲了過於窮困，想出藉保羅斯獲得一子之計，爰則側臥其傍而懷孕——祂就是愛樂斯。

愛樂斯生性愛美也就毫無疑問了。那麼，祂是保羅斯和配尼亞之間的兒子，站在如此境遇：首先，祂經常地貧窮，絕不像大衆所相信的那樣富豪俊美，是凹凸不整的，既光腳、骯髒，且無家可歸，常常不帶睡具隨便躺在地上、戶外，甚至露宿，這是因爲祂繼承了母親的稟性，與「困窮」同居。可是，另一面又酷似父親，總是「私下」等待著俊美的人和善良者。像勇敢唐突、蠻強非凡的獵人，經常地計謀奸策，並且又熱烈地追求機智。同時絕不窮於術策，且透全生涯，是個道地的愛智者，無雙的魔術師，以及調劑毒藥者和哲學家。

四

我們不覺恍然大悟這個事實：愛樂斯竟然是賢明長於計策（富裕）的父親和無知笨拙（貧窮）的母親之間的兒子。其個性既不像永生，也不像該滅亡的人，他時或寧在一日之內開花，結果時又死去。可是，當其術策一成，就順從父親所得的稟性，再次甦醒，然而，所取得的東西卻不斷地消失無蹤。

我們應明白古代的希臘人，視「智慧」爲最美的一項，並且把愛樂斯認爲就是一種求美的愛。做爲一個愛智者，絕不可把愛者（愛樂斯）當成被愛者般混淆，把祂視爲俊美者本身來看待。其實，所謂値得鍾愛的對象，本來就是既美麗，又奢華，而完善，且至爲有福。可是，愛者卻與此正好相反；不是這樣，就不是所謂愛者。

五

對於美的愛，到底它是如何存在的呢？當愛者愛上一個美人的時候，到底他欲求著甚麼？即將那美人得手，對於他又有何益處？如將「美」代以「善」字，情形一樣，是否企求著能變成已有而成爲幸福者呢？所謂：幸福的人所以會幸福的理由該歸因於有了「善良者」的緣故。凡是一種東西，當它從「虛無」向「享有」移轉，終究必定是一種「創作」的活動。此活動就是愛樂斯之所爲；大凡對於「善者」與「幸福」以及所有的「欲望」，即使任何人，都不外乎既強烈又富於狡計的（愛樂斯）。人類是竭求著善良的東西，不僅要歸己之所有，更要添上永恆的所有，所謂「愛」，就成爲永恆朝向一切善良者而言了。

六

「愛」爲了長久佔有善良者，不管在肉體上或心靈上，都要在美的個體中產生它。明白地說，所有的人類，都在他們的體內或心靈有著「胚種」。並且，到了一定年齡，我們的本性就欲求生產，不過，生產卻不便在醜者之內，只在美者中達此欲求。男女間的結合就是一種生產，是一種神秘的事情，是該滅中的永生者——這就是懷胎與產生。所以，充溢生產慾或胚種的人，對於美的就會感受熱烈的興奮。因爲，只要能夠據有它，就可以從可怕的苦悶中取得解脫。那麼，萬事皆然了。因爲那是在「難免一死者」所能參與的範疇，生殖乃是一種永恆不滅的東西。果眞，依我們所容認的「愛」所指望的，是將善良者據己有，「不死」勢將必然地與「善良」同時被欲求才是。由這種推崇所產生的結果，愛的目的在於「不死」這件事件上。

七

非永生者本性是祈願無窮變成永生的。這只從生殖才能達到。所謂「生殖」就是經常以嶄新的，來代替陳舊。一個人從幼到老，他本身，即使片刻也未曾保有同一要素：他的毛髮、肉、骨、血液，以及所有的整個部分都不斷地更新，同時失去陳舊。這不僅在肉體，心靈上也是同樣情形。不管是氣質、性格、意見、情慾、歡樂，以及悲哀或恐懼，這些，在任何人都不會是完全一致的，而是一面產生，一面消滅。當它是「知識」的時候，就像其中有的生育，有的滅滅那樣，絕不是任何時間都同樣不增減的。所以非永生者不僅是肉體，其他一切也都藉此得以不死。因此，一切生物生來就愛惜子孫，都是爲了「永生」才富有熱忱和情愛。

八

在試看人類的功利心，在那裡，可以想像他們內心渴望成名，不朽的聲譽，這種慾望何等強烈！前面曾提到的埃爾賽施蒂斯所以爲阿德美特斯犧牲，阿起立斯爲帕屈羅克洛斯殉節，以及雅典王柯洛德斯，當他聞悉在戰爭中如果不陣亡的話，侵略者的德里斯就會獲得勝利，而意圖爲兒子們確保王位自我夭折等事實，難道是可能發生的嗎？如果我們相信迄今未失去這種德行的「回憶」還能保存下去。爲了永垂不朽的功勳和顯赫不可一世的聲譽，人類總是勇於履行任何事情，越是優異的人，愈是如此，這是因爲他們求著永生的緣故。事實常是令人意想不到。

那麼，在肉體上生產欲旺盛的人，寧願趨近婦女，且其戀愛方式是這樣：這些人藉生子企圖永生，「回憶與幸福」一直留傳永古，永恆爲己有。可是，在心靈上具有生產慾的人——因爲它遠超肉體——其受孕與生產對心靈上所合適的一切，感到相當的慾望。所爲合適的東西到底是什麼？那是「見識」，以及其他各類的「德行」。這產生了詩人和獨創之諸名匠。而在見識中，凌駕其他，最高、最美的是國與家的統制、自制和公平。只要觀察荷馬、黑西奧茲或其他偉大的詩人們的雙親，並且只要羨慕他們遺留那麼優秀的子孫；由於那些子孫們聲譽的不朽，使他們給人們所留的盛名和記憶，也都永垂不朽。

九

那麼，朝此目的邁進正途者，必須從年輕就開始追求美麗的肉體，這如果能夠適宜加以指導，首先就愛一個美的肉體，並且，非在此中產生美的思想不可。而某一肉體之美與另一肉體的美是互有關連的，是「不能分離」的同一體系。當把「愛」普施於一切「美」的物體上時，對於某人過熾烈的情焰，認爲是不足輕重的東西，就非喚醒不可。這可以說心靈的「美」比肉體的「美」具有更高價值。只要他的心靈「良善」，即使不太嫵媚可愛者，也會心滿意足地去愛她，爲之操心，互求生產，使年輕人有向上的念頭。這樣，又能義不容辭地從職業活動和制度中看出「美」來，能夠藉認識上的「美」去回顧曾經觀看的許多「美」，企圖進入美的海洋，而眺望之。從無數愛智心，產生許多既柔美又高超的思想和見識，依此增加力量。

十

當我們逐漸接近「愛」的極頂（奧秘），將會觀察極可驚嘆的「美」之本性。首先，它（本性）是永恆，不滋生、不消滅、不增長、不減褪。並非從某一觀點來看則「美」，從另一觀點來看則「醜」。亦非時美、時醜。且非與此相較則「美」，與彼較之則「醜」，抑或據某些人看就「美」，另換一些人來看則「醜」。更非在此地看見是「美」，他處就顯得「醜」。這美又非藉臉容、手或其他肉體的部分而顯現；同樣，亦非藉言論、智識等形式，存在任何生物之中——例如，在生物內，或在天上和地界，以及其他現存物，無寧做爲保有完全獨立自存，永久獨特無雙的姿態美，來出現在眼前。這「美」乃是超越一切對立關係的絕對存在。所謂，憑獨力或其他誘導達到「愛」的奧秘之途是如此：即從地上各個美的東西，朝向最高之「美」恰如爬梯子一般；不斷地爬升，先從一個「美」的肉體再到多個；再從多個到達所有的「美」。從「美」的肉體又到「美」的職業活動，再升到學問，更從這些學問達到那「美」本身；結果它意味著直到認識「美」本身爲止。

只要你觀悟它，就不再以爲那是屬於黃金，或燦爛美麗的衣飾，抑或屬於英俊青年之類了。所以，如果有人能夠清楚純潔，毫不混入雜意識，不爲人類慾望或其他許多「行將死滅」的無價值的東西來玷污，觀看「美」的本質；當你用眼睛凝視，以心眼精神（理性之眼）去觀看它，並且與之同存，你以爲這樣的生活會悲慘暗淡嗎？我們了解在人性中尋覓像「愛樂斯」這樣的助力者，實非一件容易的事。我們如要尊崇這「愛之道」，就應當比任何事更熱心勤加練習。如果人類能夠「永生」，那特權豈不可賦予他？

俄羅斯家變

氣候節令遞變，炎夏過了，入秋後早晚似乎能體會一些涼意。搬移桌櫃總會下點決意來清理和擦拭，也會發現意外的事物。一本十五年前的教師日曆手冊出現在雜紙散本和鏽屑中，撿起來打開一看，是當時閱讀帝俄末期杜斯妥也夫斯基的《卡拉馬助夫兄弟們》所作的筆記。

這星期俄羅斯政變使我能守時觀賞電視新聞，看出這政變的韻律和節奏。杜氏的倫理鉅作，在六十年代的台灣讀書界常有人在關於文學的談話中提到，但僅止於那作者和作品名稱，似乎有一層神秘的氣氛不易穿透。這份感覺是我本身年輕閱事不多的緣故。

現在要談俄國文學的話，我感覺杜斯妥也夫斯基像個鬼，不像托爾斯泰像個神。這樣的意思是否有人在什麼地方什麼時間表示過，我不知道，從文學方面來看，俄國自普希金以降，由於巨匠文豪輩出，就顯得比其他各國來得迷人許多。所謂的迷人，不僅是通常形容的「美」，而是深沉和嚴肅，但由於情節入扣人心，反不嫌厭，特別是這個鬼，就更令人不寒而顫。不料有幸，現今卻能睹見政變的高潮戲，有如漫長的交響樂那節奏明快而音響俱足的果斷結束。

無疑，近代以來，俄羅斯文學，一個銜接一個從不中輟的鑿手，把讀書人的心田刻得滿佈傷痕，對比著他們政壇上也是一個緊接著一個巨人。說不準，杜氏的卡拉馬助夫，反映的正是帝俄崩潰前的社會腐敗生活情態，《靜靜的頓河》裡也可以感覺共產黨黨員奪權的陰險技巧；他來了，你不知道他什麼時候已經站在你身邊，也不知道他半夜什麼時候走了，幾個月後，你看見他在什麼地方又出現了。還有，像齊瓦哥醫生那慢慢心碎的過程，因爲共產黨的高幹把愛人奪走了，那裡去找這樣的文學，巴斯特那克竟然用鄉村風景來寫照；晚風吹來時，《白夜》裡，沒有人知曉和見證的愛情誓言。

記得那些年和愛寫作的年輕朋友在一起，大家一致喜愛把托爾斯泰和理想主義和共產思想連在一塊，推舉托氏打出托牌，然後歸結於馬克思思想的眞理。問我怎樣了？我只能說：我實實在在不懂這些。我不守分，出來寫作，結果時時失業，去深山裡算了。我後來的觀點是：托氏的價値在文學本身而不是思想，他晚年分地產給農家一事，可能是心智衰竭和疲倦，他已不善管理，不分給人幹什麼？倒不一定要別人也這樣做，這當然也算是良知。托氏想的是帝國尊嚴，他是貴族，但不得志，有如《戰爭與和平》書中的安德烈，表示要是能重用他來改善俄國到處的不公平現象，那麼他會像安德烈一樣報效國家。可惜潮流所趨，要恢復那份帝國尊榮的精神已不能使力了，因爲帝國早已由內部腐敗，宮廷中充滿了迷信和怪力亂神，在莫斯科撤退的場面，透過比雅的眼光，看到遺族的那份奢靡和自私。

這之前，杜斯妥也夫斯基寫出的費道爾、伯夫洛維奇、卡拉馬助夫的淫亂和不負責任就是一個眞實象徵，兄弟間的爭執，便是像他們國內思想的分歧。我在筆記中這樣分條記載著：

「費拉龐特神甫與帕意西神甫的對抗，

阿萊莎離開修道院。」

宗教方面當然也拿不出堅信的能力來拯救社會了。

鬼比神更語重心長。《卡》書最精華部分出現在弑父案的辯論上，家變猶如政變，有相通之處，在這一層面上筆記寫著：

「父親的意義是什麼？光是生出來還不是父親。生出來而履行他的責任的才是父親。」

俄國政變有如一部電影，讓人在螢幕上看得滿過癮。政治是藝術，而藝術要意涵眞情實事，也就是良知，是那良知在牽動劇情的演變，因此能成好戲。一個插曲發生了，俄國發生政變，像波灣戰爭時同樣，這兒的電視上把政治和戰略專家請出來，有如自己在打仗般熱烈，肯定那主角一去不回了，三天後人家回來了，這下恐怕專家們不好意思再回到螢光幕上來。

筆記的十一節第十條部分這樣寫著：

「『這是他說的，』阿萊莎來報告司米爾加可夫懸樑自盡，他到時，與伊凡對談的人消失了。司米爾加可夫的字條：『由於自己的意志和樂意，消滅自己的命，與他人無涉。』伊凡不斷發譫語，踱步，阿萊莎扶他入睡，自己睡前心想，：『他不是在眞理的光明底下升起來，便是在仇恨中幻滅，對自己和一切報仇，爲了替他不信仰的事情服務。』」

俄國這回政變，幸好只犧牲了三個人民，而政變後陸續有政要自殺。讀文學作品的人必須切記，作品與現實是不相連的，情節的巧合只可從本質意義上去會意，而絕不是對號入座。何況杜氏並未在百年前預言這場政變，但可以了解的是：凡深入本質去探討的現象，它是會應合認同本質的，至於何時發生，這點倒沒必要深究，否則，文學作品或其他藝術品的功能和價值便不存在了。

不論政變或家變都可能要死人，是可以理解的事。人類文明的締造是靠人的犧牲，這層意義至明，藝術家累死、病死，各行各業的工作者也會死。死的意義就是替換，而留下一種承傳。不過所謂悲壯的事，不必太過慫恿或鼓勵；爲眞理正義行事，要行正直手段，才配稱。

一個人，一個家，一國之所以能脫胎換骨，不是偶然的。這是一種支持歷史的必然說。那爲普遍人類反省的作家，他個人雖屬某個種族，來自某一家庭，生活於某個區域，只要是事物本質的反省，那麼他反映的就是全部，而且久遠都有效應，不只在他存活的當時。這類文學作品讀來便毫不隔閡。俄羅斯疆域的文豪在近代能顯赫輩出，乃是對強權不妥協，本身又甘冒生命的危險，來貫徹公平正直的秉賦。我們崇敬一個作家，就是因爲他的心智，使人能眞正看到或感到自己不易辨明的現實黑暗，有如開啓自發的光源，使黑暗之地恢復原本的清耀。俄羅斯政變後是好是壞，可能是屬於另一階段的歷史課題，與政變本身的意義要有所劃分；戈巴契夫自己是共產奶品育成的，而能坦誠道出共產主義實驗的失敗，這種大無畏的反省是常人做不到的。葉爾辛是戈巴契夫造成的大英雄，戈巴契夫將來的去留都不影響他給人留下的不可抹滅的好印象，考驗的倒是葉爾辛正直誠實與否？若是另一種更可怕的野心家，那麼民主只不過是一塊招牌而已。我個人的疑問，無關事實的演化。這一切，目前呈現在我們面前的都像有好導演好剪輯，一切都還能令人激賞的影視作品。

讀杜氏書亦然，覓取到的是那恆久的心靈形象，不是他本人短暫的皮相。一個民族不斷地凝聚出良質心靈，表達在作品中，就像一份精細周詳又合情合理的美麗藍圖，其遠景是值得期待的。透過戈巴契夫的自承可以看出，他本身已經明白：眞理思想的質地是必須表達在工作上的；他深深體會到，累積近百年的共產歷史的經驗，爲理想而行強權所造成的深淵，付出的痛苦代價是不値得的，而且與眞理無關。在俄羅斯，那痛苦的心靈情狀表明在文學作品中是不能否認和禁止的。回到《齊瓦哥》書中來，在它放逐的生涯中，總是停歇下來傾聽下層階級小人物的不幸身世和苦難遭遇的細訴，同情心懷與自己的愛情自憐是混合不開的，而結構出全書的普遍精神。

沒有普遍的心靈在前，必無偉大的人物在後，是可以確然的。如果我們能在某部戲中肯定某個人物，這個人物所代表的普遍意義，也是我們能肯定的。那麼我們往前去尋找某種同質心靈，它必然存在。出現那麼多傑出作家的國度，必然也會在後出現傑出曠世的政治家；在人間所有的工作和努力，如不落實於政治是沒有意義的。

筆記還有這一條：

「歷史的觀察，就是整個故事的簡扼說明。」

現在把它糾正過來，這樣寫：

「整個故事的簡扼說明，就是歷史的觀察。」

不論怎樣說或怎樣寫，對我而言，意思是同款。

讀《寫給永恆的戀人》手記

Jennifer曹：

受你的贈書並題字，是我做爲你的朋友的榮幸，我必須細讀你《寫給永恆的戀人》這本書，因爲我在早初認識你並觀察你時，你自然顯露出來典型和特殊的容姿是異於別人，就像我給你的小序裡所稱呼的「化身的女神」，那種影像是無可置評的深刻地印在我的記憶裡，只可惜我僅能用文字而不是用彩筆畫出你的眞實。那時你還年輕，事隔二十年，你現在寫出這本書，證明你爲愛情而生存。我的好奇和興趣是因爲我完全不知道你在現實中的感情生活，希望讀這本你虔誠寫出的書來瞭解你對愛情的一切思想。我志不在像學者一樣做嚴肅和正式的書評，只是做爲你的讀者的隨想，把我個人讀書習慣的隨筆記錄讓你知道，回報你那麼誠懇地將你的思想公諸於世使我們受益，希望你見容我的淺薄拙筆並大膽地以書信的方式直接寄給你。

一

首先你在「楔子」裡提示這些話，你說：「由於一直相信愛情是高於生活，並且獨立存在於人間一切規範之上，因此對於連哲學家也無法說得清楚的愛，自然提出的也不是標準答案。愛的世界沒有導師，你只能做出自己的全人格全生命的詮釋。」使我開始閱讀時有個原則可循，使我相信你往下的立說也是依據這個信念，這個信念無疑地形成你獨特的愛情世界，有如藝術家創作的理念和他作品裡的主旨。但是，創作本身不僅是空憑想像，而必須完全來自親身的體驗，因爲你又說：「然而，這流動在我們血液的愛情溫室，在實現的時候，卻往往令人心神爲之憔悴了。因爲在塵世裡，一個主動無畏，忠貞互信，而又善良體貼的愛人，比無價寶更爲難求。」這是明知艱辛和未知，還是願意奉獻和冒險，這是居於原則和信念已經決定，不容更改。

二

在造始之時，「那碩長的身材著上民初的長衫，必然顯得清雋飄逸。還有那永遠時興的乳白色亞麻西服，在你身上也必然會形成儒雅風流的樣貌。」是你心目中的美男子。我不能否認這是彼時具有知識水準的上品外貌，你甚至將最重要的氣質和品格也寄望在這份喜愛裡。

三

但是在那時候，你說你尚年輕得足以被吸血鬼式的艷異所魔魅。你坦實地道出這一個小秘密，有一年冬天在微雨的陽明山的夜裡，在一個宴會的花園窄徑上，遇見一個面容俊美清癯的著了黑色斗篷的男子，他具有一股異邪的神秘的魅力，以至於交目的那一個凝視，竟然令你至今未曾忘懷。我不免好奇，為何現在你絕對不會建議讓你穿上黑色絲絨的披風，你說即使那做為斗篷內裡的罪惡的腥紅未曾展現，你也會趨避？

「要經歷多少痛苦，才懂得選擇我愛的人寧可神性，而非魔性的呢？」這是你對自己的告誡和回答。

四

所謂神聖或魔性到底是代表著什麼，我必須略過這個屬於知識領域的問題，你個人雖有明確的解釋，甚至分辨出它們的善與惡，但從你的舉證看來，這兩者的轉移和互換，卻寓意著成全和奉獻犧牲，實踐愛與救贖的行動表相。

五

還是回到你較為正確之認識的現實來，因為你說：「兩性之愛，求取的便是身心兩方面的平衡與滿足。這種看似平凡的結合，卻含蘊著最為原始和偉大的愛力，藉以推動人類的繁榮和世界的運轉。」

六

確如上述，但你卻不能實行「忍耐」。尤其，你不能接受「奴性的忍耐」。兩性間的事，結合的意義重大，卻不能忽視細節；在這些生活的細節裡，爭吵聲高於款曲聲。我知道你反對奴性的忍耐，你要求溝通和調適，而不是一味的站在下風忍耐。聖經哥多林前書十三章說：「愛是恆久的忍耐，……。」不論聖經說得多確切，但落實於生活又是指的是什麼意義？譬如說：「衣服」兩字，我們很明白它是什麼用途，但是要問是什麼衣服時，我們才會更加清楚，如說出「禮服」或「囚衣」。誰都希望穿禮服，不願意穿上囚衣。所以「忍耐」從你的引述中也分出兩種來：即英雄的忍耐和奴性的忍耐。從這開始，你要聲援女性，因爲蕭紅感喟她的不美滿的姻緣時這樣說：「多麼討厭啊，女性有著過多的自我犧牲精神。這不是勇敢，倒是怯懦，是在長期的無助犧牲狀態中養成的自甘犧牲的惰性。」

七

爲了使愛永不止息，我禁不住朗誦那聖經哥多林前書十三章，一次又一次，來阻擋你不能忍耐的呼聲，多讀一遍就加增一層的體會，直到你的懷疑消逝盡淨。

八

殉情，在《胭脂扣》的官能象徵是反諷，因此猥穢而低級，而《梁山伯與祝英台》使人瘋狂，是長期患有愛情貧乏症的移情作用。我個人完全不能接受這類電影，不僅是不能接受它們的藝術，也不能讚許它們的內涵。你說殉情至少是對愛情的一種禮讚。誠如你所說的話，當人類的愛戲還要繼續演下去時，「殉情」一詞便無定義可言。

九

愛情並非愛的本身，是過程，像流水的流程和經歷。所以不能定於一的人終至一無所得，說這樣的話無異於使流水固定成爲小池塘而靜止和發臭，甚至乾涸。要使池塘不如此使人難堪，是必要有雨水的降落和風流的陶清，使之盈滿和保持長清可飲。我不反對定於一，我甚至更喜愛早年夢寐的那位一；但如果我那時終能如願，那麼要永遠的擁有就必須靠上天賦於我的智慧和才具了，使我能克服時空和季節的無情考驗，使那象徵的「池塘」受到上天的照顧。否則，我們不是常在旅行遊歷中驚嘆地看到如今頽圯而昔時華榮的景觀嗎？我童年常去游泳和捉魚的水池河流和海灣如今安在？它們不是枯乾就是骯髒和污染。愛情是智慧下的產物，定於「一」是宗教的形上詞，「一」是所有部分的總合。你是位文章的創作者，你不斷地依照你的心志寫出一篇又一篇的作品在時間中，你如何去看和估價自己因時而異所創造的作品呢？當我們未死，我們不知道我們心中的一是什麼。要求人們客觀的對如你般的寫作者加以評價，也必須要集合你全部的創作才能定論，某些人也許會選擇你作品中的某一部來代表你，那是爲了讚揚你的某一種優秀之點，僅止而已，卻不是我們所謂「一」的絕對定義。

十

所以愛情是完全如你所說的「一生的愛」的事情，不必煩絮談到是否在每一個階段皆具有不同的姿影。愛情是以一生來持續修習的課程，我甚至不想如你所說的，奢望在一念之間世界就轉爲美好多情。愛情是苦是甜，對我而言是不計較的。我比你更堅持這一層，爲了完成「一」，我多麼同情現在所謂覺醒的女性主義者對男性的撻伐。

十一

我懷疑「寧爲愛者」是否有它實質的意義。這和某些人在一種比較的情勢下寧爲女性或寧爲男性一樣的只是爲了樹立獨特的自尊而已。在這方面的邏輯推論旨在於擁護自我，顯然是自私的選擇，當你堅持這個尊貴的態度的時候。被愛者並非次等的屬於所謂愛者之下的族類，如果是，那所謂愛者的人更不會去愛他；如果是，那便是屬於另一種的精神意義，就像對不如自己的人的同情和施予。這應該不是你特別標題出來的愛情。一般人在現實的作爲上才去分別這兩者，而有愛者和被愛者的意識形態。這種意識型態的存在，使控訴、責難、不滿、埋怨等等情緒同時存在。你喜歡「境界」一詞用來描摹愛情的高貴，但在愛者與被愛者的區別中，似乎沒有境界可言。所以愛的能力是普遍於每一個生命，沒有人是特殊的，它是一切存在的主因，愛的存在使人格成長，而環境支配著生命的命運，使同樣有愛的基因造成泯滅或發揚的結果，造成歷史過程中的特殊者和默默無名者。在這個認知上如果因果倒置，價值便被混淆不清，如果在戲劇中你堅持只要演主角，拒絕戲劇裡條件的限制和合理配置，那麼情態便很為難了。

十二

我無法找出男女雙方在愛情上的同等對待的標準在那裡，除非將時空的限制排除，除非不在這個地球上，而在太空的無羈狀況裡。想像在那樣自由和無限的天地進行情與愛，眞使我心神馳往。但是在這個地球上，萬萬物物不論古今，何只人類一種，皆看來充滿不公平和不平衡。

我不知道是否你清清楚楚地認識了中國的無情漢的醜惡嘴臉才使你嚮往西方的武士為效忠的女士而赴湯蹈火的勇敢和優雅呢？我只知道中國男性的卑賤和悲哀所負的精神代價是無法估計的，這就是他們反應在外形上醜惡的原因。我喜愛你提出的例證，雖然它們是表現在戲曲，但這不影響我對你的理想和理念的實踐的敬佩，我甚至不忍將現在女性在情愛上矯枉過正的情形舉出來，意圖站在相反的立場與你對辯，無需如此，你非常清楚當你們有時數落我的不是時，我是拙於為自己說話的，因為我想，只要往你說的境界去走就是，雙方攜手，而不是單挑和背負。

十三

在情人的眼淚裡，淚珠像縮小的水晶球，從它可以看出情節複雜的一幕幕的過程。在那裡情人的倩影如此清晰和動人；邂逅、相會約、繾綣纏綿和分離，以至於隨流動的氣霧消失，歸於空無，只留下現實的孤寂和思緒，眼淚再度奪眶而出，模糊了眼睛，它劃過臉頰，那是曾被情人摸過和吻過的地方，然後舌尖舐嚐到淚水的鹹味，發覺自己在獨自抽泣，爲什麼？像一場夢，那夢境自己是無法解釋的。

十四

俗世雖然是惡土，但偉大而動人的愛情亦非根置於它不可；愛情不是存在於仙境，它是人間不折不扣的詩篇。

十五

愛即是選擇，使人類在他的範疇裡產生各種互不相同的生活形式，滋生自由的願望。這一點更證明愛使人格成長，這也就是你所肯定的，一個具有生命力的人，人格卻在不斷地成長，由於內在性格的轉變和心智的成熟，對於異性自然會產生不同的吸引和選擇了。

十六

我感激我曾經結婚，而無需有肯定的必要爲了獻身於藝術去保持獨身的生活。因爲婚姻關係而去細數那些多麼不便的痛苦，是忘恩負義的。不論這婚姻關係是否能維持或中斷，它是一個不折不扣的試鍊和激發出生活的智慧的泉源。不論一個人從事於何種工作，它所發揚出來的廣涵和深意，都是賴於這種當初勇於承受和負責的結婚行爲。在結婚後不幸流離顚沛的人，最少在他的腦中永遠存在著：如果沒有這層經歷就不可能擁有那體驗和思維。

而除了儀式之外，沒有人是絕對單純的獨身者，就是不結婚的大事功者，亦十分明顯地在思想上展佈他們對愛的傾慕，用符號、文字、圖式和音樂表達出來。但是，結婚後的獨身則更爲可貴，如果容許它的存在，就像是雨過天晴，大地無不顯得開朗可愛，看見道路四通八達和自由來往，愛的包容應該指向這種高遠無罪的境界。

十七

春後的寒流來襲，連續了幾日，似乎不肯停止。午後，我和妻子女兒三人決定驅車到海邊，那曾是我們夏日唯一休閒最多的地方。車子開到土堤的盡頭停下，她們把外套的護罩翻上來蓋在頭部，只露出臉面走出車外。她們的身體相偎靠著，且相挽著手，沿著橫向的堤道走去。我隨即下車想跟上去，但沒有追上她們的腳步，中途感到寒風的凜烈和難忍那徹骨的疼痛而轉回車裡。堤防的一邊是官民權益糾紛連連的海埔新生地的魚塭場所，和一小塊象徵性留下的那久遠以來就存在的自然生物水筆仔；另一邊當然是海和沙灘，它們在寒風和灰色的天空下洶湧聲嘯不停。我從車裡關緊的玻璃窗望出，妻子和女兒已經走得遠去，我看得見她們的身影在一個引水的斷口下消失，復又從一片叢草處出現，行走在廣漠的沙灘上，身影縮小了，但始終相依著沒分開。我想她們似乎顯示比我更能耐寒在這樣惡劣的天氣裡。釣魚人紛紛收竿奔跑著離去。由於我正在逐日進行展讀你的書，使我敏感地意識到妻子女兒是與我有別的女性。上了年紀的夫婦已不再有過分長遠的生活期望，只能安於現狀，但我卻不能不想到剛長成的女兒的一切，爲她特別留有一份掛心在思緒裡，我期望她有你的虔誠在將來的工作上，且忠實地尋覓她個人的幸福。

我的思緒常常漫無止境，想到現實社會，在這個小小的寄以生存的土地空間，半世紀的生活經歷不禁使我憂鬱衝上心頭。現在我的生活空間自限得小之又小，我畏懼前往城市，也畏懼上街，幾乎等於蟹居於偏鄉的山畔的屋子裡。我感到這個國家幾乎無愛可言，政治權力的爭奪過去是在不被人知的暗地裡進行，現在已經公然出現在電視螢光幕上；而當我們走出屋外，道路上的車子幾乎橫行霸道，在城市是壅塞不堪，再看每一條穿行山川的道路，到處都是一堆堆或拋散的垃圾，河水已經不像童年時乾淨潺流可游。城市裡充滿著人潮和壞空氣，鄉村彌漫著恣意焚燒的有毒煙霧。而我退居於僻隅，沒有自來水，必須靠自設的水井洗身，然後買些小量的泉水飲用。這是一個在世界上存有第二鉅額外匯的富饒國家的人民生活品質。你知道在這個社會上辦事要順利則需請託有權勢有地位的人幫忙，連執政者自己制定的法令都不願徹底執行，這是人民毫無秩序觀念、毫無建立品格風貌的因素，雖然實行民主，人民卻得不到最基本的生活保障。我曾有一次機會到國外遊居半年，你也在異國生活有十年，你是知道在那些國度裡無論貧富，只要住合法建築的屋子，一定保障有冷熱水可飲用，道路完整無坑洞，以及有全民的疾病保險。在那裡，我們看見車子在街道上行駛絕不爭先恐後，在STOP白線上會自動停車，禮讓先到者先行的規矩，深夜無人亦然，深怕萬一驚嚇了他人，如意外發生車禍更是權責分明，目擊者勇於自動作證。到銀行郵局去辦事，人們順序排隊，有一條短線禁止第二個人上前去觀看正在窗口交易的人的一切私隱，小聲說話，不像我們的同胞隊伍無從排起，一齊擁圍窗口，孰先孰後紛攘不休。我不再說了，多討厭啊！因爲我年輕時的熱情已經消褪了。當妻子女兒緩緩艱難地從遠處沙灘轉回，邁步上坡來到我眼前時，我寄望將來國家必須給國民最基本的生活權益和社會秩序，做不到這點，就別談愛。

十八

在社會環境扭曲人性之下來曲解男性對愛情的能力，這是不公平的說法。我不明白造物者是否原本就是要做不公平的安排。同樣的，你舉遠藤周作先生在女性讀者面前坦然俯首承認男子在愛情世界的流氓無賴作風，但在他的《愛情學》著作裡也斥責女性的撒賴和無恥的作態，他寫著：「一旦遇到另一種場合，她就以弱女子的姿態出現，所以女人觀念中的所謂男女平等，完全是以本身利害來調整的。」他的實例五花八門，我不敢對你一一舉證出來。你也許要說，這種一味道說兩面詞的正是男性作家啊。但是我的本意並不表示我就會相信他的一面說詞。總之，有限的語言不能代表一切，有限的思想也不能代表一切現象一樣。一切在進化之中，一切都在演變，當現代午夜牛郎的數目超過傳統妓女的時代來臨時，也許有某一位男性作家會發出相似於你現在的貶抑之聲。我希望沒有全然誤會你陳述的原意，在你陳述的造詞背後，充滿著隱含的希望和期待，有如你標題的疑問句「男人不能愛？」，這是你表達的方式和風格。

十九

孤獨，它多麼受人排除和狐疑。我想沒有人像你能夠這樣優秀地寫出在月照下獨守空寢的那種情景這麼美的散文。這個主要因素在於那種滿心的痛苦的體會，不僅你所寫的是限於女性，我所瞭解的男性亦然。我頗為喜悅你進一步「把一個人忍受、進而享受孤獨的能力，視為人格成熟的表徵。」我尊重你將「孤獨」的申論限於兩性間愛的範疇，而不想擴張於普遍的人際，甚至對整個宇宙的隔絕。但對我而言，它的浩瀚有時使我意識到造物者的一切功能的消失和寂靜。

二十

在〈初戀〉的篇章裡，你終於把但丁提升了上來，就這一個例子，以生物學的觀點，就足以肯定男性仍然具有對愛的忠誠本質。至於在巴斯托那克所寫的《齊瓦哥醫生》中，尤里死後所留下來的〈白夜〉詩中，更不用我再來闡釋他的柔情和深意了。

二十一

你喜歡用「噬苦」這兩個字，「噬」意為「咬」，但它看起來像是陰邪般的摧毀。用字你頗像一般有學問的學者，務必求取眞義，而我一貫只能憑感覺。你也舉了許多古今中外典型的愛情故事，並以冷靜的觀賞態度以求正確地指出它們的意涵，而我只能投身其中，像在戲院或書房裡，滂沱流淚是常有的事。

就像「婚外情」這三個字聽聞起來總是不美。往日裡，忠貞專一的女性總是以此指責卑劣的男性；但現在或未來，恐怕會有相反局面的趨勢。從單性的角度來評斷，有婚外情的一方確實顯得很不名譽，但從整個人類行為的客觀性來衡量，情愛是必須兩性相碰所可能發生出來的事實，名譽與否也是機會相等，等量齊觀的事。

二十二

凡是制度或形式的建立是為了保障個人的權益，使之成為一種倫理秩序，建立事物的範疇，成為一種普遍的價值觀，這種行為大多會摒棄生物的內在本質的存在，以所謂理性強制存活的合法性來取代。試論，如果存在和認知，簡單地以「見山是山，見水是水」為始，「見山不是山，見水不是水」為中，又回到「見山又是山，見水又是水」為終來譬喻，今日人類生存在充滿制度或形式的時代裡，充其量只不過是處於一種過渡的實驗階段，是「見山不是山，見水不是水」罷了，世界不免充滿為堅持己意而與他人發生爭辯，互相詆毀，甚至組成團體，成立國家，發生戰爭，其目的不外是為自我的利益著想。在戲劇或現實所被指責的婚外情的悲劇亦是這個相似的現象，在宗教和藝術所追求的境界裡，最後的目標無不共同指向原貞和本質的顯現，到此境界，也就不受制度或形式的約束，也根本就沒有制度或形式這回事，所以以「婚外情」演繹出來的兩性互罵的諸多難聽的話語，根本就是無實質存在的風聲罷了。

二十三

「愛情是盲目的或愛情是明目的」與「因誤解而結合，因了解而分離；或因了解而結合，因誤解而分離」同樣似眞似假，不具有眞理性質。

二十四

夢是否有趣，都是朝向個人式的解決之道，佛洛伊德認爲有殊途同歸之意。但在現實的存活中，凡是最後以性解決、到寢室赤裸相談，不一定每一個人都願意接受這樣做。有人要求這樣做時，只好告訴他做「夢」去。這也證明你說的眞愛的選擇性，沒有選擇性和獨鍾於愛戀的對象，便毫無融合的喜樂和幸福可言。由於你眞情的功力所凝聚塑造的永恆的戀人之像，至此已具意涵性的容貌了。但切記：永恆的戀人之像並非僅只你一人獨尊，也不是知識份子靠他們熟識的思辯而獨有這等能力；凡夫俗子或妓女也有；不僅女性有，男性也有。造物者給每一個生物均具有這份質能，造形不同，質地一樣。

二十五

文學所傳感於讀者的是作者自己心動的節奏，不是那些排列出來的收集到來的報導，所以有些章節，我讀來興味便自然趨於低落了。

二十六

親密應該是很自然的舉動，對誰親密或對誰不親密是自己私有的選擇，男女並不有別。

二十七

「愛別離」到底是什麼意思呢？對男女間的愛情而言，我們最感心動和滿足的是重逢的擁抱，如果是對人類和萬物的愛，則相反地要孤獨和沉思。無論怎麼說，短別或永離對愛都是有成效的。「喜歡不要分開」或說「你別走」大概就是「愛別離」的意思了。但這是誰也做不到的一種心願，因此它成爲一種不可言傳的修練。

二十八

心理學家對夫婦們建立起觀察外遇的準則一事，對我絕對不適用。我不但不喜歡我愛戀的對象過分盛裝，我自己亦從不裝飾，只有在無關痛癢的社交場合，我才勉強衣裝整齊。所以假如你看見我衣裝光潔、神采奕奕，請不必特別注目；倒是我衣服隨便、臉色蒼白，匆匆在路上走過，則請你格外留意和關懷。

二十九

由於看見周遭的無數美滿婚姻，和想及自己的父母的美滿婚姻，而對婚姻產生肯定和禮讚的想法，這是十分自然合理的結論。但是爲何自己沒有這份幸福呢？我們毫不懷疑婚姻的重要和神聖，並由此確定愛情存在其中。但是爲何還有人私下表示，雖無那份婚姻但此時刻的獨處也頗自甘呢？我從來不願依一時見到的現象去判斷任何事物，我只相信不論自己的遭遇如何，這份獨自的經驗本身就是珍貴的。

三十

至此，似乎無論你說到什麼，我總要持此意見。譬如你談到的戀母情結，而認爲這種男人不成熟，缺乏能力實現愛人，不會擁有眞正的愛。那麼我的意見並不是爲反對而反對，我曉舌事實上只是覺得你譴責的有些過分，我希望你能溫和的對待他們，因爲我知道你談的頗有見地和道理。

三十一

動物界以強壯美麗構成的雄姿美態而能獲得延傳的做愛權力，似乎是造物者賦以生命進化的意旨。人類有文明的衣飾，這一點並不能實現欺瞞，合身應是最佳的標準，這一點是居於人類對美有個別的品賞，所以人類乃能普遍獲得進行愛情的機會，並且也各有不同的情愛意涵。動物界所約限於它們物種的作爲，於人類而言卻指向廣涵的心靈成長。

所謂化妝正好暴露出內在心靈和思想的一切眞實，包括本身身體、品格和生活態度，因爲人人都有一種屬於擇愛的透視眼，所以不化妝亦是一種化妝，也並不全然代表自然和得宜。所以人類在公共場所的赤裸和雕像的赤裸是不同的，而情人間的相對赤裸則更別有情義，亦不同前兩者。

三十二

爲什麼每次我在前一篇讀後記下感想，再讀下一篇時便發現你也在做前述的延伸，不斷地把可能發生在人世間的現象表露出來，這點可以顯示你對這份寫作的細緻和深廣。實在的，讀者應該滿足於你這本專著，而我個人的手記僅僅只是個人的排遣，於讀者並無多大意義。

三十三

試問，男人在一次偶然的邂逅，而演成不可遺忘的愛情追求，在這個時代就沒這個情形嗎？爲什麼要那麼流暢順口地否定現代男人靈肉合一的貧乏呢？就像你肯定女人只與她所愛的男人做愛，男人則不是呢？如果你是在想像中以數量來做比爲論據，進而否定男性的專情和心靈的高尙，那就太不公平了。你對所謂充滿詩意的，使人靈魂超升的、淨化的純情太具理想色彩了。我不知道你是否知道，要使靈魂超升和淨化，這種純情到底要疊積多少你一味視爲卑污的肉體經驗。對愛情的謳歌，應像對金字塔或教室的仰視，甚至當你走在中國長城的牆上時，心裡應想到它們建造時的鞭凌事實。

三十四

對你撰寫這本繞著愛情爲主題的散文篇章，我以爲以〈誓言〉爲最好最佳；結構好，談論的也好，使我感到心儀；因爲你雖罵男人，畢竟你愛的是男人。

三十五

對負心的男人，稱他爲「感情的騙子」，對負心的女人，則該稱呼什麼呢？有沒有像「感情的騙子」相對稱的用詞，我不知道。男人被女人踢開，常聽到只罵那男人傻，卻未聽過對那女子說了什麼。男人最感神氣的是被人稱爲「聰明」，而最感可恥的是被人說「傻」。男人多爲「感情的騙子」，來自男人圈的互相標榜虛榮，且自感「俊」或「帥」，贏得女人的喜愛。古今自來都稱讚男人的「風流瀟灑」，這使我想起你在開頭的篇章裡提到的邂逅一位披黑色斗篷的男士與他對視驚顫的感覺。過分的數落男人的負情，固然使我讀來不是滋味，不過，連安徒生也站在女性的一邊，我最好沉默，讓你繼續這似乎無盡的論述。當一個人以感情的經驗或好學和觀察而做理性的陳論時，最好讓他說下去；因爲經過了一小陣子自已的閱讀低潮後，現在重新被你的振振有辭而提高了精神。我想，安徒生如果將他的《小美人魚》的結尾改寫，或許也會改變男女之間的愛情之道。

三十六

在讀前幾章時，就想到以〈卡門〉的故事來說明在愛情事件中，並不一定只有女性是遭棄而痛苦的，男人亦有類似的事和感受。不但在文學的範疇裡是如此，現實亦然。但我怠惰了，多說只會讓你覺得我是有意採取對立的立場，這樣的話，是不合我個人與人交談溝通的心性。不料，在〈失戀〉裡，卡門故事中的男人並不值得同情，反而爲你說成那是一種層次十分低下的迷戀和佔有屬性，心靈境界不但不高超，反而且有毀滅性的暴力。這種評斷似乎把吉普賽女郎卡門正是愛情善變性的象徵忽視了，它說明的是愛情本身的性質，不是指女性是如此，因爲男人的善變性亦十分普遍。對男性的負情或無情已經被你毫不保留地批斥了，事實上因個人的氣質和涵養的不同，在愛情中使用暴力和殘酷的手段，男女都有，所以如你的結論所說的，眞正擁有愛情的人，即使從失意中，仍然會學習和產生正面的愛。

三十七

你在〈金錢與愛〉的三個問答題中，誰都會圈選後者，尤其認爲愛情至上者更會毫不考慮地贊同後者，這等於考試要拿分數的緣故。但對歷經生活和情感陶冶的人來說，會覺得這樣的問題太過對比，好似有意而設的陷阱，故意讓人選擇一方，然後事實上說：那是錯誤的。

在《茶花女》一劇中阿芒父親的角色是男低音，他唱出的那首旋律高低有秩的歌調，是我頗喜愛的音樂，我常常去山野散步，在無人開曠的地方吟唱，像是在練歌喉，事實上我是藉唱歌來吸取較多的氧氣，以便調舒胸臆。

三十八

當你把情人間的爭吵歸類於正面和負面兩種時，我想到了自己在感情和工作生活上的種種遭遇，半世紀的人生給我的感想是心灰意冷。我頗像一位舊時代的保守女性，卻處在你說的男性跋扈的時代，這使我主動性地選擇孤獨或獨自生活的愛好；我變得喜歡做家事，打掃整理和煮飯，而與人相處幾分鐘便感到煩厭不堪。在社交的宴席上，我會有不斷地想離開的念頭。我喜歡一個人獨睡，不喜歡和女人睡，更不喜歡和男人睡，因爲我既不善交談亦拙於爭吵。凡是遇到困難的場面或過分熱鬧的所在，看了幾眼便想溜開。我幾乎逃避一切而只喜歡面對自我。也許你會說我是自戀狂，人格和生活的鍛鍊均不足，總之就是懦弱、逃避責任，不敢面對現實。事實上人家要我做什麼，只要我能做的，從不拒絕，僅僅只怕的是爭吵，因爲自知學問不好，就害怕做什麼辯論。幾乎各式各樣的問題爭吵都爲我所不喜。也許你會說我有獨裁意識，但我又不喜歡駕馭別人，沒有領袖欲使我發展出各種領袖人物具備的條件，如能言善道，外表有魅力和使人有信賴感的權威性。我幾乎什麼都不配，好像是一個女性的男人，對一切都忍讓，忍不可忍時，也只有走。退走是我唯一處事的方式，如果我有機會可以在將來銘刻一句墓誌銘，我會寫「我唯一的心願是模仿造物者的沉默」。

三十九

當你的撰述廣博得面面俱到時，使人覺得你的說法合情合理，公平又公正，讓我啞口無言，不能置評和批駁。但你總在最後的幾行裡，類似引用老舍在《離婚》裡寫的：「就是社會黑暗得像個老煙筒，他也能快活、奮鬥、努力、改造，只要有這麼個婦女在他身旁。」造成我的心念又得一轉和懷疑，好像女性的存在是男性唯一存活的理由，難道沒有婦女，男人就不必快活、奮鬥、努力和改造嗎？非常冒昧，因爲這時我又想到聖．法蘭西斯和雷翁那圖．達文西來了。

四十

談到「幸福」，我以一種斜睨的態度聽你娓娓的提出要達到幸福的條件和要素。什麼是「幸福」呢？像什麼是「愛」或「愛情」，你的論點無不彌漫在每一個篇章中，我因爲聽得太多重複而產生心理性的疑問。我對你的理性建言頗爲敬佩，就像我對《三民主義》《建國方略》《建國大綱》「民主與自由」「人民的福祇」等等言論一樣，一點兒也不反對持異議，但是落實在那裡呢？當我有時行走到城市的街道上，看見交通的紊亂不堪，我想並不是沒有一部詳細的交通規則，而是……。

四十一

你說：「貞操的眞正意旨，應該是對於愛情的信守和純情。」那麼愛情的眞義就是信念而非獨特對象了，就這一點而言，男人同女人一樣的專志。從現象看到的，或從某一個人一生的經歷裡，每一個男女在不同的時空都伴有不同的愛侶，這不能說爲不守貞潔，而是存活的一刻不能沒有愛情。貞操的意義如果有所嚴格的約限，那是每一個人的不同觀點和作法，由每一個人的氣質和命運去決定，無關道德標準，爲愛而活或爲愛而死，完全操在個人的意志裡，這才是新貞操的定義。

四十二

如你所說的，有關「激情」的認知，大家無不把它當做「不當而超過」的表現來想。在你的用辭裡就有「荒唐激情」和「是一種非常猛烈且盲目的感情」做爲解釋，然後依你習慣的論說邏輯，把它視爲「低劣」「墮落」甚或不成熟和病態。好壞的區別對你而言是絕然分明的，因此愛情就有高下陳列的系統觀念，愛情的階級意識對你就十分的顯然了。至此，你的愛情帝國已頗具規模，你的永恆的戀人的塑像是依此帝國的需要而設和象徵它的存在，這點形上的理念架構和實踐於大地，你是定下一板一眼絲毫不能妥協的規定。不讀你的書，實在還不會認識你這位尊貴的愛情君主。

我無意反對你的愛情帝國的嚴密統治，我敬而遠之地敬重你的存在，因爲我也相信那是個幸福樂土。不過，我不知道你是否見容我的凡夫俗子的姿態呢？我只有個人式的無霸思想，不是放縱而是在不干犯他人的範圍內隨心所欲而已；我只是一個海洋中的小島，一隻天空中的鳥雀，一隻森林裡的鼴鼠，我視激情爲一切愛情歷程的起發點。前面我也說過，用字遣詞是有我個人的性情偏好，有點無視傳統的嚴格限制或多數人持有的壓制觀念，所以「激情」說來只像是汽車的點火器，這部汽車發動後是否順利行走，通達目的地或墜崖而毀與它無關；由於激情的引發，才有心靈熱情的內涵顯現，如笛卡兒的範疇裡列出的「驚奇」「愛恨」「慾望」和「悲傷」。激情不是一切後果的造因，所以激情無罪；生命本身才是一切的造因和後果，而且各個不同形式和內涵的生命都是同等價值的。

一個民主式的愛情觀應該合於這個時代或未來的時代，當然也許需要一個眞正民主的社會環境才行；國家的責任是保障個人，而不是爲政治權力縱容某些團體的獨佔營利；每一個人在生活事物中，不需請託或依靠權貴才能辦事，就像商店能童叟無欺；個人也不需一定要加入某種組織和交什麼樣的朋友才感安全和高人一等；在這樣的社會裡，愛情必定有新的面貌，男女之間必是平等的；在這樣的局面裡，「感情的騙子」或「不貞的淫婦」之類的字眼不會出現在文字裡或口傳的用語裡；如果歡喜快樂，那是一種幸福，悲傷孤獨也能體會出自甘之味，俊男美女在一起和醜女矮個子在一起一樣的是自己的選擇，自有一份屬於自己的可愛之處。在這樣的愛情知識的世界裡，誰還去分別「理性」和「感性」的高下，甚至用「利他」或「利己」來分別貴賤呢？如有，這種二分法的用詞簡直是在造成是非的存在，就像你把「激情」貶得低下卑劣一樣；當你慶幸從愛恨交加的天地活過來，寫下這本頗具規模和見識的作品時，這種成就你不感激那份原初的「激情」嗎？

四十三

觀覽封建制度下權勢主宰一切的《金瓶梅》世界，西方帝制下宮闈的奢靡狡詐世界，近代共產特務制度下的東歐如米蘭．昆德拉的《生命中不能承受之輕》的世界，六十年代美國在越戰陰霾下的嬉皮世界……等等導至於像你所說的「心靈的去勢」，男女間情愛的不平衡狀況，實緣於生命或生活受到威脅和恐懼，而不是男人生來就是像你所說的那麼橫蠻、卑劣與無情，把「性」當為一切不如意的發洩孔道，而對女性無禮和凌虐。情愛的現象在社會的各階層裡都有著不同的表現方式，甚至在年齡上也有分別，所以謀求「情愛」或「愛情」的合理之道，如做單獨的討論是無濟於事的，只能算是片面而空洞的理論罷了，因為如你的意思所指，愛情不是人生唯一重要的事體，性也絕非唯一解決愛情的功能。愛情不能單獨維持長久的存在，愛情只能單獨存在於短暫即永恆的知識天地裡，這個天地恐怕既狹小又孤絕，如一張床或一小片草地，任何事物的干擾都可能破壞影響它。它想在生活中保持長久些，需要社會環境的扶持，個人智慧的施展，人格即良善心靈的發揚，因為它不能憑空存在；在惡劣的環境裡要堅持愛情的純一和神聖性，只有通往死亡即完成一途。所以你談到「心靈的去勢」在男女愛情中的缺憾感，你只偏重檢討男性的病症；由於你毫不容情地將它暴露出來，我不得不同情地道出：「啊，可憐的男人，你爲何如此？」而你對男性的了解和掌握與對女性所做的保留（甚至隻字不提）讀來感受特別的顯然。與其說男人受女人詛咒，寧可說男人被造物所戲弄，讓他受了這麼多的活罪。

四十四

你的筆墨在書寫到〈愛的禮物〉時有無比的細嫩和美妙，像你最後所歸結的「運用美麗的各款各色的花語來表達」一樣的淡雅和高潔，是技高一籌勝於一切的。

四十五

「然而，無論人生還是愛情，並不在於如何死，也不在於結局，而是在於對待的態度是什麼。」過程是存活的一切，結局或死亡已退出了它應有的意義。

「在愛情上，最爲主要的則是曾經愛過。」讀到這句話，使我憶起十七、八歲時最爲喜愛而常不離身邊的一本《世界名歌精華》的精裝本，我喜歡它們的歌調這是不用說的，而至今不能忘懷給我深烙印象的是三幅蝕刻銅版畫：一張是一位坐在園裡花草間椅板上的沉思婦人，頁白上題有一排字是「愛過勝於無愛」；一張是山嶺和小徑的風景，題著「人性的醜惡辜負這美麗的山川大地」；一張是一個深沉的男人的側面像，沒有題字。

Jennifer，讀畢默思，久久不能想出或說出一個字。我站起來踱步，在我的書房裡像繞著你親手塑成的雕像欣賞和凝注，使我肅然起敬的不是你言中眞理的迴響，而是你完成它的虔誠態度，這份用心又是用溫柔織成。我幾乎不太注意你談到的「眞愛」是什麼和要怎樣才能做到「眞愛」。我做不到這些，就像我懷疑那些爲某某主義而吶喚的語聲一樣，以及人們如何談「神」或「學佛」的事體，我採取敬而遠之的態度。我的一生都是爲生活而掙扎和付出忍耐，並且隱遁退走，以逃避危害我的心靈而能繼續活下去，所以我沒有精專的知識和資格來評斷你的愛情之說。讀來，你文體的莊重、態度的從容、格式的統一、議論的廣博而不失細緻，與我一向做事的草率和思想的偏激是一種適成的對比，我的筆記誠屬多餘和無聊，僅只表示我從首至尾品閱的證據而已。我希望別的讀者能眞正重視你的正文，你付出的虔誠和辛勞値得讓人升起敬意，對每一個細唸你的文字的人都有反芻的益處。我想這是你花一生的感情去體會而塑造出來的結晶，所以你寫給永恆的戀人而未寄出的信箋，事實上收信人也是你自己，因爲你愛的一定要你自己稱心滿意才算眞愛。

竹手杖行記

踏出門外，先看天顏，瞪一眼西偏的太陽，感知它對大地的照臨。陽光的光耀固然使他欣悅，遭遇灰陰的日子他也並不遲疑；偶逢大雨狂風，他只得留在屋裡，並不心存異貨。

走出聚落的屋舍視線外，就彷彿釋放開自己心中的束縛。一條小路自大道邊分開，在他的眼前展示的，一邊是相思林和雜草密佈的山嶺，一邊是平闊的田園。

據說，屢有盜賊曾不顧艱難，冒險攀爬而翻過這座荊棘叢生的山坡，到另一邊的社區去偷竊。他仰望而想，茲生一股體諒那賊子的辛勞，設若這等勞苦用於世間的任何事何難，竊物到底又值何價呢？

而田野看來使他舒坦，作物正值茁壯之際，綠禾躍躍在風中掀浪，令他駐足欣賞。隔著田畝，遼遠與他相望的，是竹叢圍屏裡露出的紅瓦屋的農舍；這一眼望，不覺使他凝注而目盲了。是否他有羨慕？但其心幽暗無明。

他早歲出生於街市的貧家，父祖無田產，日據時代得准於公地上築屋而居，適與一戶農家為鄰。光復後，民生困乏，其住隔壁的姑丈以收破銅爛鐵為業，平時挑擔四處收買，再轉賣給大盤商，只為生活而備嚐辛苦。後來由於罹病在家休養，每當晨昏置木凳坐於屋前，枯瘦與肺癆咳吐，狀甚可憐。有一日，他望著鄰農屋旁的棚架絲瓜條垂，一時突生貪饞，視左右無人，前去攀摘。正要取回時為農夫瞧見，遂厲聲喝住而罵。他頓感羞赧，向其下跪道歉，托瓜奉還而無效，農夫堅決告官。不料，執事的刑事官案件無分輕重，入局杖打。半月後抬回，已臀股肉爛，雙腿癱瘓，奄奄一息，拖至半年，無望而亡。

●

他坐在乾枯的池塘草地上，沉微地呼吸著，一動也不動。朝天仰臥，直望的是一個扁圓的洞天。竹子、刺槐、樟樹和柳樹環岸包圍著他。悠悠白雲無聲地輕移，襯著明朗的青藍天空，這是永遠不會使他厭膩的色澤。

今天，他下到池底來，是為大片的青草和樹圍內的寧謐所吸引，也為秋天又逢爽乾的緣故。他知道，冬季時這池子將再蓄雨水，直到明年春天可供早耕，但到夏季的晚期，稻作播完後，它便被吸乾了。

他多麼感激這些柔軟的細草，承墊著他的臀背。他自知此生，不能眞正生活於廣曠的原野，只得在這居住地的附近，尋覓些自然情趣。

他觀鳥，就有多種的鳥禽，跳躍和棲息於池旁樹木。牠們喜歡叫鳴。幾隻白鷺飛下來，在距離他數尺的地方踱步啄食，一面還會轉頭過來關注他。

不知是路過的學童的吱吱喳喳聲，還是他抬身坐起來，而驚嚇鷺鷥飛走。他們總是像在爭論，也像在說笑，而他站起來，像逃離似的走開。

●

路旁的灌木叢，與棄置的機踏車、舊冰箱爲伍，形成一道密佈的牆垣。白撲撲的芒草花長在其中，隨風飄搖。有一處方場，圍堵著磚石砌成的高牆，內外堆積著大批報廢的物品，它們從家庭或工廠被清出來，經日曬雨淋，已陳舊和鏽蝕。那種空洞無門，或脫掉子輪子，或缺少某一部分表層的空殼，如生物死亡後，遺留下來的骨骸，是完全像刑場和墓地，所暴露的形象。

他徘徊瀏覽那些被宣示爲死亡的東西，用手裡拿的竹杖，敲打著它們，使之發出仍然還是金屬、或其他屬性的聲音，這不禁使他還能想像著它們曾被器重的完美樣子。

從堆疊所成的黑暗空洞裡，不意伸出一個閃亮活動的鈍形頭部，連著一小片紅舌信，在前端迅速吞吐，兩眼細圓晶亮，望著他，似在質問他的無端造擾。他連忙道歉說：「抱歉，我不知道你在這裡。」牠滑出長長的軀身，沿著泥地要走。他又說：「你留著，要走的應該是我。」牠更爲驚慌，快速地竄入草叢中。

遇此情景，他顯得無比的羞慚。童年時，在一處別人家的菜園裡，他睹見過一個人和一條眼鏡蛇的凶狠格鬥。那條蛇發出虎虎的威風，把身體從地面拔起有兩三尺高，但那個人握著一根粗長的竹棍，打得牠遍體鱗傷，最後牠的頭部碎裂，尾巴依然搖擺活動。

他在尋找可供穿過把山溪遮蓋得十分緊密的竹林的缺口，而不肯放棄這一條臨邊的埂道。其實，他行走到這裡，離他出發的聚落，已經很遠了。但天色還很光亮，平常他總是在山區環繞一大圈，在日落漆黑時回到家。

他行走的路線，並不每次相同，他高興隨心另闢蹊徑，只是想把身子走累，把積壓的憂悶發散罷了。

這長長連綿的竹林圍屏斷開了，他看見短截的溪面，有緩慢的淺水流，從排放著踏腳的石頭間滑過。對岸的上坡道，承接著這個唯一的通口。過溪後，他放慢腳步，注意這陌生的小徑。樟樹幹上有樹皮的自然鏤刻，附膠著被螞蟻帶啣上去的黃泥土。

一處擺石頭圍繞起來的垃圾坑。

他格外警覺和謹慎，小心地踩著落葉，好像要去接近一個不屬於自己的、別人私有的地域。好靜！在這條坡道上，他還未見但已意識到，坡上必有人家。

犬吠把他嚇慌了，一隻棕色大犬帶領著數隻小犬，威武地立於坡頂，對他怒叫著。他舉起竹手杖，迫使牠們後退。一塊打掃乾淨的場地，榕樹投下大片陰影，他站著朝視紅磚屋的一面側壁。

一位頭髮灰白的高瘦男人，自屋角出現，問到他是誰？他有點驚，答說過路人。詢他做什麼的？只說散步而已。他疑他不曾見過，問他從那裡來？答曰：住風口山畔。再問到他有何事？他說沒事，眞失禮，向其鞠躬致意。

他轉身，防備犬追後咬，故意竹杖拖地走。

在山腰俯瞰，那戶人家就在他站腳的下方，林木前後蔽護著，仍能看見三合院的前庭和圍牆。這一帶的地勢和空間，顯得縱深和開闊，兩嶺間皆闢為隴畝，谷底開向西方，宛似自然劇場。他立定良久，滋生喜愛，省思自己為何沒有緣分安身立命，於這般田園山野？

他自幼年父母不在後，幾等於家破人亡，沒有親戚朋友接濟，兄弟姊妹四散謀生。他單靠在省城為傭的姊姊資助，而完成中等教育。隨繼服役和就業，結婚而生子，勞碌半世不曾歇息。

這往上走的路，路面頗不平坦。路斜，雨水沖刮的結果，到處是暴露的石頭和窪洞，不良於行。

在分路口，他停步，稍作思慮。腦中有著一條已經走過的路徑圖，對於將要前行的，應做個預計，衡量自身的體力與興致，免得無端的亂走而自尋沒趣，換得疲憊和懊悔。

他決定高爬而上，想像著，翻過山岡後，可抵達接連居住聚落不遠的，一條山脈。

沒想到，往上走的路，中斷了，遇到一整列竹林，被砍伐後再放火焚燒，留下的黑竹頭。他就此回望背後的太陽，它顯著地西傾了，熱力已經消滅，掛在俗稱大坪頂的對嶺上空，把遠嶺上的大片樹林，照得上紅下黑。那片林子下方，有一個偏僻的村落，叫愛哭寮。大妹敏子七歲時，就給寮內的一戶人家，當童養媳。

他的頭露出山頂時，聽到一下一下砍剁的聲音，感覺似乎不在這山頭附近。站在高處，可以感到強大的流風；轉動身體觀望風景，可以辨識山脈的走向。最遠可以見到天邊和海洋相接，太陽正要臨近，天空開始在預佈，黃昏金色的盛景。

他在雜草和荊棘中找腳踏的土地，以便穩住身體下滑。下到一條爲高稈草淹沒的道路，往下看，是廢耕許久的隴田，那裡四散著放牧的羊群。在一棵樹下，他找一處可坐和可依靠之地，好觀看那些白色和棕黑的漂亮動物。

而這一靜下來，再度聽到清晰的砍伐聲。隴田對面的山坡上，在樹木枝葉的隙間，透露著彩衣的身影，又搖動著一頂綁著花巾的笠帽。在這荒山裡，和一位拾柴女邂逅，一定十分浪漫……

他記起，西洋歌劇《瑪莎》的情節。但兩相比較，他無從想像，眞實有何綺麗的美感？

他依然倚靠在樹幹，閉目默坐遐思。突然，有發動摩托車的聲響，逐漸徹驚山谷。從縫洞看來，那殘缺的身影，沿著斜線移動，而漸漸離去，然後消失淨盡，恢復山谷封存的寂靜。他一覺醒來，樹木蒼翠，群羊安在。

●

強勁的晚風，遄行開廣的不耕沙地，雜草叢生，侵沒傾圮的土塊屋。大概由於種植不敷成本，缺水，土地原本墾植蘆筍和甘薯，就任其荒廢了。一區區，在埂道上，有防風的木麻黃，顯出被砍折和疏落的殘相。他撞到了透明而不留意就被纏住的尼龍網。

尼龍網架在樹與樹間，或高高豎立的竹桿之間，很狡巧地依地勢和風流，有高有低的佈置著，或者觀察出在空中的飛行線，來安排阻擋，有新設的，有陳舊破壞的。

鳥屍掛在網上，頸部穿過網眼，腳爪勾住網線，頸羽逆開，垂吊在風中盪動。遠見牠們，像逆風浮停在空中，近看卻隻隻是死鳥。伸手輕摸牠們，細緻可愛的羽毛鬆開了，隨風飄散，赤裸著瘦筋的身體。這些披著彩衣的飛禽，原本自由自在的翱翔於空際，而令人仰慕，卻也有被人類陷牢而掙扎死亡的運命。

他注視牠們，那最後無力掙脫撈網，而疲憊無望地，垂下眼簾的枯黃面目，感到憐惜和歉疚。他們要捉的，也許是某些有市價的鳥類，卻令更多不同的鳥，犧牲在這無情的所在。

牠們原是天之驕子，美麗極了。有白羽頭的，嘴紅腳紅；有身背呈栗棕色，白腹黃腳；有的尾羽修長，藍得發亮；有的全身純黑，像衣飾高雅的紳士；有些身軀細小，像小女孩……

●

溜下崗崖，跳過小谷壑，往上走一小段，踏著水泥階，就到了一座土地公廟。這是他回家前，最後的一處觀覽和歇腳站。從這半山的平臺，循地勢可以辨識，這條山嶺逐漸低斜，在縮尾的地方折彎，就是他與數戶人家爲鄰的聚落。

在一天中，比任何時辰，看起來都要大些的太陽，在偏南的海洋上空，距離水平線，只有寸餘，已經能正視它，而不覺刺眼。天空的景觀，只有在這段時候，明白地看到，由雲色和形象，組成莊美的意涵。那半邊的天，如佈景般投射著，黃金的光線，墨藍的雲堆鑲著，格外赤紅的沿邊，海面上灑落著，跳動的金片。

相反的，在北方，像一小撮過分擁集的，市鎮房舍，卻顯得褐暗而無光。

一位農夫牽著一隻灰色水牛，經過廟旁小徑，牛背上的皮毛，清晰地顯現，自然生成的螺旋。老婦人，單獨提著茶壺，來到廟裡，招呼著：「歇息嗎？」「是歇息。」在先前，見過多次，而相識了，因此只有，這麼簡單的問答，就足夠了。她把神桌上的杯子，舊茶水潑去，換上新茶水，燃香膜拜，一會兒便走了。

在這片刻，天暗了。這情形，像天空的一盞燈熄滅，使他躊躇著，是想走，還是不走。他感覺有點腳痠，也許更是，心裡頭有些意懶。他順勢倒身在短牆的平臺上，仰望那猶留餘光的上空，微細而稀散的星光，曖昧地對他眨閃。

他的思緒，連接到最後的寂寞，好讓自己能在這刻，平靜下來。

此時，在廟後的上空，閃著火紅的映光。他彈跳起來，急忙奔到高坡，穿過葡萄架，站在邊緣上，遙望溪谷對面的山坳。那裡正冒著大火，猛烈的爆炸，和飛出的火花，又點燃山上的林木。一下子，那裡烽火四起，在夜色下，不像災難，像慶典。這是他曾經目睹過的，最熾烈的火光，相隔兩個對望的山頭，依然能照紅他的面龐。

序集

來到小鎮的亞茲別序

文學批評界近來有一極令人注意的現象，那是周寧先生和高全之先生所具有的了解和寬容。但我以爲距離現代文明的社會所應對文學藝術的接納的精神還有一段頗長的距離。文學家的任務並不在提倡高調的生活哲學，也並不規劃什麼健全的倫理；但他的責任是批判現時的社會生活，更重要的是揭露人類生存的心象；他的生命在於創作。西洋文學藝術萬象並存，極合乎自然之道，我希望在臺灣亦能開花結果，站在更高主知地位的文評界不能觀念偏狹，或重彈老調。

過去十年，我寫了許多作品，分別收在幾個集子裡，仍有許多作品因爲我的懶惰沒有成集出版。這個集子是熱心的朋友在一夜之間爲我成集，巧合的是，這些作品大都有一個共通的現象來說明男女情愛的夢幻，譬如〈蘇君夢鳳〉所寫的，一個懷抱理想戀人的男子，在事實成空之後，竟依然固執不能接受現實之愛。〈絲瓜布〉所寫的是一個男人的情愛理念在與勢利的現實無法取得諧調之後的憤怒，這一點與高全之先生的解釋顯然有深淺程度的差距，這種體會也許會因人而異。

但我要特別指明的是，那不是單純的一巴掌，也不是男人單獨對待一個個人女子。在那一瞬間，那女子已由男人私有的情人而轉變爲他所希望愛和生存的社會的一個象徵。這一層實在不必由作者自己來加以解說。但也許有人會指出它的篇幅太短，無以形成那樣大的力量。但我再想用多的描述是無益的；靈感促成我需那樣寫，它必須只有那樣寫，那一巴掌履行了我的意念的達成。那位女子購買絲瓜布是社會行爲，她與另一個女子合買變成一個社會階層的代表，〈鄉婦〉則是另一窘狀階層的象徵，我認爲此作比一首動人的詩更有震撼力。

當然高先生的文章非常的精采，許多站在文評界的學者亦會那樣說。但我要說他的精采是他提出的問題，即命題本身而已。其內容，我感覺瑣言太多，尤其多半解釋的不十分深入或有偏差，有時很武斷指我是暴君。

談到「自由」與「獨立」這兩個名詞，他就有挖苦人的味道。自由與獨立是做爲人類的呼求與態度。人需先獨立才有自由，我將特別著重人需先健全自己才能爭取到自由。我不諱言在這一層上有教誨別人的意圖，但它包括警惕自己過活不要失去這個原則。它的意義使我在任何的情況裡都想去加以發揮和闡明，因此，它在個人的生命意志與宇宙的關係意義上較之個人與政治立場上的關係更爲明顯和重要。而誹謗之加之於我，可能就在這裡的誤解之中。我畢竟非三十年代或某一個時期某些作家特意標榜自己爲某種階層，裝作想爲某階層做爲代言人；如能統觀我過去的所有作品，將更能明白；因爲把自己立於某一派別或某階級的作家而言那是一種驕狂；我不是個合群的人，絕不會產生那種意識型態。

批評之危險是文評家不明白作者的眞正成長歷程，粗心的文評家會馬上將手上的資料當作眞憑實據而發出套套的立論，這類者又往往不能從作品中判斷何者是作者的早年作品，何者爲後，以及辨別作品的性質，最可惜的是他無法從作品捕捉作者靈思的眞面目，而只在理論上捕風捉影。以高先生爲例，他就不明白我的作品那一篇屬前，那一篇屬後。〈僵局〉雖是我最先出版的書，但裡面的篇章大都較〈精神病患〉〈放生鼠〉而後寫的，照他的意思，好像我已進入瘋癲的地步，使我也不得不被他弄得發笑起來。我希望不久的將來，將我從民國五十一年至六十一年這十年間的作品按照創作的順序而編成一個小全集，這可以方便文評家，相信也會給愛好沉思的孤獨讀者一點喜悅。

事實上，我的作品發表和成集的經過，可以寫成一本辛酸的故事。有一位迷信筆劃數字的朋友對我說，我的名字將有一個收受冤屈的命運。我常常懷疑出版家的原則和理想在那裡？就像文評家，他到底站在何種地位替誰講話？有人說少數的批評界都是一些利用文評的交際專家，這事是否可相信？是否有眞才實學的良知型批評家被壓抑了？許多的事也許大家都心照不宣，所以像高先生或劉紹銘先生的批評之不忠懇之處，我想他們心裡有數。我可以相信繼周寧先生和高先生之後將會進入一個新的批評時代，而且很顯然地有某些作家將成爲這個新年代的祭酒，他們的作品也將成爲文評家的試金石。

中華民國六十四年十二月十日

論文學

——僵局代序——

純粹的文學創作已不如往昔普遍。所謂大衆文學實在是文學的反動；有關現代文學在臺灣的諸種論調會使人不寒而慄；文學是一種誘因，富有教化使命，不應屈尊降低水準來迎合大衆。其中有一種說法把責任推給大衆的意識，任何有良心的人都知道大衆的意識是無法準確地去評估的。刻意迎合大衆的意識常是一種宣傳術語，最後是爲人唾棄，但只要在最初有人去理會它，他們的目的已經達到。有些批評家故意指責文學的創作過於玄奧，人們也盲目地贊同這種不求上進的懶惰說法，我認爲這是有意把文學的使命置於死地。而他們也有一套文學使命，美其名爲社會文化結合一體，這種帶有某種意識的論調，事實上在掩飾所謂社會文化就是要愚弄大衆。當學派的勢力超乎一切時，獨立的人格就會遭到破壞。現代文學的產生是個人人格的建立，這也是眞正的文學使命，絕無其他更誇大的說法來取代生命的自用的神聖。

現代文學不可寫成像公告一樣的簡白是可以想像的；如果文學不像任何一門學問需要去學習

才能認識，我們可以斷定它是沒有多大價值的。一句普通交談的會話被用在文學創作裡，它所產生的涵意的廣度和深度，這是文學的一項基本法則，相信文學創作家不會輕易動用現實生活中的字彙，也唯有謹愼和考慮美學觀點的創作家信守這條戒律，他的句法猶如他的呼吸，而去讀一本文學作品不憑教育的訓練幾乎是不可能的。人類的生存同樣地不容易，我們越來越需要更長的時間(生命)來學習許多的事物。如有人爲現代文學的分歧和形貌的複雜而擔憂，那麼他是無法眞正了解現代文學的開拓精神。

有時我們會在文學作品和權威批評的理論中迷失了思索，當那些理論愈來愈主張其目的不在宣洩感，而在於逃離感情；不在於表達個性，而在於逃離個性，把文學引向王國之路時，我們卻總覺得所有的最好的文學作品都反而在內涵中更具有作者的獨特個性和感情。至於社會文化一事，不應隨便拿來代表民衆在無可選擇中接觸的各類消遣事物。消遣的事物通常都是被動性的，但參與文學活動要有主動的意志，使文學和生存趨於一體。

文學與文評

——我愛黑眼珠代序

文句節奏的特徵完全可以代表作家作品的生命。文學的價值不在那些設意去架構的細瑣內容中尋找，尤其是指單方面描寫某種意識的題材；像把「娼妓」定爲苦難被凌辱的象徵，把一名娼妓拖出她的特殊生活方式認爲是一種崇高的使命。且不論這種過分淺顯的構想，因爲文學創作應該愼重地避免步調一致，當然意念更不能反覆地去抄襲。現在的作家如要去談論娼妓，應考慮對娼妓是否有誤會之處。現代的人應對娼妓和一般女人一樣的採取相同的看法。最起碼要尊重娼妓的人格就必要有這樣的態度，否則便犯了強調舊題材的一種不合實際的原則。上面談到節奏的特徵，像生命的氣息，血脈的跳動。但文學的評論家們有時特別有意地從作品中摘句加以論斷，使人在文字中目睹誹謗的惡毒。在此種強罵之中可以發現到文評家的立論幼稚且患有層層的錯誤，其想法之瑣碎汾濁，顯然是對文學缺乏廣闊深奧的了解。這種不是來自親身的體驗，令人想到是一具會喚話的無生命的軀體；這種文評家，只會限制文學在一個有限和低俗的領域成長，或者是命令文學從事於工具的角色，甚至封鎖了解，阻斷自由的思想。

有一種文評方式雖然盡到了解的程度，但同時讓人看到有超出作者的適度的想像之處，給予極度的解釋，且將文句提引通告讀者，這種殷殷摘句的行爲，不但干預了讀者，也限定了讀者只能做到有限度的體驗。這類文評家雖然能順利做到表現他個人的知識，但手法卻刻板而無趣，因此一番美意只有少量傳到了作者，而大部分爲讀者（知識份子）所拒納。

這個原因顯然是帶有專制的口吻，無法感動現在的自由思想者的心靈。文評中引證的話語，不能服膺知識份子的脾性，現在的人無不知道它是老舊的論辯的手法，既爲普遍所熟知，就已失去了它的引誘力，那麼它的價值便已蕩然無存。引用那種方式除非無知，就是欺瞞強辯的一種姿態罷了。至於文句的節奏，它本身像電流一樣，觸開讀者的心靈，產生一種交流，交流量的多寡因人而異，無從硬定。

在節奏中韻律的行走才是作者眞正的旨意的本體，文字表面的涵義只能做次要的陪伴；文字本身有點識作用，但字面的涵義受時空的限制，並不長存。藉文學當工具者正好主賓倒置。文評家正在這方面滔滔善辯，惟這樣的文評性格已經爲現代人所厭惡。目前文評家似乎不能以此來左右作者或讀者的思想，作者和讀者之間已有較好和乘便的路徑相通，不需再去繞走那條陳舊又危險的橋樑。

因此優秀的作家的作品被曲解的部分也最多。我看見有少部分的作家，在初期寫作中自然顯露的特有的文學節奏，因爲繼續生活於不良的環境而漸漸消失了。此間專制的文評家可能脫胎自作品低劣的作家，他們羡慕俗間的名銜而涉入文學，並非血流中有文學的素質。當另有一種較比文評家更能引人注目的名銜出現時，可以斷定他們將再度更名，像前時捨棄作家而就文評家一樣。我們可以看出學院的文評有它的長處，而且較比謹慎小心應用眞正的批評文字，他們儘量地避免把「浪漫」「寫實」這樣的字去爲作者戴帽。但是假冒的學院文評家卻喜歡動用前舉的文字而隨意斷論派別。而另一批強罵者之中，也常有這些如「健康」「不健康」這種論斷狂烈，亂分善惡的文字，這種武斷文字令人想到罵街者口中的字彙。如果一心一意想把某一個人指成某種類型的壞人，或想把某一個作家指成某種形派，事實是可以做到的。

另有一種文評像在編織一部錦繡的花草，充滿了華麗的文字，其宣耀的姿態之心甚於想把作品忠實地介紹給讀者。譬如對於畫展的評介，想來他對畫家的濃厚私人情感勝於對作品本身眞正的認識。這種文評可能由本身是詩人所常患的行爲。當然這樣的批評最不能使人了解作品到底是怎麼一回事，因此也就不值爲重。

當人們日漸對工於製造的技法加以無量的讚許和推崇的時候，知識份子尤需更加留意由心靈自動流出的作品。事實上一個作家之最能引起共鳴，卻必須有兩者兼備。凡由心靈流出的作品常能在文字的律動中令人察覺到，而絕不在於全篇的涵義上去估斷。現在的文評家不但不明白傳統的批評作業，甚至想捨掉本身也是一位文學作家的高貴身分，而夢想文評家的地位高於文學作家，甚至立意握有那份權力，要做一個組織中的老大，這無非是一種普通患上的強大慾念。前說，現在的文評家有些脫胎自劣俗的作家，像這樣的文評家更有這一番高張的意識存在。而事實上，無論古今，批評家的地位如想與作家的地位相較，無論那一個文學發達的國家，作家的地位一直是在前頭的。只有落後的地區罷，才有相反的情形。

還另有一種文評更顯得其低俗無價值，這類文評表面有硬朗的作風，深得一般人的喜好，其實他只想藉文評為工具，在作家與社團之中獲得一種友誼性的關係。他們喜好用流行而現成的語彙，為作者披上一件好看的外衣；這類文評家的性格像女性中的交際花，實在一點也不能信靠他，但人人卻被其爽朗般的風度迷醉；他可能是一般年輕不懂文學的學生的英雄，但卻是從事文學創作者最大的敵人。

把文評態度也看做創作態度的文評家，才算接近文評的身分。文評常是對原作的一種必要的意義延伸，而不是直接去解釋原作品；原作本身無需第三者來加以解釋，作者本人也不情願無端地被人脫去衣褲。此間流行所謂「能分析的作品都是好作品」無疑是倒反批評作業，流於「猜謎」的遊戲。猜謎是一種輕浮的感情，不值得在文評中流行。一個文評家如抱著猜謎的情感來選擇他能夠猜得出的作品，這便證明其與作者程度相等的底細，文評家因此才有那一份高於作者的滿足的心情。但是任何文評家千萬不要抱著寫文評就能高作家一等那種非分的想法。文評與原作之間需取得一種默契，否則說明了一個低俗的文評家不但無能從一篇優秀的作品中去延伸他的情感且加以廣佈文學的力量，反而把優良高貴的作品無端地陷害在一所黑暗刻薄的牢獄之中；不但看不出作品的脈絡更談不到了解作家。因此優秀的作品只待優秀的文評家，這種事實成為現代文學的命運，時間會證明此番的事實。

至於想在文字中去捕捉特定的涵義，實在「枉費心機」。眞正屬於優秀的好作品，除了被察覺到作者心脈的跳動外，再沒有其他更重要的意義。如果在文字中有什麼了不起的涵義的話，也是會爲時間淘汰而腐朽的意義。而心脈的跳動才眞正帶有感染性，才能傳達，才能播種滋長和不朽。這在現代的文學中是不能缺失的要素。

情與思（小全集）序

我的全部關注都在我的內心；我沒有自己的事業，而僅有自我；我不斷的思考……品嚐我自己。～蒙田～

現在我把最早的十三篇短篇小說，和一些未收集在前面幾本小說集的零散作品，以及三十多首詩和幾篇散文，分成《白馬》和《情與思》二集出版，這是受出版家沈登恩先生的敦促，在我的記憶所及，從各個久遠年代的雜誌和報紙副刊影印出來的，在這之前，遠行出版社已經爲我出版了八集長短篇小說，現在加上這兩集，就可以合爲我個人的小全集了。這十本書算是我寫作以來這十五年間的一個階段。感謝上帝和時間，讓我度過那些辛酸哀愁的歲月，我終於能夠在此時獲得友情的厚愛，和看到自己的作品完滿地在同一家出版社出版；我雖未因此致富，依然持續著日常的辛勤工作，但此刻有誰比我更感到快樂呢？

也因爲受此鼓勵，我同時在這二集裡發表我的生活和創作年表，有幾本今年的雜誌也公佈了我的年表，但都不十分完備，我特此聲明以這次我親自新訂的爲最正確和詳細。我這樣做會受人疑問，以爲我好像要結束寫作了；不是這種意思；眞正的意思是：今天的事今天畢，明天是一個新的開始。這是我做事信守的原則，凡我自己的事，我都想親自做好。所以把十本書定爲小全集和發表創作年表，是十分當然的了。

幾年前我自印了一本小冊五年集詩集，只有二十幾首詩，現在將它歸併在這本「詩、散文、論文」的合集裡，特此加以聲明識別。

爲了這足可紀念的出版，我應該發發論言；前幾回遠行出版社每要出一本我的書，都要我自己寫個序，我因爲懶惰和無話可說而省略了，這一次他們並沒有事先要求我，可是我卻心血來潮，欲把自己一些往事說出來，就我對生活和文學的思想做些備忘的記錄。但過去我也說了許多話，爲了不致重複，我在此僅就分段補述一些：文評家們曾經非常熱心地解析到我的作品的內容和風格，但他們意見的紛雜反使讀者不易看清我的著文的態度如何，那麼我更有理由自己發言，做爲讀者更進一步的了解。

■

那年（民國六十二年）夏天我在臺北的一次旅遊中遇到了F．羅，在一陣懷昔的談話裡向他道及我在學生時代最初對女性的傾慕行爲，由於我的種種異態以致始終沒能獲得所愛戀的人的理睬，心性逐漸變得抑鬱，學業完全荒廢，投身在繪畫的狂潮裡，且在一個沒落的礦區隱沒了自己。但繪畫還是沒能成全我。那時的夏季，我徘徊於類似家鄉的深澳的海濱，黎明和黃昏往返登跋數千尺的山坡，消度著那些美麗晴朗的日子；在冬季的寒風霪雨裡獨居於一間破損的閣樓，展現著對貝多芬的研究和讀西洋小說。有時，那位退伍歸來意氣消沉的透西來到屋子，打開唱機，在狹窄的空間獨自跳著卻卻舞，他是位個子矮小的美男子，有傳神的舞步和姿態，我凝視著他，覺得他是個天使，垂著陶醉的雙目，偶爾抬起頭來對我發出十分神秘的微笑。這樣二年的時光過去了，我已消沉到了頂點，我告訴我自己，必須記載些什麼來打發時間，我寫出了我一生中的第一篇短小說，名爲「撲克、失業、炸魷魚」投在聯合報副刊。這事距今已有十五個年頭了。

Ｆ·羅極力要討好我和了解我，有時我卻覺得他十分地殘酷，他問我：「你在那時到底愛戀著誰？」我遲疑了一下，對他說道：「美霞，在那時被稱爲最美麗的女生。」我說出了她的名字突然感到萬分的羞顏，因爲在那時我是被稱爲最放蕩不羈的人。這種對比恐怕是人間最爲無情的事。狡詭的Ｆ·羅在他富於表情的臉上泛出不可思議的笑容而使我感到一陣寒顫，我預感著他將要對我拖以最嚴酷的惡劇般的懲罰。然後他嘆息著，使我更感疑惑。

「命運眞是好作弄人唷！」他說。

「爲什麼？」

「爲什麼？我不知道，但你且聽我說出來。」

他對我現在還依然萬分懷戀著那個女生的癡態投來輕蔑的眼光。我並不在乎他嘲笑我。我說我現在不知道她生死如何，據說她嫁給一個年紀很大的外交官到巴黎去了，我想她現在一定置身於她嚮往的快樂世界裡成爲一個高貴和富有的婦人了。

「不然；全然不是那麼一回事。」

Ｆ·羅打斷我，故意給我極大的不愉快。

「那麼你知道她？」

「不錯；不但是知道，我和她是老朋友。」

「只是我認識你太晚了。」他又補充一句。

F．羅是位名士而和我認識的，這是近年的事。

「到底如何？她現在在那裡？」我追問他。

「去年她從加拿大回來一趟，我大吃一驚，」他停下來看著我，然後又說：「你眞的要我告訴你眞相？」

我心中懷著疑慮說：

「是的，我要知道一切。」

「那麼我需把前面的先說到。」

他的表情已沒有先前那麼可怕了；他完全恢復他那憐憫的心腸的本樣來了。他說學生時代的美霞就已經是他家庭的朋友，每個周末她都到他的家裡來，甚至在寒暑假裡也住在他的家裡；那時在他家裡的衆多友人中，不乏有才智和英俊的男士，也有財富很多的公子哥，畫家和詩人常會聚一堂賭梭哈。美霞天生秀麗，的確是他們注目的目標。可是，她的意志中只想著儘快離開臺灣，離開窮困的父母，離開纏著她爲他們工作賺錢的弟妹，她嫁給一位越南來的僑生，他正要到巴黎去學畫，經商的家庭確有相當的資財，但他長得十分矮小又瘦弱，要比挺秀的美霞低幾吋。

「噢！」我頗有所悟地嘆了一聲。

F．羅繼續說：他們去了不久，他們在越南經商的家庭破產了，他們在巴黎生活的財源斷絕了，夫婦兩人轉往加拿大去工作，直到今天仍在那裡。

「你說去年她回來過……」

「沒錯，」

F．羅的表情又有異樣的轉變，他的聲音趨於低微和沉重；他說：「當我握住她的手時，嚇跳了起來，可是她卻保持著冷靜，臉上掛著一副微笑，我眞不敢相信，那是一雙做過長期勞工的粗糙多繭的婦人的手，與我十年前在機場送她出國時握著的細嫩的手，有著天壤的區別。」

F．羅道出的這件事，使我有滿腔的憤怒，我將面前的一大杯酒灌進了肚腸，它使我滿身發熱和頭暈。當晚我匆匆結束我在臺北的旅遊，告別了F．羅。他無論用什麼甜言蜜語和擺出各種誘惑也不能慰留我多逗留一刻。我在車廂裡，在多數旅客的疲乏沉睡中，靜靜地獨自滴著淚水。我痛悔著在那段學生的時光中所作所爲，那些逝去的事物在整個秋天像海潮倒灌地湧向我，每天晚上我清醒不眠如一個蓄意刺殺自我的鬼魂，狂書著那些往事……

■

有時在沉思時我充滿喜悅，我的喜悅並不是僅僅有某些人喜愛我，而是喜悅我們都是悅納文學這個形式，把文學視爲生命求知的探討的手段，透過它了解人類歷史和世界環境，更眞確的是使我們窺見內在的世界；在那內在的世界的血脈跳動中，使我們感悟了某種情感的信息，構通著精神，使我們內在的理想匯集一致，無論快樂或憂傷，使我們共享和分擔。我寄望他們締造美麗的詩篇，和有力的散文傳達給更多的人們。

我想文學是人類特有的一種存在世界，任何思想和情感都能顯現在那簡單的記號中；在這繁龐的文學世界裡，不可固執於一種強硬的理念或崇尚某種固定的形式，生命要像遊牧者，或吉普賽的浪人，或貧乏的行腳僧，或浪漫的情人，當他們還未找到自己之前，要像純潔的嬰兒般接納和排拒；當我們還未有充分的理智去思辯之前，我們要憑藉自己的本能，它將帶給我們最為正確的引導。這樣在我們浪跡的生涯裡，那開始時的幽魂形狀，將因吸收日與夜的精華而日漸成為具體的形貌。我們找到自己不是憑藉一條路，而是走遍所有的路；那生命之希望將引領我們瘋狂般地追求，使我們感覺痛苦和辛勞，但是當我們疲乏地倒在沼澤的水潭邊，面孔因焦渴而伸進那片鏡面，我們將清晰地看到自己，在那寂寞的孤獨裡，更能辨明自己的眞貌。我們不要對辛勞恐懼，貪求舒適，將肉體出賣給收購者，當賣出肉體之時，也一同把靈魂連帶賣出；我們只有覓求古今大師的啓示，而不要無知地在現實中跟隨騙子。

誹謗和惡毒的批判是因不寬容和不了解而來，邪惡的人並不知他們的邪惡，有時我們自己犯了邪惡也不自知，因為我們的不良的情緒把心靈閉塞了，無法洞悉事物的眞情，而以自我為中心判斷一切，事後我們懊悔，但害怕為別人知曉，我們沒有獲得別人的寬恕而內心感覺痛苦，長時鬱積在深處，日久演化成為病痛，這人類世界因如此隱藏的情感而顯得污穢，是的，我們不能獲得他人的寬諒，同樣地亦不能寬諒別人，因此，逐漸成為敵對，而變本加厲起來，成為互抗的集團，這是今日世界罪惡的成因。我因此相信文學是一條解救之道，每個人在此經歷的道路上，必定能獲得個人身心的解脫，同時這信息也能洗淨人類的心靈，可是唯有一個條件：從事文學創作是由個體的生命意念做爲起點，而非服從某種極端思想做爲它的工具時，才是如此。當我們的個體思想能夠完全保持自由與獨立的狀態時，也才能寫出有韻律的章節，且透過這些演化的心語獲得有心人的共鳴。

可是顯然今天有人在那裡詆斷文學的本質，他們想從經濟的哲學的邏輯裡演繹出一個文學的目的，他們要文學創作服膺於某種的訓令，要集體行一同的腳步，他們認爲凡是西洋的都是頹廢的，也罵中國的古人，認爲古詩人具有資產階級的觀念，罵現今的我們爲虛無。這一切何由而來？讓我們冷靜地思考。我感覺我的心在瀝血，當我們遭受他們無情冷酷的踩踏之時，我深思著爲何他們如此之不仁？我們不要再錯誤地成爲歷史巨人的手腳和奴隸，把天賦於我們的生存權利視爲這些巨人所施給的恩惠，他們做個拋擲的姿態，我們便像狗般擁擠在一起爭奪。現在我的憂鬱和傷感，不外是感悟人類普遍獲得自由與獨立的艱難，因爲那些歷史的巨人的幽魂在現今投胎給另外的一批人，世界在他們的統治下依然是饑餓，疾病、戰爭和無辜的死亡。

我們也要承認一件事實：個體是互相分離的，是寂寞而孤獨的，但精神在天地間卻會適時地會合。個體是自由行動的，我們無需虛假地做著互抱的親熱，當時刻到來的時候，我們遇見了，我們會察覺出我們是互愛的。今日，文學是我們相知和傳達的形式，明日，我們只需一種流傳的心語；今日，我們藉靠文字的記號，明日，我們唯賴一種自然的默契。記著：那一天人類從自然走出，有一天將再返回自然，這段歷程，都有文學做爲層層的記錄。

我發端寫作時的年紀已經很大，有二十四歲了，但喜躍和好奇之心卻像可塑的稚童，除了十一篇小說發表於聯合報副刊外，在那短短的半年中，也模仿希梅涅茲的普拉特羅與我，寫出〈黑眼珠與我〉的散文，另外有二三篇作品也發表在皇冠雜誌。然後艱苦的路途隨著這些誕生的欣喜之後展現於後來，而歷經十五年至今，現在我已經三十九歲了。所有作品，長短將近百篇，另有三十幾首詩，我的生活整個投影在這些作品。

在那些長短不一的篇章裡，外在的世界與內在的世界，我都兼顧到；對於自我與世界之間，我完全依照我的習性、感情和理念記錄我在生活中經驗的事。甚至以我為主題，來探求生命哲學。我天生對於美感事物的喜愛和佔有慾，誘發我形成寫作的技法和風格。

上帝的偉大和全知的權能是經由個體在自覺中的渺小感來驗證的，個人的命運無疑操縱在全能的手中，我在渾沌的生活和沉思裡，常常獲得一種催迫和壓力而來的靈感所指引，現在檢視所有的作品紀錄，我的寫作工作隱約地浮出一條脈絡可尋的精神形跡。

生活中的一點一滴因此成為我寫作的素材，經過我的個性和思想成為特殊的意象，現實的事物遂有了形上的義涵；這些我的情懷的主題，常常由一點擴張到全面，由有限進入於無窮；我的思想常藉由微細之事物而展佈於浩瀚無疆的宇宙；我相信人類是天生賦有邏輯和推理的頭腦，且有幻想和美感的才能。

愛情使我感覺人生的無常，愛情是我的意志的表現，就像人類追尋烏托邦的理想，這種相交混的意識，充滿在我的作品裡。我永不能忘懷在這非理想的世界中愛情支離破碎的情形。我的作品中景象大都徘徊於悲劇的邊緣，不可避免的，或許在將來我要進入於這悲劇的中心，想到這個，常令我顫抖和驚悸。因此我企盼「白馬」的再現，它是我心中典型的生活世界的純樸樂園，但它如傳說般過去了，生為「現在」的我，無比懷念「往昔」和憧憬看「未來」。

蒙田說：「人必須退隱，從自己尋求自我，我們必須為我們自己保留一個貯藏庫，揉合我們，在貯藏庫裡，我們可以貯藏並建立起眞正的自由。」這層深意並非在我最早的寫作初期就為我所遵奉，而是經過漫長的摸索和沉思，經過種種生活的苦難的歷鍊之後，在此刻我最感孤獨的時候，才獲得的溫馨的安慰。他又說：「對男人而言，世上最偉大的事是知道如何成為他自己。」

事實上對任何種類的人而言，都應如此。

■

小全集計有：

①**來到小鎭的亞茲別**

②**我愛黑眼珠**

③**僵局**

④**沙河悲歌**

⑤**隱遁者**

⑥**削瘦的靈魂**

⑦**放生鼠**

⑧**城之迷**

⑨**白馬**

⑩**情與思**

另有一本《離城記》也應算在內。這些書全都由沈登恩先生敦促而成集出版，我特此向他致最高的謝忱。

七等生

于通霄舊屋

一九七七、七、十

散步去黑橋（自序）

這本集子，有特別一記的需要，因為這是一年多來寫作和發表的成果。自與沈君結識以來，他為我出版的十本小全集，大都是整理舊作的工作，情緒上的感受有所不同；現在是一本全新的集子，我比較能夠記憶些有關作品的一些事體，也需要將內容的主旨加以簡略的說明，將它們記錄下來一併與作品成書是頗可紀念的事。

〈復職〉發表在去年十月出版的小說新潮第二號，此作是我生活上親身經歷的事；有時想起我在十六年前，突然提筆寫作，而沒有繼續我原有的初衷當畫家，辛酸之感不由從內心裡湧現於表；我對繪畫像對初戀的愛人的告別，迫使我長年對她的想念和惋惜；後來曾有一度再握畫筆，已沒有當年傾洩感的滿足，我知道對她已不可為了，不能夠重返到她的懷抱，即使偶有碰頭見面，兩相的成見，隨時日愈來愈深，相見憶昔，徒空感嘆而已。寫作使我離開了原有的教書工作，成了追逐生活的浪子；但我在寫作上的主觀表現，想依靠這種個自的風格去獲得較多讀者的購買，在我們生活的現實社會裡是萬難的事；事後的了解，已經使我在生活上流離顛沛，幾年的窮困和潦倒，迫使我必須回返小學教師的工作，幾經人事的磨難，像我如此難以妥協一般人情世故者，其中的苦頭，雖非親身經歷者，只要生活在同一時空中，亦將同感其中折磨的況味。

〈小林阿達〉發表在今年元月的臺灣日報副刊上，他是浪子回鄉，面對家庭和小鎮的環境，在困絕中認識了生命的眞諦，歸向自然的故事。隨即在四月的聯合報副刊上發表〈回鄉印象〉，他是個醫生，經由一次偶然的契機，使他肯定了生活的職志。在這同時期裡，我另外撰寫了一位妥協於生活環境的女子，最後終於看見現實生活的欺騙，重新出來尋求她最原初的願望，此作〈迷失的蝶〉發表於中國時報副刊。產生這三個作品，是我近一年多來，特別關注心靈內轉的狀況；對內在生命世界的闡述，本來就是我寫作一直延展不變的主題，此時，我將之從一種原樣出發，在某個阻塞或絕境處，機轉於另一個新途。生命個體到了某一時期（有如生長的成熟階段），常有轉向的趨勢，一個人如果能夠省思過去種種事象，他必定能夠重創一股新的生命力量；不過我想有些人會誤解所謂重創一股新的力量是指表面的事業成就；表面的事業成就如果是經由內心的一股重創力所引導，這只是附帶的一種結果；眞正重要的，也是我要指出的，是一個人能夠從生活的表面活動層次進入生命內在的思維。許多能夠領悟存活現象涵義的人，有時適有正相反的外表呈現，過去他也許是積極於一項世俗事業的圖展，注重外表裝扮的認同，承認社群釐定的生活價值，但經過了他個人種種特殊感受的秘密歷程，他成了一個平淡無欲的人，對於外界的批評和觀感，視爲一種煩擾的吵嚷，他從急躁的情緒轉化爲平靜，他覺得生活上的過分追逐是一種徒勞，認爲那是虛榮心的競賽，一個生命個體置身於此種競爭就成爲一個無靈魂的機器或動物，永遠受到種種潮流和俗世規則所支配和操縱。能夠由此機轉而退讓的人，他猶如找到了定力，認識了潛居於自己體內的主宰，從外在的有我，成爲內在的有我。特別有一種人在成長階段中，一直受到自卑與自傲兩種極端的情感所折磨，他成爲一個生活的浪子，外表和言行極端地反抗社會的一切架構，反抗人性的虛僞，他的衝動外表永遠像是在往前奔跑，同時也像是永遠往後逃避。然後有一個機緣，他駐足停步，他驚愕了，像從夢中醒來，開始從習慣的人造社會回返到自然的世界。許多情況說明了心靈內轉的眞實，簡單地說，這是宗教上的了悟（雖然他並不在形式上皈依某一種宗教），在存活的人類裡，大都都有這種掌握生命契機的智慧。

這種回轉作用應視爲是一個生命個體自我的本分，靠他自己的秉賦和努力而產生，他的獲得沒有必要向他人宣告的義務，更沒有強求別人依從的權力，所以一般人很難加以區分和辨別出眞價，如果有，不但得不到敬重，反而受到近乎惡意的曲解，認爲不能從表面可見的生活世界去建構價值是人類自我放逐的「虛無」行爲。我們假定人類的辯論是一種多餘的吵嚷，當雙方不能遵從既定的規則，不能透過共同的認知，只一味堅持各自的觀點時，眞理（向未知探索的工作）不是愈辯愈明，而是把眞理整個嚇走了。此種情況是片面的眞理佔據了眞理本身的位置。因爲生存事實如果有反對別人存活的樣式的話，個人或某種利害關係結合的群體，蓄意要造成橫蠻的統御意識，迫使零散的個人屈服於強權，而受其支配和奴役時，何謂眞理？只是強辭奪理而已。因爲基本的個人自由都沒有，不能再進一步強求責任義務。再說相等的勢力爲爭奪權力所引發的辯論，毋寧只是兩隻惡犬的撕咬而已。而時尙對個人「虛無」主義的指責，往往不是追索和了解其內在精神，以及尊重其生存的個別樣態，只爲了他沒有依附於某種他們肯定的意識。地球有多少人，天上就有多少星，人應在地球上像星在太空中受到個別的尊重和享有其存在地位；星球不論大小，他們只服膺於自然永恆的秩序。所以權力慾的野蠻和腐敗，在於任意奴役個人，剝奪其生存的權益，阻賽了善解生命事實的良心的啓發。

〈散步去黑橋〉發表於六月出版的《現代文學》第四期，我試圖給予在同一空間環境中，現在和往昔兩種不同時間的價值比較，屬於現實哲學的討論，可做爲確立個人生存價值的前三個作品的結論。

〈夜湖〉和〈寓言〉是連綴去年發表的〈山像隻怪獸〉，屬於四部短曲的第二章和第三章，另外的一章〈歸路〉將於日後發表，整個情節結構是兩女一男的旅遊，但我將人物名字逐篇改變，以適合於各章的獨立性，和發表的不同時間。我希望我這樣的解說不致影響讀者的探求興趣。我的寫作意念完全忠實於內在的眞實情感，應以純粹文學的律動感去欣賞，不應瑣碎地去求證於周遭人物的感情關係。此類作品我相信時間愈久愈能顯現它的純美，因爲人的視野一旦離開了現狀的混淆，即能客觀冷靜地辨別作品的風味。

另外附錄上的兩篇散文，〈書簡〉公開在今年四月的聯副，是回答一位誠摯的讀者的疑難。事實上我並沒有爲他解答他的困境，只是淺略地談到我的處境供做他的參考，他的事應由他自己去解決。文學作品（小說）本身是否能夠做爲現實生活的實際指導，我抱著懷疑的態度，文學能夠淨化和安慰一顆不安的心是不用置疑的，其他的功用或許要看將來的文學的發展如何而定。

〈我年輕的時候〉是發表在同月的時報副刊上，是回憶我初寫作時的原有心態，包括我的童年的夢魘的某些段落，是為時報副刊〈我的第一步〉專欄而寫的。

最後，我仍要感謝沈登恩先生給我今年的機會出版此集，並希望將來能夠每一年有一次這樣的可貴機會，因為就我所知，我的作品讀者不多，出版我的書並無利潤可得，他不像其他出版社摒絕我，完全是居於道義和友誼的立場，這也是一個出版家最為可貴高尚的風度，使他能夠敬愛凡是用心寫作的作家。

七等生
于通霄舊屋
一九七八、七、一

老婦人序

我將此集獻給我的母親詹阿金。我想獻給她是她至今亦未能明白這種題獻的意義，以及她從來也不知道我從事寫作有何益處。她沒有讀過書，不會看字，但她學會許多謀生的事；她不但聰明，而且有毅力；她最大的品行是奉獻，無窮盡的奉獻自己的勞力給子女，給親朋。她今年七十三歲，和許多同年紀的母親們一樣，是我們這一代做子女的人所能認識的最末一代的典範母親，她們能自甘平凡而又能任勞任怨。她們生活在這個更替的時代而備嘗辛苦；從她們的口中時常說出這是她們的命運。在我的成長中，我先是在童年時聽從她，與她一起爲生活幹活，然後我漸長卻遭遇種種挫折而離開她，現在我已屆中年，我在懺思中感激她。但是，不論我表現得如何頑劣，她始終視我爲孩子，永遠關心我。她唯一的希望就是要我平安的活著，以及溫飽的過日；除了這個，我的其他表現對她來說都是不重要。在她的眼睛裡，除了日常順遂的生活，她再也看不到其他。她從來不會爲我的一言一字感到驕傲喜悅，但她看到我能安居下來，就是她最大的安慰。這樣的母親，在我們生活地方，以前到處都是，幾乎每一個人都有這樣的一位母親。就因爲我的母親不是家學淵源的閨秀，而是霧峰鄉下一個蕉農的最小女兒，不幸遇上一個被時代疏離又早亡的人，生下了我們，負起了責任，而至今年邁猶不卸下這習以爲常的辛勞的承擔。除了基本的生活，她從來不要我奉上什麼給她。我不能說我有這樣的一位母親，才使我立下寫作的志願；可是我假如沒有這樣的一位母親，我相信將不可能長時從事創作的生涯。她對學術、藝術一點都不懂，可是她起碼也沒有阻礙我。她沒有向我索過養育的報償，因此給了我有自由的選擇，而不像一般有知識學問的父母，要求他們的子女依從他們的見解去追求輝煌的事業。她沒有見過大的世面和高尚的人在一起，她傳給我卑微的心，使我在這稍能思辨的年紀退居鄉陋，安於工作和過簡樸的生活。就是這樣簡單的理由，我題獻給她，我最親愛的母親。

武　雄

一九八四．四月于通霄

〈七等生作品集〉序

一個文學創作者首要的職責就是呈現文學性充足的作品給讀者；不論題材如何，作品的文學性的表達方式是文學家品格的要件。什麼是文學性，當我們述諸於閱讀時就能憑知覺感覺得出來。最早來到我的家鄉當面告訴我的是主持遠景出版事業公司的沈登恩先生，他說他在高中的時代就喜愛我的作品而立下志願將來一定要出版我的書，他表示我的作品開頭的第一章就能深深地吸引著他。我想他的這種品評和辨別似乎就決定了他後來整個出版事業的精神和方針，使他後來傾力去出版臺灣近五十年來重要文學作家的大部分作品，以及投資出版《諾貝爾文學獎全集》。

近來有一位遍讀拙作的讀者遇到我時和我閒聊了一陣，他說明顯的文學性是我的作品的最大特徵；他爲我抱屈，某些批評家過分草率和武斷地以爲我的作品沒有社會性；他認爲不然，他察覺我把人生的一切都轉換在文學性的熔爐裡，重組成舒情的肌膚，在細心的品察之下顯得更爲強烈如深厚。我曾把〈譚郎的書信〉原稿在發表之前請教了馬森教授，在他首肯指正之後，我才做了比我預期更早地發表出來的決定，否則讀者恐怕永遠見不到它。我在這裡論說作品的文學性，它是創作者獨一無二的責任，不是在自我恭維，而是想告訴讀者其眞正在做引導作用和啓發思維的就是這個被稱爲文學性的不需言傳的存在物。現在我們調換另外的一個意義幾乎相等的詞「藝術」，譬如我們在展覽會場會，我們幾乎無需爭辯地很直覺地認定出某些作品是藝術的，或不藝術的。藝術性成了創作家作品的生命，這是他的工作和品格學養的表現。每位作家都有他獨特的文學性，像柏拉圖的《饗宴》和福婁拜的《包法利夫人》的文學性不同；卡繆的《異鄉人》和莫里亞克的《荒漠的愛》有不同的文學性差異；佛洛伊德的精神醫學報告《少女杜拉的故事》所具有的文學性讀來令我們深覺惻懰。而羅素的《西洋哲學史》的豐饒的文學性使我們窮追不捨那些所謂艱深的哲理。就像女人的魅力一樣，文學性使人注目，它是從內湧現出來的一種泉流，與個人個性的發揮合成爲「風格」。

我要以最興奮的心情來表示由於新的讀者群的索求而遠景出版事業公司能付出最大的心力和財力重新以嚴謹和合適的面貌出版這些我二十多年來寫作的大部分作品呈現給讀者們。這些作品的全部而不是拆分的單篇，整個地在思維上互相關聯，表達著我在生活的年代裡種種的心靈的感受，而我寫作的目的無非是將我的心理經歷和思想現出與讀者之間互相比照。我要在此重說前面的話只要是面對著讀者們，不是題給少數的研究和評論者，他們應該極容易辨識拙作的性質，無需我做多餘的自剖。另外我還要感謝沈登恩先生，他的求新的價值和爲作者與讀者服務的精神，這十二本書的出版滿足了我和讀者們的心願，使我們能在容納和學習的心情裡向未來的日子邁步。

七等生于通霄山畔

一九八六年三月一日

七等生的夢幻——兼論社會學的實在論

佚名

創作雖是感情的舒發，但有理性的成分在……我傾注精於創作，但尊奉的是客觀的藝術形式
——七等生（1985：38）。

本文嘗試比較兩位作者，兩類寫作形式，兩種思考模式。這樣的對照或將令人覺得怪異，因爲一般總認爲他們是屬於兩種不同的文化活動——小說作家／社會學家，文學／科學，敘述／論述（narrative／discourse）（註１）。有共同的出發點來比較他們嗎？而這種比較又能呈現什麼意義？我們可以從社會學的觀點來解析文學作品，討論某些作品與其社會環境的關係：視作品爲社會的產品，分析其中的意識型態，對社會的指涉……。這樣的分析乃屬於知識社會學或文化社會學的領域。然而如此的研究往往預設了社會學之爲科學，科學乃是不同於文學。文學作品是一種感性的建構，是主觀而非客觀的呈現，其爲一種文化活動則深受其環境所影響，有其濃厚的意識型態或反映社會的成分。但做爲一門科學的社會學則非如此，它研究解釋那些發生於人類團體中的事件與活動的律則，對個體的行動做客觀的分析，其證明與論述具有普遍的客觀性且合乎科學觀察的程序。因此科學可以將文學作品視爲一研究對象，加以客觀的分析解釋，但文學能對科學

主張同樣的權力嗎？可是做爲人的科學（science of man）之社會學難道沒有一些預設架構？不是一種寫作形式嗎？

民族學家做些什麼？——他寫作，細密地描述（Geerts 1973：59-76）。社會學家不也是在寫作嗎？吾人研究之問題的起點乃是個人人權與社會連帶的關係。（Durkheim, 1984：XXX）。個人人權與社會連帶的關係對社會學家是一既成的事實，或一些預設的架構？一種寫作形式，一些預設架構，科學與文學在此有何絕對區別？七等生不也呈現了一種寫作形式，一些人與社會的關係，一些有關人的概念嗎？一些預設架構，一種寫作形式，這些未必是科學的起點，都是科學作品必要的內涵與形式。但這些並非是純然客觀，可以科學地證明的。因此本文嘗試不以科學爲起點，而以寫作形式，以一些對人與社會的預設架構爲共同點，展開一位小說作家與一位社會學家之間的對照比較，嘗試對社會學已有的一些預設或形式進行反省。這某種程度也是將Durkheim知識社會學的命題更徹底化。蓋他認爲一切思想的基本範疇，及隨後科學的思考範疇皆源於宗教，而社會的觀念乃是宗教的靈魂，也就是社會是一切思想範疇的源頭（Durkheim, 1963：84）。Durkheim在此已掌握了思想與社會之相互關係，社會體系必然與象徵體系有緊密的關連。但Durkheim都以近代科學有超然的客觀性，而使得社會學思想有免疫性，也就是使得社會學不必陷入被知識社會學當做分析對象的困境。這態度恰如Mamheim賦予知識份子的飄浮性，使知識份子由良知所發的見解可以免於意識型態的限囿一般。然而知識份子未必有此特權，就像社會學以科學之名也未必有此特權一般。當然本文的目的不在於知識社會學的分析，也就是不著重外在社會環境對思想形式的影響，但某種程度拒絕社會學自予的客觀性與超然。而就上述兩個層面來比較一位在敘述中，以幻想呈現現實的作家，與一位在論述中，以理論建構分析現實的社會學家：一位強調自我個體向自然整體融合而進入超越性的作家，與一位視社會爲最高超越體的社會學家，他們之間有何異同。

幻想／現實

幻想與現實同時存在於七等生的小說世界。若是現實已經勾劃清晰，則幻想擴張之，深刻之；若是現實僅見梗概——在一般情形下，七等生的現實相當隱瞞——則幻想揭而顯之，（楊牧，1980：187）。

在諸多評論者，楊牧是第一位對七等生的著作中，幻想與現實的交錯，幻想運作的重要性做深入評論者。在七等生的作品中，特殊的問題之所以能夠呈現普遍的意義，乃歸功於幻想因素的充分運作，建立各種比喻的形態，終而構成寓而托意的藝術體系。基本上幻想與現實的交錯的確是七等生重要的寫作風格。如「牌戲」一文（七等生，1976——III）。象徵女性慾念的紅心Q，象徵金錢的方塊K，象徵肉體的梅花J，象徵心靈的黑桃J與象徵傳統父權的方塊A，展現了現實社會中，女性與其周圍的關係及其選擇。〈牌戲〉表現了生命之賭博性與戲劇性，這使得生命的情境悠忽不實，卻又象徵了生命正是如此。再如〈散步去黑橋〉（七等生，1978），童年的靈魂〈邁叟〉與現實中的我在空間的散步中，走向時間的往昔。藉由空間的移轉暗示時間的倒退，在這時空交錯的漫步中，幻想的童年靈魂與現實的我進行對話，正表現了幻想與現實的交錯。或於片段，或於文章整體，幻想與現實的交錯在七等生的作品中處處可見。

楊牧進一步認爲：「幻想對七等生而言，只是手段而已，他通過幻想之運作開發探討他親身體驗思維的現實問題——。他眞正的目的始終還是爲了揭露沉重的現實問題。」（楊牧，1980：187）。我們不否認七等生關注沉重的現實問題，但現實不是既有的（as given），而幻想並非只是擴張現實的手段。在七等生的小說世界中，沒有幻想的作用，則現實根本無以展開，無法呈現，社會內的現實之有意義乃因通過自我個體的幻想作用，逐步被置於自然整體中才使之成爲有意義的事件與行動。恰如Durkheim將社會事實置於社會事實內加以解釋，七等生則將社會事實置於自我個體與自然整體的關係中凸顯其意義。而自我與自然的關係則有待幻想來開展，因此幻想對現實之展現及具有意義乃是極根本的，七等生的創作中，總有三個因素，比如自我——幻想——現實，自我——理想戀人——現實戀人。在這三個因素中，現實總是偶然的，片段的，只有經由自我——幻想（或理想戀人）的運作，現實才能成爲現實，才得以成爲有意義的事件。幻想不只是手段，現實也非唯一的目的，現實有兩個層面，一是日常世界中隨意偶然的片段，另一是與幻想結合後的現實，前者常是散落無意義的，甚至可以說只是尚未被統合的知覺。只有幻想與之結合，現實才會浮現。幻想不是現實的變形或轉化。現實不是最根本的，更根本的應是幻想及其與片段世界的結合。而現實也不是最終的眞實，最終的眞實展開於幻想對自然整體的美學體驗中，比如〈跳遠選手退休了〉一文（七等生，1976——I）。現實不是那座令人鬱悶的城市，不是總體制下暴力的市政，也非都市文明的虛榮，而是個體在追求美的過程中，與外在環境的關係或衝突。但高於此現實的眞實則是偶爾被瞥見而爲人所持續追求的美，沒有這種對美的追求，整個城市將只是無意義的片段，跳遠選手最後與人們談妥了，將令他們的虛榮滿意，這是現實但非眞實。眞實的根本反而是來自幻想，而非來自現實。

> **那極欲擺脫掉的童稚，原來卻是現在極欲回返的眞實。在那個童稚的世界裡的欲望是排向無敵，其內在想像是絕對眞實的。（七等生，1976——Ⅰ：260）**

在幻想與片段世界構成現實後，進一步幻想有超於現實的眞實。幻想不是躡隨於現實之後的模倣，它並非附屬於現實，反而是現實的根源之一，也是能超於現實之上的更高眞實。許多評論者，如葉石濤、劉紹銘、雷驤等（張恆豪，1977）。批評七等生蓄意構作一個扭曲的世界，且佈成語言的迷障，一方面令人迷惑其中，另方面則忽略了對現實世界的剖析，他們忽略了對七等生而言，現實世界不是既成的而是被構作的，其構作必然經由幻想的作用，而幻想呈現給我們一不同於日常世界的現實，乃能使我們更逼近於眞實。這種幻想作用擴充爲美學經驗逐漸地相應於自然，某種程度七等生把美學生活置於最高層次，美學生活使得創作者能經由自我主體的經驗相應於自然整體的超越性。這是相當神秘主義的，但對七等生而言，這是清澈的神秘主義。

> 他漸漸平靜地睡去，消失了意識，魂魄自那不能動顫的身體飛躍出來，像一隻雲雀高升天際。
>
> ……

每當他一離去，

他就把我們提升和他在一起

直到消逝在蒼穹的光圈裡，

然後，幻想開始歌唱（七等生，1980：56）

幻想是現實世界的基礎，也是其提升者。

Durkheim是一位實在論者，其知識論是一實在主義者的理論（Hirs t, 1975：6）（註2）。稱Durkheim爲實在論者有兩層意義。首先Durkheim視自然現象爲一整體，這整體爲獨立於個人心靈之外的客觀眞實，這些眞實可以直接爲認知的對象，其次這自然整體又區分爲許多層面，如物理現象，生理現象，個人現象，社會現象等。每一層面的基本元素之屬性並無差異，但每一層面又各自形成一領域，各自爲一類。因每一類都是元素的結合（association）而形成，其組成元素雖無差異，但結合的形式不同乃產生不同的結果，而社會事實即是這其中一獨特類別（seciey sui generis）。自然眞實既客觀獨立於個人之外而存在，且有一結構與理性的秩序，人們乃可經由經驗掌握這些眞實事物的本質。社會事實既是其中一類別則同樣是客觀先在，而能成爲科學知識探究的對象，且不能被化約爲其他層面的現象，此乃Durkheim實在論的根本。從這實在論出發，Durkheim的論述過程與七等生的寫作過程乃有極大差別，現實似乎是既成的，社會學家的工作首先在於對現實的描述，而後進行因果分析。個人的想像或幻想在此是沒有地位的，他們是個人感覺的產物，最終將形成意識型態的錯誤。在Durkheim強調社會事實的實在論下，一方面個人因素對社會現象的解釋並無重要性；另方面社會學做爲一門科學，個人的主觀態度不該影響到客觀的科學觀察與解釋。

然而客觀的根據是什麼？顯然經驗是建立客觀科學的要件，Durk heim排除非由經驗而由沉思而得的知識。然而個體的經驗都不足以成爲客觀的基礎，客觀必然有其普遍性與共同性。人們必有一些據以構成經驗的思想範疇，這是集體表象（collective repecenteation）。科學思想源於最初的集體表象體系——宗教，這是共同性最初的根源，而科學於這共同性之後，進一步發展不受時空環境限制的超然客觀性質。一位社會學家身爲科學的探究者，眞理的追求者乃必須循此客觀的途徑觀察解釋社會現象，因此個人認知之客觀性乃建立於社會整體的基礎上，也正是社會整體所賦予的，然而在這種科學實在論的觀點下，現實已不如前述是既成的，而必須經由理論的建構方有其普遍意義及客觀性。從這裡可以了解爲何Durkheim在寫作過程中，常對研究對象先予定義，蓋定義是由理論所構形的，它已是理論的一部份。定義使得研究對象得以確立；而成爲科學研究的標的。這表示Durkheim並非視眞實爲純粹感官資料（sensible data）所構成。他亦不是素樸的實在論，（sense data）所構成。社會事實必須經由理論的建構才能形成，恰如七等生的現實必須有幻想加入中斷的世界方能形成，他們都不是素樸的實在論者。

但他們之間卻有差別，現實必須藉由幻想或理論的作用才能展現，而具有普遍意義。然而幻想與理論的效果看似相同，其作用情形卻有差別。蓋幻想與理論一方面是現實構成的要素之一，卻又有超於現實的更高眞實，他們都銜接於一超越的存有，重要的是他們銜接的是不同的超越存有。對七等生而言，幻想所展開的方向是自然整體，個人藉由幻想逐漸融入大自然時，特定的現實才有意義。但對Durkheim來說，理論所銜接的都是集體表象的共同性，藉由這共同性，特定的社會事實方有其普遍性，也是經由這共同性才確保客觀性的存在。由此可知對不同寫作形式的強調乃有其思考模式的根源。在同樣堅持追求眞理的過程中，不同的超越保證乃展現了不同的敘述風格。因此個體與此超越存有的預設架構乃是我們必要探究的重點。

自我個體／超越存有

七等生於他的某些小說作品中，曾經處理了一個重要的主題，就是「自我世界」與「現實世界」相互衝突、對抗、消長及價値抉擇的過程。（陳國城，1977：77）陳國城以「自我世界」與「現實世界」的對抗爲七等生作品的主題，進一步將七等生對這主題的處理分爲三個階段。第一階段往往表現出，在「現實世界」中，「自我世界」建構與存活的可能性是十分悲觀的，對「自我世界」充滿了消極否定的思想。但在第二階段中，經由變形的處理，暫時排開現實的夢魘，使得「自我世界」得以凸顯。其建構及存活的可能性得到具體的肯定，其中典型的代表作爲「我愛黑眼珠」（七等生，1976——IV）。一場洪水消解了「現實世界」，而讓「自我世界」的價値與作爲得到充分的肯定。然而此肯定仍有其不穩定及矛盾之處，且在變形效果消失後，如此肯定未必持續，因此以變形暫時消解現實的夢魘並非突破困境的根本之道。所以有第三階段的展開，即返身正視現實，分析現實，對「現實世界」中的種種作爲加以批判，並給予價値的衡定，而避免無知地受「現實世界」威勢的蠱惑。如此一來，七等生突破了一度困擾他的「現實的夢魘」，以「我」投身於「現實世界」的滔滔洪流中，自其中證明「我」存活於「現實世界」的可能性，並在對「現實世界」的批判中，體會了「現實世界」的虛幻，從此積極肯定「自我世界」的意義與價值。藉由這過程，七等生對此主題的經營乃達到最後的完整性（陳國城，1977：77——89）。在陳國城的分析中有兩個疑問。一是就七等生對幻想的運作來說，變形效果應是普遍貫穿於其作品中，而非止於第二階段，當然在第二階段中刻意經營某些變形效果以消解現實的夢魘是有其特殊意義，其次他以〈離城記〉一文爲分析終點，認爲七等生就這兩者的對抗關係已達致了完整的思考，事實上並非如此。主要問題在於「自我世界」如何能對「現實世界」進行最徹底的批判，並積極地肯定自我個體的意義與價值，「自我世界」的立基點在那裡？只因爲他是純然的「自我」嗎？

「一切都準備好了，在這城市中要獲得自由是不可能的。」（七等生，1976——III：121）。離城只是斬斷城市束縛的力量，就算離城眞代表對「現實世界」的摒棄，並未能確定「自我世界」的意義與價值。有如那跳遠選手——「缺乏歡樂的心起於現在又是單獨的一個人，任何人都與他毫無干涉，他終於感到孤單和寂寞是最大的遺憾。掙服束縛後的結果是孤獨——無意義的孤獨。眼前的一切事物都因為寡歡的心靈而覺得遙遠乏味。他像一個別人看不見的幽魂在街道上行走，腳步歇落之處都是一種空洞。假如沒有責任的意志是一種虛無。」（七等生，1976——I：259）。如果沒有那童稚的世界，沒有內在的想象，沒有窺見那永遠企求的美，離城掙脫束縛並不能保證「自我世界」的確立與意義。〈離城記〉後，在〈散步去黑橋〉，在〈銀波翅膀〉中，七等生進一步開展了另一世界，它使得「自我世界」的價值得到了肯定的基礎，且安置了「現實世界」的生活社群有適當的位置。（七等生，1985）。人終究是某個生活社群的一份子，有其爲團體成員的責任，但這責任未必會完全妨礙自我。更有甚者，自我個體能藉由對宇宙自然的體悟而眞正擺脫文明總體制的束縛，眞正肯定「自我世界」的作爲，個體不再是孤零地被拋擲於此世。在〈銀波翅膀〉的信息中，當〈雲雀升起〉時，藉由幻想的作用，藝術客觀的表現，個體自我的世界將被提升與自然相合。

但自然是什麼？那是無法界定的。宇宙自然有其秩序卻非絕對的整體秩序，而是無限的可能性。要了解自然的秩序，探討其無限性，純粹文學——一個幻想不歇息的領域乃是重要的途徑。**「純粹文學這條路使我不斷地在自我個體與整個宇宙間的關係逐漸做哲理性的思考。」（七等生，1978：248）**。因爲文學創作雖是自我的表達，卻有其客觀的藝術形式。藉由這美的客觀形式，自我個體與宇宙自然的無限乃有相接的可能，由此七等生創作的主軸才眞正達致完滿，「自我世界」較諸「現實世界」更具普遍意義與客觀性，現實只是串於此軸的片段組合吧了。

實際上，我們賦予人格之超越性並非它所獨有的。這超越性在其他地方也能被發現，它只是眞實強烈的集體情感烙印於人格的印證。（Durkheim, 1952：335）

「自我世界」與「現實世界」的對抗是七等生作品的持續主題，而在Durkheim的作品中，個體人格與社會連帶的關係也一直是其探討的重點。七等生認爲，「現實世界」一直是束縛「自我世界」的一股力量，最後藉由與宇宙自然的銜接，才使得「自我世界」能眞正不受「現實世界」的限囿，而確定自我個體的自由與價值，但Durkheim卻不這麼看。「在個人愈爲自主的同時，卻如何又能更緊密地隸屬於社會？爲何他能同時更具個性卻更加與社會相繫屬。」（Durkheim,1984：XXX）。在這看似背反的命題中，Durkheim尋出了一條解決之道，個體的自由乃是社會所產生，也只有在社會中才有可能的。這種解決方式乃是Durkheim對人性二元論的肯定，及強調社會的整體性所形成的。

身體與靈魂的對立並非一空洞的神話概念，也非毫無根據的，實際上我們眞是雙面的，我們是一對立矛盾的展現……然而二元性與對立從何而來……簡而言之，這二元性相應於我們存在的兩面：一面是純然個人且根植於我們的機體之內，另一面是社會的且只是社會的延伸，（Durkheim, 1960：329-337）人性是二元的，且人之所以爲人而不只是一動物，一有機體，乃因爲人有靈魂，而靈魂只是社會的延伸，爲社會所形構的。人是在社會之內的存有（being within the society），而社會對個人而言是一超越的整體。「整體社會與神的概念可能只是同一觀念的不同面。」（Durkheim, 1915：490）。Durkheim這種強調社會整體性的觀點使得社會／個人，靈魂／身體的二元性帶有優越／低劣的意涵。社會整體是超越，絕對且普遍的，個人超越的可能性在於分有社會的超越性，個體自身無法成爲超越的源頭，社會不是對個體的束縛，反而是其自由及具有超越可能的源頭。但就像七等生的宇宙自然一般，這樣的社會是在Durkheim的社會整體論下不斷被膨脹凸顯，那不是日常的現實。由此可見七等生與Durkheim的異同，他們各自以某種中介，某種寫作形述銜接於自我個體與現實世界，與一超越存有之間，在七等生為幻想，在Durkheim為理論，但對他們而言這都是客觀的，他們以超越存有來確保其客觀性。然而七等生將這超越存有置於宇宙自然的無限，而Durkheim則將之等同為社會整體。當然從Durkheim的立場來看，七等生所謂的宇宙自然只不過是社會整體之絕對性與超越性的另一投射罷了。但七等生必然不接受這樣的論點，蓋社會整體所呈現的是一種文明的總體制，這種總體制往往是有限且封閉的，而不像宇宙自然的無限與開放，且它常是以威嚇為起點來馴服個人。另方面七等生認為現在所崇拜的神祇本身往往只是一樁，雖然願不願被欺決定在己。（七等生，1976——I：1922）。那麼七等生不願因圖求安適而接受現世的神祇，選擇不願被欺，嘗試以文學藝術展開另一種超越存有。他與Durkheim的差別或正在於無限與整體的差別（註3）。這或許正是文學經驗與科學經驗的差別吧。

後話

文學家的任務並不在提倡高調的生活哲學，也並不規劃什麼健全的倫理；但他的責任是批判現時的社會生活，更重要的是揭露人類生存的心象；他的生命在於創作。（七等生，1976——IV：1）「批判現實的社會生活，更重要的是揭露人類生存的心象。」這話出自一位社會寫實主義者，一位「不談人生那來文學」的作家之口好像是理所當然。但由著重內在世界，孤獨不合群的七等生口中說出來似乎令人愕然。但七等生並非在攀附社會寫實主義，鄉土文學的潮流。他以創作者的身分發言，他相信要認知生命存在的眞實，愈來愈需要通過文學作品的思考。他的生命在於創作，自覺到幻想在創作中的重要。幻想結合了片段世界展現給人們一不同於日常生活的眞實，一幅令人驚愕的圖像，一些聽起來怪異的聲音來揭露生存的心象，展開對社會生活的批判，一次又一次對既有成規，對總體制文明的挑對。如果我們習慣於視幻想只是眞實的複製，小說乃是現實單純的反映，那麼我們永遠無法習慣七等生。甚至像〈阿水的黃金稻穗〉（七等生，1976——IV）。不貞相應大地的豐饒，屠殺比諸獻祭，這麼寫實的小說都可能令我們不適。然而幻想眞只是複製眞實，而小說必是單純反映現實嗎？或許七等生正是要令我們不適，習慣總是易於妥協於現實的。

而Durkheim不也是構作了一幅不同於日常世界的社會圖像嗎？在「實在論」的外衣下，我們總易於認爲科學的社會學呈現於我們眼前的是現實日常的精確再現。事實上做爲一種有理論先導的論述，社會學的論述絕對不是單純地再現社會現實。在不同的社會學想像中，也就是在各家理論下，社會學家嘗試勾劃出社會的秩序與形式，但沒有一個社會秩序與形式，卻有多幅社會秩序與形式。社會學中的社會圖像是理論的建構，是想像而不是現實的單純反映。因此重點已不再於文學是構作而科學不是，而在於他們以什麼形式構作（幻想／理論），他們以什麼來確定構作的客觀（宇宙自然／社會整體），這些構作呈現給我們什麼圖像，導致什麼行動。但社會學必然要以科學經驗而非美學經驗來繪出社會的圖像嗎？或許他們未必是全然的對立吧？

註釋：

註1：敘述與論述的差別詳見Genette：Frontiers of Narrative,（Genette, 1982：127-144）。Ricoaer（1984）。及Barthes（1980：251-295）。

註2：實在論與英國傳統經驗論有所差別，主要在於實在論設定自然是一理性的秩序，而經由經驗，這理性秩序乃可爲知識所理解。這主要區別見Hirst（1975：179）。

註3：整體與無限在思維形態上的區別見Leoinas（1979）。

參考書目：

中文書目：

七等生：

1976——I，僵局。台北，遠行出版社。

1976——II，來到小鎮的亞茲別。同上。

1976——III，白馬。同上。

1976——IV，我愛黑眼珠。同上。

1976——I，放生鼠。同上。

1976——II，情與思。同上。

1976——III，隱遁者。同上。

1978，散步去黑橋。台北，遠景出版社。

1980，銀波翅膀。同上。

1985，譚郎的書信。台北，圓神出版社。

張恆豪編：

1977，火獄的自焚。台北，遠行出版社。

陳國城：

1977，「自我世界的追求」於張恆豪編，1997。

楊牧：

1980，「七等生小說的幻與眞」於七等生，1980。

英文書目：

Barthes, R.:

1980, A Barthes Reader.

edited and iatroduction by Sontag, S.

Farra, Strauss and Ciroux Inc.

Durkheim, E.:

1915, The Elementary Forms of the Religious Life:

A Study on Religious Sociology.
tr. by Swain, J.W.
London, Allen and Unwin.
1952, Suicide: A Stady in Sociology.
tr. by Sqauding, J.A. and Simpson, G. London, R.K.P.
1953, Sociology and Philosophy.
tr. by Pocock, D.F.
London, Cohen and West.
1960, The Dualism of Human Natuve and Its Social Conditions in Wolff et al, 1960
1963, Primitive Classification.
tr. by Needham, R
London, Cohen and West.
1982, The Rules of Sociological Method and
Selerted Texts on Sociology and its Method
tr. by Halls, W.D.
1984, The Dioision of Labour in Society
tr. by Halls, W.D.

New York, Macmillam Publishers Ltd.
Genette, G.:
1982, Figures of Literary Discourse.
tr. by Sheridan, A.
Oxford, Basil Blackwell.
Geertz, C.:
1973, The Interpretation of Cultures.
New York, Basic Book.
Hirst, P.Q.:
1975, Durkheim, Bernard and Epistemology.
London, R.K.P.
Levinas, E.:
1979, Totality and Infinity.
tr. by Ling is, A.
The Hague, Martinus. Nijoff Publishers.
Ricouor. P.:
1984, Time and Narrative

tr. by McLaughlin, K. and Pellauer, D.
The University of Chicago poess.
Wolff, K. W. et al.:
1960, Essays on Sociology and Philosophy by
Emile Durkheim.
The Ohio University Poess.

附言：

本論文是由黃美英女士提供：據她說，她是在中央研究院的某一個字紙簍撿到的，展讀之下頗覺有趣和價値，但不知作者爲誰，所以寄給七等生。

這是一篇有助於解讀七等生作品的論文，在此，七等生對這位撰稿者表示敬意和謝忱，也希望作者在知悉錄用後能直接和七等生直接連絡。

再附言：

論文作者尋到。

此事經由清大吳介民教授熱心訪詢，確定是蘇峰山先生手稿。蘇先生是台大社會學博士，現爲南華大學教授。

此論文亦於二〇〇一年發表在台灣文學評論創刊號。

再加附言，保留原編輯時形式，等同呈現尋找原作者的一切事實眞象。

七等生生活與創作年表

七等生 自撰
張恆豪 增補

一九三九年　出生於臺灣（日據時代）通霄。
原名：劉武雄。父名：劉天賜，母名：詹阿金。在十位子女中排列第五。

一九四五年　臺灣光復。

一九四六年　進通霄國民小學就讀。
父親失去在鎮公所的職位，家庭陷於貧困。

一九五二年　考入省立大甲中學。
父親逝世，家庭更加窮困。

一九五五年　中學畢業，考入臺北師範藝術科。首次接觸海明威作品《老人與海》和史篤姆的《茵夢湖》。

一九五八年　因學校伙食不好，在學生餐廳用筷子敲碗，爲了好玩跳上餐桌而遭致勒令退學。兩星期後，由洪文彬教授作保復學。隨後因教材教法不及格重修一年。
讀《諸神復活》（雷翁那圖、達文西傳記），惠特曼的《草葉集》，愛不釋手，

一九五九年　在學校舉行個人畫展。
師範學校畢業。分派臺北縣瑞芳鎮九份國民小學當教師。
單車（腳踏車）環島旅行。
讀海明威作品：《戰地鐘聲》、《戰地春夢》、《旭日東昇》，以及D．H勞倫斯作品《查泰萊夫人的情人》。

一九六二年　改調萬里國民小學任教。
首次在聯合報副刊發表短篇小說，當時主編是林海音女士，在她的鼓勵下，半年間刊登〈失業．撲克．炸魷魚〉等十一篇短篇小說，以及散文〈黑眼珠與我〉、〈囂浮〉、〈狄克．平凡的女人．漁夫〉。
十月，在新竹入伍服兵役。十二月休假回通霄，長兄玉明因肺病去世。

一九六三年　在工兵輕裝備連服役，由岡山調嘉義。與東方白會晤於嘉義鐵路餐廳。

一九六四年　在頭份斗煥坪受平路機駕駛訓練。十月，在嘉義退伍，回萬里國民小學任教。
在《現代文學》雜誌發表短篇小說：〈隱遁的小角色〉、〈讚賞〉、〈網絲綠巾〉。

一九六五年　與許玉燕小姐結婚。
十二月，辭去教職。
繼續在《現代文學》和《臺灣文藝》雜誌發表小說作品，計有〈獵槍〉等六篇。

一九六六年　在臺中東海花園楊逵家暫住數週。與尉天驄、陳映眞、施叔青相識於臺北鐵路餐廳，創辦《文學季刊》，發表〈灰色鳥〉等七篇小說。

一九六七年　獲第一屆「臺灣文學獎」。長子懷拙出生。

發表〈我愛黑眼珠〉、〈精神病患〉等六篇小說。

一九六八年　獲第二屆「臺灣文學獎」。認識龍思良和羅珞珈夫婦。

發表〈結婚〉等十五篇小說及詩作。

一九六九年　女兒小書出生；九月，離開臺北獨往霧社，在萬大發電廠分校任教。

發表〈木塊〉等三篇小說。

出版短篇小說集《僵局》（林白出版社，絕版。後由遠景出版事業公司出版）。

一九七〇年　攜眷回出生地通霄定居；九月，在國民小學復職任教。

發表〈巨蟹〉等七篇小說。

出版小說集《精神病患》（大林出版社，絕版。後由遠景出版事業公司出版）。

一九七一年　發表〈絲瓜布〉等七篇小說以及散文和詩。

一九七二年　發表小說〈期待白馬而顯現唐情〉。

出版小說集《巨蟹集》（新風出版社，絕版）。
自費出版詩集《五年集》（絕版）。

一九七三年　次子保羅出生。
發表小說〈聖·月芬〉、〈無葉之樹集〉等五篇。
出版小說《離城記》（晨鐘出版社，絕版）。

一九七四年　發表〈蘇君夢鳳〉等三篇小說。
撰寫長篇小說《削瘦的靈魂》，和詩〈有什麼能強過黑色〉等五首。

一九七五年　撰寫〈沙河悲歌〉、〈余索式怪誕〉等小說。
出版小說集《來到小鎮的亞茲別》（遠行出版社，絕版。後由遠景出版事業公司出版）。

一九七六年　撰寫《隱遁者》中篇小說。
出版〈大榕樹〉、〈德次郎〉、〈貓〉等小說。
出版《我愛黑眼珠》、《僵局》、《沙河悲歌》、《隱遁者》、《削瘦的靈魂》等五部小說集（遠景出版事業公司出版）。

一九七七年　接受《臺灣文藝》雜誌安排，與學者梁景峰對談——〈沙河的夢境和眞實〉。
撰寫長篇小說《城之迷》。
發表〈諾言〉等八篇小說。

出版七等生小說全集十冊（遠行出版社，絕版。後由遠景出版事業公司延續出版）。

一九七八年 撰寫《耶穌的藝術》。
發表〈散步去黑橋〉等九篇小說。
出版《散步去黑橋》小說集（遠景出版事業公司）。

一九七九年 發表〈銀波翅膀〉等三篇小說。
出版《耶穌的藝術》（洪範書店）。

一九八〇年 出版《銀波翅膀》小說集（遠景出版事業公司）。
決定暫時停筆撰寫小說。

一九八一年 研習攝影和暗房工作。
撰寫生活札記。

一九八二年 與美國華盛頓大學研究生安東尼．詹姆斯（Anthony James Demko）通信。
發表〈老婦人〉等五篇小說。

一九八三年 接到Anthony James Demko的碩士論文：〈七等生的內心世界——一個臺灣現代作家〉（The Internal world of Chi-teng Sheng, A Modern Taiwanese Writer）。
八月接受美國愛荷華大學國際作家工作坊之邀赴美，十二月底回國。
發表〈垃圾〉等小說。

一九八四年　出版《老婦人》小說集（洪範書店）。

一九八五年　澳洲學者凱文・巴略特（Kevin Bartlett）來訪，並接受他的論文：〈七等生早期短篇小說中的哲學、神學與文學理論〉（Literary Theory, Philosophy and Theology in Chi-teng Sheng's Early Short Stories）。

發表《重回沙河》生活札記（聯合文學），長篇小說《譚郎的書信》（中國時報），出版《譚郎的書信》（圓神出版社）。

小說〈結婚〉拍成電影。

獲中國時報文學推薦獎。

獲吳三連先生文藝獎。

一九八六年　出版《重回沙河》（遠景出版事業公司）。

重回沙河札記攝影展（臺北環亞畫廊）。

一九八七年　發表小說〈目孔赤〉。

一九八八年　發表《我愛黑眼珠續記》小說集（漢藝色研文化事業有限公司）。

一九八九年　自小學教師的工作退休，重握畫筆，設工作室於通霄。

接受法國巴黎大學研究生白麗詩Catherime BLAVET女士碩士論文〈QI DENG-SHENG七等生ECRIVAINCONTEMPORAIN TAIWAN AISPRESENTATION ET IRAOUCTIONS〉。

一九九〇年　六月，成功大學歷史語言研究所研究生廖淑芳的碩士論文〈七等生文體研究〉獲得通過，爲國內學院裡第一篇研究七等生的碩士論文。

一九九一年　出版《兩種文體——阿平之死》（圓神出版社）。

臺北東之畫廊之鄉居隨筆粉彩畫個展。

一九九二年　接受《新新聞》記者謝金蓉女士採訪，談其近來心境，即〈我不想讓人覺得我有做大事的使命感〉一文。

與美國漢學家墨子刻Thomas A, metzger（HOOVER INSTITUTION, STANFORD）相會於通霄，此後，成爲莫逆之交，互相通信和造訪。

臺北欣賞家藝術中心邀請之「油畫與一張鉛筆素描」個展。

一九九三年　移居花蓮，設繪畫工作室。

法國出版〈沙河悲歌〉法文本，Catherime BLAVET翻譯。

一九九四年　移居臺北市，在阿波羅大廈畫廊區設畫鋪子。

義國威尼斯大學Elena Roggi女士的碩士論文及長篇小說〈跳出學園的圍牆〉（原名：削瘦的靈魂）義文翻譯。

一九九五年　結束畫鋪子，退居木柵溝子口。與傑出小說家阮慶岳相識。

一九九六年　發表中篇小說《思慕微微》（聯合文學）。

一九九七年　發表中篇小說〈一紙相思〉（拾穗）。

出版《思慕微微》合集（商務印書館）。
學習彈唱南管。

一九九九年　國家文化資料館（臺南市）展出七等生文稿及出版資料。

二〇〇〇年　國立成功大學研究生葉昊謹碩士論文《七等生書信體小說研究》。
〈沙河悲歌〉改編拍攝成電影（原名）（中影公司）。

二〇〇三年　七等生全集出版（遠景出版事業公司）。

編者按：一九三九年到一九八五年，爲作者自撰；一九八八年到一九九二年，爲編者增補。
一九九三年到二〇〇三年再由作者補述。

遠景出版事業公司圖書目錄(八)

7忠黨報港	林行止著	240元
8痼疾初發	林行止著	240元
9如何是好	林行止著	240元
10英倫采風(四)	林行止著	160元
11終成畫餅	林行止著	240元
12本末倒置	林行止著	240元
13通縮初現	林行止著	240元
14藥石亂投	林行止著	240元
15有法無天	林行止著	240元
16墮入錢網	林行止著	240元
17內部腐爛	林行止著	240元
18千年祝願	林行止著	240元
19極度亢奮	林行止著	240元
20王牌在握	林行止著	240元
21破網急墮	林行止著	240元
22主席發火	林行止著	240元
23鬧在心上	林行止著	240元
24迫你花錢	林行止著	240元
25少睡多金	林行止著	240元
26中國製造	林行止著	240元
27風雷魍魎	林行止著	240元
28拈來趣味	林行止著	240元
29通縮凝重	林行止著	240元
30五年浩劫	林行止著	240元
31如是我云	林行止著	240元
32重藍輕白	林行止著	240元
33閒讀偶拾	林行止著	240元

W傳記文庫

1魯賓斯坦自傳（二冊）	楊月蓀譯	900元
2阿嘉莎・克莉絲蒂自傳	陳紹鵬譯	480元
3亨利・魯斯傳	程之行譯	180元
4夏卡爾自傳	黃翰荻譯	240元
5雷諾瓦傳	黃翰荻譯	320元
6拿破崙傳	高語和譯	300元
7甘地傳	許章眞譯	400元
8英格麗・褒曼傳	王禎和譯	240元
9鄧肯自傳	詹宏志譯	240元
10華盛頓傳	薛絢譯	240元
11希爾頓自傳	程之行譯	180元
12回首話滄桑—聶魯達回憶錄	林光譯	390元
13回歸本源—賈西亞・馬奎斯傳	卞雙成・胡眞才譯	390元
14韋伯傳（二冊）	李永熾譯	400元
15羅素自傳（三卷）	張國禎譯	840元
16羅琳傳—哈利波特背後的天才	黃燦然譯	250元
17蘇青傳	王一心著	240元
18高斯評傳	易憲容著	240元
19王度廬評傳	徐斯年著	280元
20尼耳斯・玻爾傳	戈革譯	900元

X林語堂作品集

1生活的藝術	林語堂著	160元
2吾國與吾民	林語堂著	160元
3遠景	林語堂著	140元
4賴柏英	林語堂著	120元
5紅牡丹	林語堂著	180元
6朱門	林語堂著	180元
7風聲鶴唳	林語堂著	180元
8武則天傳	林語堂著	120元
9唐人街	林語堂著	120元
10啼笑皆非	林語堂著	120元
11京華煙雲	林語堂著	360元
12蘇東坡傳	林語堂著	180元
13逃向自由城	林語堂著	160元
14林語堂精摘	林語堂著	160元
15八十自敘	林語堂著	100元

Y倪匡科幻小說集

1老貓	倪匡著	130元
2藍血人	倪匡著	180元
3透明光	倪匡著	170元
4蜂雲	倪匡著	180元
5蠱惑	倪匡著	130元
6屍變	倪匡著	170元
7沉船	倪匡著	170元
8地圖	倪匡著	170元
9不死藥	倪匡著	170元
10支離人	倪匡著	180元
11天外金球	倪匡著	130元
12仙境	倪匡著	160元
13妖火	倪匡著	170元
14訪客	倪匡著	100元
15盡頭	倪匡著	130元
16原子空間	倪匡著	130元
17紅月亮	倪匡著	130元
18換頭記	倪匡著	100元
19環	倪匡著	130元
20鬼子	倪匡著	130元
21大廈	倪匡著	130元
22眼睛	倪匡著	120元
23迷藏	倪匡著	120元
24天書	倪匡著	130元
25玩具	倪匡著	130元
26影子	倪匡著	100元
27無名髮	倪匡著	130元
28黑靈魂	倪匡著	130元
29尋夢	倪匡著	130元
30鑽石花	倪匡著	130元
31連鎖	倪匡著	180元
32後備	倪匡著	120元
33紙猴	倪匡著	180元
34第二種人	倪匡著	130元
35盜墓	倪匡著	130元
36搜靈	倪匡著	130元
37茫點	倪匡著	130元
38神仙	倪匡著	130元
39追龍	倪匡著	130元
40洞天	倪匡著	130元
41活俑	倪匡著	130元
42犀照	倪匡著	130元
43命運	倪匡著	120元
44異寶	倪匡著	120元

Z張五常作品集

0流光幻影－張五常印象攝影集	張五常著	390元
1賣桔者言	張五常著	
2五常談教育	張五常著	
3五常談學術	張五常著	
4五常談藝術	張五常著	
5狂生傲語	張五常著	
6挑燈集	張五常著	
7憑闌集	張五常著	
8隨意集	張五常著	
9捲簾集	張五常著	
10學術上的老人與海	張五常著	
11佃農理論	張五常著	
12往日時光	張五常著	
13中國的前途	張五常著	
14再論中國	張五常著	
15三岸情懷	張五常著	
16存亡之秋	張五常著	
17離群之馬	張五常著	
18科學說需求——經濟解釋(一)	張五常著	
19供應的行為——經濟解釋(二)	張五常著	
20制度的選擇——經濟解釋(三)	張五常著	
21偉大的黃昏	張五常著	

遠景出版事業公司圖書目錄(七)

6樂樂集1	孔在齊著	240元
7樂樂集2	孔在齊著	240元
8鄧肯自傳	詹宏志譯	280元
9魯賓斯坦自傳（二冊）	楊月蓀譯	900元
10我的兒子馬友友	馬盧雅文口述	240元
11水滸人物	黃永玉著	600元
12我的貓	丁雄泉著	600元
13笑吧！別忘了感恩	黎智英詩、丁雄泉畫	600元
14樂樂集3	孔在齊著	240元
15樂樂集4	孔在齊著	240元
16莫扎特之魂	趙鑫珊、周玉明著	450元
17貝多芬之魂	趙鑫珊著	550元
18攝影藝術散論	莊靈著	280元

T 杜斯妥也夫斯基全集

1窮人	鍾文譯	160元
2死屋手記	耿濟之譯	200元
3被侮辱與被損害者	耿濟之譯	240元
4地下室手記	孟祥森譯	160元
5罪與罰	陳殿興譯	240元
6白痴	耿濟之譯	280元
7永恆的丈夫	孫慶餘譯	180元
8附魔者	孟祥森譯	480元
9少年	耿濟之譯	280元
10卡拉馬佐夫兄弟（二冊）	陳殿興譯	660元
11賭徒	孟祥森譯	180元
12淑女	鍾文譯	120元
13雙重人		
14作家日記		

U 諾貝爾文學獎文庫

1緣起、普魯東詩選	普魯東著
米赫兒	米斯特拉爾著
2羅馬史	蒙森著
3超越人力之外	班生著
大帆船	葉卻加萊著
4你往何處去	顯克維支著
5撒旦頌、基姆	卡度齊、吉卜齡著
6人生的意義與價值	奧鏗著
青鳥	海特靈克著
7尼爾斯的奇遇	拉格洛芙著
驕傲的姑娘	海才著
8織工、沉鐘	霍普特曼著
祭壇佳里	泰戈爾著
9約翰克利斯朵夫（三冊）	羅曼羅蘭著
10查理士國王的人馬	海登斯坦著
奧林帕斯之春	史比德勒著
11樂土	龐陀彼丹著
明娜	傑洛拉普著
12土地的成長	哈姆生著
13天神們口渴了	法朗士著
利害牽制	貝納勉特著
14農夫們（二冊）	雷蒙特著
15聖女貞德、母親	蕭伯納、德蕾達著
16葉慈詩選	葉慈著
創造的進化	柏格森著
17克麗絲汀的一生（二冊）	溫茜特著
18布登勃魯克家族（二冊）	湯瑪斯·曼著
19白璧德	劉易士著
卡爾菲特詩選	卡爾菲特著
20密賽特世家（三冊）	高爾斯華綏著
21鄉村、舊金山一紳士	布寧著
六個尋找作者的角色	皮藍德婁著
長夜漫漫路迢迢	奧尼爾著
22尙·巴華的一生	杜嘉德著
23大地、兒子們、分家	賽珍珠著
24聖者的悲哀	西蘭帕著
荒原	艾略特著
25玻璃珠遊戲	赫塞著
26僞幣製造者、窄門	紀德著
27西瑪蘭短篇小說集	密絲特拉兒著
柏拉特羅與我	希蒙聶茲著
28聲音與憤怒、熊	福克納著
29西洋哲學史（二冊）	羅素著
30巴拉巴	拉格維斯特著
苔蕾絲、毒蛇之結	莫里亞克著
31第二次世界大戰回憶錄	邱吉爾著
32老人與海、戰地春夢	海明威著
33獨立之子	拉克斯內斯著
34墮落、異鄉人、瘟疫	卡繆著
35齊瓦哥醫生	巴斯特納克著
36人生非夢、遠征	瓜西莫多、佩斯著
37德里納河之橋	安德里奇著
38不滿的冬天、人鼠之間	史坦貝克著
39阿息涅的國王	謝斐利士著
嘔吐、牆	沙特著
40靜靜的頓河（四冊）	蕭洛霍夫著
41訂婚記	阿格農著
伊萊	沙克絲著
42總統先生	阿斯杜里亞斯著
等待果陀	貝克特著
43雪國、古都、千羽鶴	川端康成著
44第一層地獄（二冊）	索忍尼辛著
45一般之歌	聶魯達著
九點半的彈子戲	鮑爾著
46人之樹	懷特著
47詹生短篇小說選	詹生著
馬丁遜詩選	馬丁遜著
孟德雷詩選	孟德雷
48阿奇正傳	索爾·貝婁著
亞歷山卓詩選	亞歷山卓著
49莊園	以撒·辛格著
50伊利提斯詩選	伊利提斯著
米洛舒詩選	米洛舒著
被拯救的舌頭	卡內提著
51一百年的孤寂	賈西亞·馬奎斯著
52蒼蠅王、啓蒙之旅	威廉·高定著
53塞佛特詩選	魯斯拉夫·塞佛特著
54豪華大酒店	克勞德·西蒙著
55解釋者	沃爾·索因卡著
56布洛斯基詩選	約瑟夫·布洛斯基著
57梅達格胡同	納吉布·馬富茲著
58巴斯葛·杜亞特家族	卡米羅·荷西·塞拉著
59孤獨的迷宮	奧塔維奧·帕斯著
60貴客	娜汀·葛蒂瑪著
61奧梅羅斯	德里克·瓦爾科特著
62所羅門之歌	東尼·莫里森著
63萬延元年的足球隊	大江健三郎著
64希尼詩選	席慕·希尼著
65辛波絲卡詩選	維絲拉娃·辛波絲卡著
66不付賬	達里奧·福著
67失明症漫記	若澤·薩拉馬戈著
68狗年月	君特·格拉斯著
69	
70	

《諾貝爾文學獎文庫》平裝80鉅冊，定價28,800元

V 林行止作品集

1英倫采風(一)	林行止著	160元
2原富精神	林行止著	240元
3閒讀閒筆	林行止著	240元
4英倫采風(二)	林行止著	160元
5英倫采風(三)	林行止著	160元
6破英立舊	林行止著	240元

遠景出版事業公司圖書目錄(六)

58巴斯葛·杜亞特家族	卡米羅·荷西·塞拉著	
59孤獨的迷宮	奧塔維奧·帕斯著	
60貴客	娜汀·葛蒂瑪著	
61奧梅羅斯	德里克·瓦爾科特著	
62所羅門之歌	東尼·莫里森著	
63萬延元年的足球隊	大江健三郎著	
64希尼詩選	席慕·希尼著	
65辛波絲卡詩選	維絲拉娃·辛波絲卡著	
66不付賬	達里奧·福著	
67失明症漫記	若澤·薩拉馬戈著	
68狗年月	君特·格拉斯著	
69		
70		

《諾貝爾文學獎全集》精裝80鉅冊，定價36,000元

O 上海風華

1上海老歌名典	陳鋼編著	1200元
2玫瑰玫瑰我愛你	陳鋼編著	390元
3三隻耳朵聽音樂	陳鋼著	240元
4我的媽媽周璇	周偉·常晶著	390元
5摩登上海	郭建英繪·陳子善編	280元
6雨輕輕地在城市上空落著	毛尖著	240元
7上海大風暴	蕭關鴻著	280元
8上海掌故（一）	薛理勇編著	280元
9上海掌故（二）	薛理勇編著	280元
10上海掌故（三）	薛理勇編著	280元
11海上剪影	鄭祖安著	280元
12滬瀆舊影	張偉著	280元
13歇浦伶影	張德亮著	280元
14淞南俗影	仲富蘭著	280元
15滬濱閒影	羅蘇文著	280元
16春申儷影	戴云云著	280元
17上海俗語圖說（上）	汪仲賢著	280元
18上海俗語圖說（下）	汪仲賢著	280元
19上海怪味街	童孟侯著	240元
20老上海	宗部策劃	2500元
21		
22		
23		
24		
25		
26		
27		
28		
29		
30		

P 柯賴二氏探案（賈德諾著）

1來勢洶洶	周辛南譯	180元
2招財進寶	周辛南譯	180元
3雙倍利市	周辛南譯	180元
4全神貫注	周辛南譯	180元
5財源滾滾	周辛南譯	180元
6失靈妙計	周辛南譯	180元
7面面俱到	周辛南譯	180元
8不是不報	周辛南譯	180元
9一髮千鈞	周辛南譯	180元
10因禍得福	周辛南譯	180元
11一目了然	周辛南譯	180元
12驚險萬狀	周辛南譯	180元
13一波三折	周辛南譯	180元
14馬失前蹄	周辛南譯	180元
15網開一面	周辛南譯	180元
16峰迴路轉	周辛南譯	180元
17詭計多端	周辛南譯	180元
18自求多福	周辛南譯	180元
19一誤再誤	周辛南譯	180元
20禍福無門	周辛南譯	180元

Q 阿嘉莎·克莉絲蒂探案（三毛主編）

1A.B.C謀殺案	宋碧雲譯	180元
2加勒比海島謀殺案	楊月蓀譯	180元
3東方快車謀殺案	楊月蓀譯	180元
4鏡子魔術	宋碧雲譯	180元
5魔手	張艾茜譯	180元
6第三個女郎	楊月蓀譯	180元
7諜海	陳紹鵬譯	180元
8此夜綿綿	黃文範譯	180元
9不祥的宴會	陳紹鵬譯	180元
10鐘	張伯權譯	180元
11謀殺啓事	張艾茜譯	180元
12死亡約會	李永熾譯	180元
13葬禮之後	張國禎譯	180元
14白馬酒店	張艾茜譯	180元
15褐衣男子	張國禎譯	180元
16萬靈節之死	張國禎譯	180元
17鴿群裡的貓	張國禎譯	180元
18高爾夫球場命案	宋碧雲譯	180元
19尼羅河謀殺案	林秋蘭譯	180元
20艷陽下的謀殺案	景翔譯	180元
21死灰復燃	張國禎譯	180元
22零時	張國禎譯	180元
23畸形屋	張國禎譯	180元
24四大魔頭	陳惠華譯	180元
25殺人不難	張艾茜譯	180元
26死亡終局	張國禎譯	180元
27破鏡謀殺案	鄭麗淑譯	180元
28啤酒謀殺案	張艾茜譯	180元
29七鐘面之謎	張國禎譯	180元
30年輕冒險家	邵均宜譯	180元
31底牌	宋碧雲譯	180元
32古屋疑雲	張國禎譯	180元
33復仇女神	邵均宜譯	180元
34拇指一豎	張艾茜譯	180元
35漲潮時節	張艾茜譯	180元
36空幻之屋	張國禎譯	180元
37黑麥奇案	宋碧雲譯	180元
38清潔婦命案	宋碧雲譯	180元
39柏翠門旅館之秘	張伯權譯	180元
40國際學舍謀殺案	張國禎譯	180元
41假戲成眞	張國禎譯	180元
42命運之門	李永熾譯	180元
43煙囪的秘密	陳紹鵬譯	180元
44命案目睹記	陳紹鵬譯	180元
45美索不達米亞謀殺案	陳紹鵬譯	180元
46天涯過客	孟華譯	180元
47無妄之災	張國禎譯	180元
48藍色列車	張國禎譯	180元
49沉默的證人	張國禎譯	180元
50羅傑·亞克洛伊命案	張國禎譯	180元

R 史威德作品集

1經濟門楣	史威德著	240元
2經濟家學	史威德著	240元
3投資族譜	史威德著	240元
4一脈相承	史威德著	240元
5投資漫談	史威德著	240元

S 遠景藝術叢書

1要藝術不要命	吳冠中著	240元
2梵谷傳	常濤譯	320元
3夏卡爾自傳	黃翰荻譯	240元
4雷諾瓦傳	黃翰荻譯	320元
5音樂大師與世界名曲	劉璞編著	450元

遠景出版事業公司圖書目錄㈤

7銀波翅膀	七等生著	240元
8重回沙河	七等生著	240元
9譚郎的書信	七等生著	240元
10一紙相思	七等生著	240元

L 金學研究叢書

0金庸傳	冷夏著	350元
1我看金庸小說	倪匡著	160元
2再看金庸小說	倪匡著	160元
3三看金庸小說	倪匡著	160元
4讀金庸偶得	舒國治著	160元
5四看金庸小說	倪匡著	160元
6通宵達旦讀金庸	薛興國著	160元
7漫談金庸筆下世界	楊興安著	160元
8諸子百家看金庸（第一輯）	三毛等著	160元
9談笑傲江湖	溫瑞安著	160元
10金庸的武俠世界	蘇墱基著	160元
11五看金庸小說	倪匡著	160元
12韋小寶神功	劉天賜著	160元
13情之探索與神鵰俠侶	陳沛然著	160元
14析雪山飛狐與鴛鴦刀	溫瑞安著	160元
15諸子百家看金庸（第二輯）	羅龍治等著	160元
16諸子百家看金庸（第三輯）	翁靈文等著	160元
17諸子百家看金庸（第四輯）	杜南發等著	160元
18天龍八部欣賞舉隅	溫瑞安著	160元
19話說金庸	潘國森著	160元
20續談金庸筆下世界	楊興安著	160元
21諸子百家看金庸（第五輯）	餘子等著	160元
22淺談金庸小說	丁華著	160元
23金庸小說評彈	董千里著	160元
24金庸傳說	楊莉歌著	240元
25破解金庸寓言	王海鴻 張曉燕著	160元
26給金庸小說挑毛病（上）	閻大衛著	160元
27給金庸小說挑毛病（下）	閻大衛著	160元
28挑燈看劍話金庸	戈革著	240元
29解放金庸	餘子主編	240元
30金庸小說人物印譜	戈革著	800元

M 中國古典詩詞賞析

1青青子衿（詩經選）	林振輝選註	180元
2公無渡河（樂府詩選）	張春榮選註	180元
3世事波舟（古體詩選）	李正治選註	180元
4冰心玉壺（絕句選）	李瑞騰選註	180元
5飛鴻雪泥（律詩選）	簡錦松選註	180元
6重樓飛雪（宋詞選）	龔鵬程選註	180元
7杜鵑啼情（散曲選）	汪天成選註	180元
8相思千行（明清民歌選）	陳信元選註	180元
9秋雁邊聲（杜甫詩選）	張敬校訂	180元
10滄海曉夢（李商隱詩選）	朱梅生選註	180元
11寒月松風（五言絕句選）	鄭騫校訂	180元
12江帆千里（七言絕句選）	鄭騫校訂	180元

N 諾貝爾文學獎全集

1緣起、普魯東詩選	普魯東著	
米赫兒	米斯特拉爾著	
2羅馬史	蒙森著	
3超越人力之外	班生著	
大帆船	葉卻加萊著	
4你往何處去	顯克維支著	
5撒旦頌、基姆	卡度齊、吉卜齡著	
6人生的意義與價值	奧鏗著	
青鳥	海特靈克著	
7尼爾斯的奇遇	拉格洛芙著	
驕傲的姑娘	海才著	
8織工、沉鐘	霍普特曼著	
祭壇佳里	泰戈爾著	
9約翰克利斯朵夫（三冊）	羅曼羅蘭著	
10查理士國王的人馬	海登斯坦著	
奧林帕斯之春	史比德勒著	
11樂土	龐陀彼丹著	
明娜	傑洛拉普著	
12土地的成長	哈姆生著	
13天神們口渴了	法朗士著	
利害牽制	貝納勉特著	
14農夫們（二冊）	雷蒙特著	
15聖女貞德、母親	蕭伯納、德蕾達著	
16葉慈詩選	葉慈著	
創造的進化	柏格森著	
17克麗絲汀的一生（二冊）	溫茜特著	
18布登勃魯克家族（二冊）	湯瑪斯·曼著	
19白璧德	劉易士著	
卡爾菲特詩選	卡爾菲特著	
20密賽特世家（三冊）	高爾斯華綏著	
21鄉村、舊金山一紳士	布寧著	
六個尋找作者的角色	皮藍德婁著	
長夜漫漫路迢迢	奧尼爾著	
22尚·巴華的一生	杜嘉德著	
23大地、兒子們、分家	賽珍珠著	
24聖者的悲哀	西蘭帕著	
荒原	艾略特著	
25玻璃珠遊戲	赫塞著	
26僞幣製造者、窄門	紀德著	
27西瑪蘭短篇小說集	密絲特拉兒著	
柏拉特羅與我	希蒙聶茲著	
28聲音與憤怒、熊	福克納著	
29西洋哲學史（二冊）	羅素著	
30巴拉巴	拉格維斯特著	
苔蕾絲、毒蛇之結	莫里亞克著	
31第二次世界大戰回憶錄	邱吉爾著	
32老人與海、戰地春夢	海明威著	
33獨立之子	拉克斯內斯著	
34墮落、異鄉人、瘟疫	卡繆著	
35齊瓦哥醫生	巴斯特納克著	
36人生非夢、遠征	瓜西莫多、佩斯著	
37德里納河之橋	安德里奇著	
38不滿的冬天、人鼠之間	史坦貝克著	
39阿息涅的國王	謝斐利士著	
嘔吐、牆	沙特著	
40靜靜的頓河（四冊）	蕭洛霍夫著	
41訂婚記	阿格農著	
伊萊	沙克絲著	
42總統先生	阿斯杜里亞斯著	
等待果陀	貝克特著	
43雪國、古都、千羽鶴	川端康成著	
44第一層地獄（二冊）	索忍尼辛著	
45一般之歌	聶魯達著	
九點半的彈子戲	鮑爾著	
46人之樹	懷特著	
47詹生短篇小說選	詹生著	
馬丁遜詩選	馬丁遜著	
孟德雷詩選	孟德雷	
48阿奇正傳	索爾·貝婁著	
亞歷山卓詩選	亞歷山卓著	
49莊園	以撒·辛格著	
50伊利提斯詩選	伊利提斯著	
米洛舒詩選	米洛舒著	
被拯救的舌頭	卡內提著	
51一百年的孤寂	賈西亞·馬奎斯著	
52蒼蠅王、啓蒙之旅	威廉·高定著	
53塞佛特詩選	魯斯拉夫·塞佛特著	
54豪華大酒店	克勞德·西蒙著	
55解釋者	沃爾·索因卡著	
56布洛斯基詩選	約瑟夫·布洛斯基著	
57梅達格胡同	納吉布·馬富茲著	

遠景出版事業公司圖書目錄(四)

	21夢遊者的外甥女	方能訓譯	180元
	22口吃的主教	魏廷朝譯	180元
	23危險的富孀		
	24跛腳的金絲雀		
	25面具事件		
	26竊貨者的鞋		
	27作僞證的鸚鵡		
	28上餌的釣鉤		
	29受蠱的丈夫		
	30空罐事件		
	31溺死的鴨		
	32冒失的小貓		
	33掩埋的鐘		
	34蚊惑	詹錫奎譯	180元
	35傾斜的燭火		
	36黑髮女郎	李淑華譯	180元
	37黑金魚	張國禎譯	180元
	38半睡半醒的妻子		
	39第五個褐髮女人		
	40脫衣舞孃的馬		
	41懶惰的愛人		
	42寂寞的女繼承人		
	43猶疑的新郎		
	44粗心的美女		
	45變亮的手指		
	46憤怒的哀悼者		
	47嘲笑的大猩猩		
	48猶豫的女主人		
	49綠眼女人		
	50消失的護士		
	51逃亡的屍體	魏廷朝譯	180元
	52日光浴者的日記		
	53膽小的共犯		
	54最後的法庭	詹錫奎譯	180元
	55金百合事件		
	56好運的輸家	呂惠雁譯	180元
	57尖叫的女人		
	58任性的人		
	59日曆女郎	葉石濤譯	180元
	60可怕的玩具		
	61死亡圍巾		
	62歌唱的裙子		
	63半路埋伏的狼		
	64複製的女兒		
	65坐輪椅的女人	黃恆正譯	180元
	66重婚的丈夫		
	67頑抗的模特兒		
	68淺色的礦脈		
	69冰冷的手		
	70繼女的祕密		
	71戀愛中的伯母		
	72莽撞的離婚婦人		
	73虛幻的幸運		
	74不安的遺產繼承人		
	75困擾的受託人		
	76漂亮的乞丐		
	77憂心的女侍		
	78選美大會的女王	詹錫奎譯	180元
	79粗心的愛神		
	80了不起的騙子	張艾茜譯	180元
	81被圍困的女人		
	82擱置的謀殺案		

H 台灣文學叢書

	1亞細亞的孤兒	吳濁流著	180元
	2寒夜三部曲—寒夜	李喬著	320元
	3寒夜三部曲—荒村	李喬著	320元
	4寒夜三部曲—孤燈	李喬著	320元
	5邊秋一雁聲	吳念眞著	180元
	6台灣人三部曲	鍾肇政著	900元
	7遠方	許達然著	160元
	8濁流三部曲	鍾肇政著	900元
	9魯冰花	鍾肇政著	160元
	10含淚的微笑	許達然著	160元
	11藍彩霞的春天	李喬著	180元
	12波茨坦科長	吳濁流著	180元
	13一桿秤仔	賴和等著	240元
	14一群失業的人	楊守愚等著	240元
	15豚	張深切等者	240元
	16薄命	楊華等著	240元
	17牛車	呂赫若等著	240元
	18送報伕	楊逵等著	240元
	19植有木瓜樹的小鎮	龍瑛宗等著	240元
	20閹雞	張文環等著	240元
	21亂都之戀	楊雲萍等著	240元
	22廣闊的海	水蔭萍等著	240元
	23森林的彼方	董祐峰等著	240元
	24望鄉	張冬芳等著	240元
	25市井傳奇	洪醒夫著	160元
	26大地之母	李喬著	390元
	27殺生	何光明著	200元
	28紅塵	龍瑛宗著	240元
	29泥土	吳晟著	180元
	30沒有土地・那有文學	葉石濤著	240元
	31文學回憶錄	葉石濤著	240元
	32土	許達然著	160元

I 遠景大人物叢書

	1生根・深耕	王永慶著	220元
	2金庸傳	冷夏著	350元
	3王永慶觀點	王永慶著	180元
	4黎智英傳說	呂家明著	180元
	5李嘉誠語錄	許澤惠編著	99元
	6倪匡傳奇	沈西城著	180元
	7辜鴻銘印象	宋炳輝編	240元
	8辜鴻銘（第一卷）	鍾兆雲著	450元
	9辜鴻銘（第二卷）	鍾兆雲著	450元
	10辜鴻銘（第三卷）	鍾兆雲著	450元

J 歷史與思想叢書

	1西洋哲學史（二冊）	羅素著	600元
	2羅馬史	蒙森著	480元
	3王船山哲學	曾昭旭著	380元
	4奴役與自由	貝德葉夫著	280元
	5群眾之反叛	奧德嘉著	180元
	6生命的悲劇意識	烏納穆諾著	240元
	7奧義書	林建國譯	180元
	8吉拉斯談話錄	袁東等譯	180元
	9中國反貪史（二冊）	王春瑜主編	900元
	10現代俄國文學史	湯新楣譯	320元
	11歷史的跫音	李永熾著	180元
	12鄉土文學討論集	尉天驄編	550元
	13末代皇帝	愛新覺羅・溥儀著	320元
	14當代大陸作家風貌	潘耀明著	480元
	15第二次世界大戰回憶錄	邱吉爾著	360元

K 七等生全集

	1初見曙光	七等生著	240元
	2我愛黑眼珠	七等生著	240元
	3僵局	七等生著	240元
	4離城記	七等生著	240元
	5沙河悲歌	七等生著	240元
	6城之迷	七等生著	240元

遠景出版事業公司圖書目錄㈢

27諸世紀（第二卷）	諾斯特拉達姆士著	180元
28諸世紀（第三卷）	諾斯特拉達姆士著	180元
29諸世紀（第四卷）	諾斯特拉達姆士著	180元
30諸世紀（第五卷）	諾斯特拉達姆士著	180元
31盤空行一張騫傳	齊桓著	280元
32宰相劉羅鍋	胡學亮編著	280元
33都是夏娃惹的禍	陳紹鵬譯	180元
34都是亞當惹的禍	陳紹鵬譯	180元
35都是裸體惹的禍	陳紹鵬譯	180元
36文學的視野	胡菊人著	180元
37小說技巧	胡菊人著	180元
38紅樓水滸與小說藝術	胡菊人著	180元
39諾貝爾文學獎秘史	王鴻仁譯	240元
40張愛玲的畫	陳子善編著	240元
41把水留給我	盧嵐著	180元
42多少英倫新事㈠	魯鳴著	240元
43多少英倫新事㈡	魯鳴著	240元
44中國經濟史㈠	葉龍編著	240元
45中國經濟史㈡	葉龍編著	240元
46歷代人物經濟故事㈠	葉龍著	240元
47歷代人物經濟故事㈡	葉龍著	240元
48歷代人物經濟故事㈢	葉龍著	240元
49太平廣記豪俠小說	楊興安著	240元
50行止．行止	駱友梅等著	240元
51天怒	陳放著	280元
52淚與屈辱	九皐著	240元
53十年浩劫	九皐著	240元
54逝者如斯夫	丁中江著	390元
55林行止作品集目錄	沈登恩編	240元
56亂世文談	胡蘭成著	240元
57石破天驚逗秋雨	金文明著	280元
58香港情懷	文灼非著	320元
59事實與偏見	黎智英著	240元
60我退休失敗了	黎智英著	240元
61我的理想是隻糯米雞	黎智英著	240元
62水清有魚	練乙錚著	240元
63說Ho－Ho的權利	練乙錚著	240元
64斷訊官司	尤英夫著	240元
65饑遊四海㈠	張建雄著	160元
66饑遊四海㈡	張建雄著	160元
67另類家書	張建雄著	160元
68說不盡的張愛玲	陳子善著	240元
69張愛玲短篇小說論集	陳炳良著	180元
70箱子裡的男人	安部公房著	120元
71饑遊四海㈢	張建雄著	160元
72六四前後（上）	丁望著	240元
73六四前後（下）	丁望著	240元
74初夜權	丁望著	240元
75蘇東坡	丁望編著	240元
76前九七紀事一：矮人看戲	戴天著	240元
77前九七紀事二：人鳥哲學	戴天著	240元
78前九七紀事三：群鬼跳牆	戴天著	240元
79前九七紀事四：囉哩哩囉	戴天著	240元
80中西文學的徊想	李歐梵著	240元
81方術紀異（上）	王亭之著	280元
82方術紀異（下）	王亭之著	280元
83風眼中的經濟學	雷鼎鳴著	240元
84用經濟學做眼睛	雷鼎鳴著	240元
85紀德日記	詹宏志譯	180元
86愛與文學	宋碧雲譯	240元
87酒逢知己	楊本禮著	240元
88皇極神數奇談	阿樂著	160元
89蜀山劍俠評傳	葉洪生著	240元
90佛心流泉	孟祥森譯著	180元
91朱鎔基跨世紀挑戰	任慧文著	320元
92戰難和亦不易	胡蘭成著	280元
93藤夢花落	京梅著	280元
94大宅門（上）	郭寶昌著	280元
95大宅門（下）	郭寶昌著	280元
96如夢如煙恭王府	京梅著	280元
97餘力集	戈革著	280元
98張愛玲與胡蘭成	王一心著	240元
99一滴淚	巫寧坤著	280元
100飲水詞箋校	納蘭性德撰	280元

F王度廬作品集

1鶴驚崑崙（上）	王度廬著	180元
2鶴驚崑崙（中）	王度廬著	180元
3鶴驚崑崙（下）	王度廬著	180元
4寶劍金釵（上）	王度廬著	180元
5寶劍金釵（中）	王度廬著	180元
6寶劍金釵（下）	王度廬著	180元
7劍氣珠光（上）	王度廬著	180元
8劍氣珠光（下）	王度廬著	180元
9臥虎藏龍（上）	王度廬著	180元
10臥虎藏龍（中）	王度廬著	180元
11臥虎藏龍（下）	王度廬著	180元
12鐵騎銀瓶（一）	王度廬著	180元
13鐵騎銀瓶（二）	王度廬著	180元
14鐵騎銀瓶（三）	王度廬著	180元
15鐵騎銀瓶（四）	王度廬著	180元
16鐵騎銀瓶（五）	王度廬著	180元
17風雨雙龍劍	王度廬著	
18龍虎鐵連環	王度廬著	
19靈魂之鎖	王度廬著	
20古城新月（上）	王度廬著	
21古城新月（中）	王度廬著	
22古城新月（下）	王度廬著	
23粉墨嬋娟	王度廬著	
24春秋戟	王度廬著	
25洛陽豪客	王度廬著	
26綉帶銀鏢	王度廬著	
27雍正與年羹堯	王度廬著	
28寶刀飛	王度廬著	
29風塵四傑	王度廬著	
30燕市俠伶	王度廬著	
31紫電青霜	王度廬著	
32金剛王寶劍	王度廬著	
33紫鳳鏢	王度廬著	
34香山俠女	王度廬著	
35落絮飄香（上）	王度廬著	
36落絮飄香（下）	王度廬著	

G梅森探案（賈德諾著）

1大膽的誘餌	張國禎譯	180元
2倩影	鄭麗淑譯	180元
3管理員的貓	張國禎譯	180元
4滾動的骰子	張慧倩譯	180元
5暴躁的女孩	張國禎譯	180元
6長腿模特兒	張艾茜譯	180元
7蟲蛀的貂皮大衣	張國禎譯	180元
8艷鬼	施寄青譯	180元
9沉默的股東	宋碧雲譯	180元
10拘謹的被告	施寄青譯	180元
11淘氣的娃娃	張艾茜譯	180元
12放浪的少女		
13不服貼的紅髮		
14獨眼證人	張國禎譯	180元
15謹慎的風塵女子	鄭麗淑譯	180元
16蛇蠍美人案	葉石濤譯	180元
17幸運腿		
18狂吠之犬		
19怪新娘		
20義眼殺人事件		

遠景出版事業公司圖書目錄㈡

15黛絲姑娘	哈代著	180元
16山之音	川端康成著	160元
17齊瓦哥醫生	巴斯特納克著	360元
18飄（二冊）	宓西爾著	360元
19約翰·克利斯朵夫（二冊）	羅曼·羅蘭著	750元
20傲慢與偏見	珍·奧斯汀著	160元
21包法利夫人	福婁拜著	240元
22簡愛	夏綠蒂·白朗特著	180元
23雪國	川端康成著	160元
24古都	川端康成著	160元
25千羽鶴	川端康成著	160元
26華爾騰——湖濱散記	梭羅著	160元
27神曲	但丁著	240元
28紅字	霍桑著	160元
29海狼	傑克倫敦著	180元
30人性枷鎖	毛姆著	390元
31茶花女	小仲馬著	160元
32父與子	屠格涅夫著	160元
33唐吉訶德傳	塞萬提斯著	180元
34理性與感性	珍·奧斯汀著	180元
35紅與黑	斯湯達爾著	280元
36咆哮山莊	愛彌兒·白朗特著	180元
37瘟疫	卡繆著	180元
38預知死亡紀事	賈西亞·馬奎斯著	180元
39基姆	吉卜齡著	240元
40二十年後（四冊）	大仲馬著	800元
41塊肉餘生錄（二冊）	狄更斯著	400元
42附魔者	杜斯妥也夫斯基著	480元
43窄門	紀德著	160元
44大地	賽珍珠著	160元
45兒子們	賽珍珠著	160元
46復活	托爾斯泰著	180元
47分家	賽珍珠著	160元
48玻璃珠遊戲	赫塞著	240元
49天方夜譚（二冊）	佚名等著	500元
50鹿苑長春	勞玲絲著	180元
51一見鍾情	愛倫·坡著	180元
52獵人日記	屠格涅夫著	180元
53憨第德	伏爾泰著	160元
54你往何處去	顯克維支著	390元
55農夫們（二冊）	雷蒙特著	500元
56獨立之子	拉克斯內斯著	420元
57異鄉人	卡繆著	160元
58一九八四	歐威爾著	160元
59第一層地獄（二冊）	索忍尼辛著	500元
60還魂記	愛倫·坡著	180元
61娜娜	左拉著	180元
62黑貓	愛倫·坡著	180元
63鐵面人（八冊）	大仲馬著	2000元
64羅生門	芥川龍之介著	240元
65細雪	谷崎潤一郎著	360元
66浮華世界	薩克萊著	360元
67靜靜的頓河（四冊）	蕭洛霍夫著	1000元
68僞幣製造著	紀德著	180元
69鐘樓怪人	雨果著	280元
70嘔吐	沙特著	180元
71希臘左巴	卡山札基著	180元
72浮士德	歌德著	280元
73死靈魂	果戈里著	240元
74湯姆·瓊斯（二冊）	菲爾汀著	400元
75聶魯達詩集	聶魯達著	120元
76基度山恩仇記（二冊）	大仲馬著	400元
77奧德賽	荷馬著	320元
78少年維特的煩惱	歌德著	120元
79白璧德	辛克萊·劉易士著	280元
80坎特伯雷故事集	喬叟著	200元
81兒子與情人	D.H·勞倫斯著	200元
82謝利	夏綠蒂·白朗特著	480元
83明娜	傑洛拉普著	240元
84十日談（二冊）	薄伽丘著	360元
85我是貓	夏目漱石著	240元
86罪與罰	杜斯妥也夫斯基著	280元
87小婦人	阿爾柯特著	160元
88尙·巴華的一生	杜嘉德著	280元
89明暗	夏目漱石著	280元
90悲慘世界（五冊）	雨果著	900元
91酒店	左拉著	240元
92憤怒的葡萄	史坦貝克著	360元
93凱旋門	雷馬克著	240元
94雙城記	狄更斯著	240元
95白癡	杜斯妥也夫斯基著	280元
96高老頭	巴爾扎克著	160元
97人世間	阿南達·杜爾著	360元
98萬國之子	阿南達·杜爾著	360元
99足跡	阿南達·杜爾著	360元
100玻璃屋	阿南達·杜爾著	360元
101伊甸園東	史坦貝克著	280元
102迷惘	卡內提著	280元
103冰壁	井上靖著	180元
104白鯨記	梅爾維爾著	280元
105國王的人馬	羅伯特·潘·華倫著	360元
106克麗絲汀的一生（二冊）	溫茜特著	560元
107草葉集	惠特曼著	240元
108人之樹	懷特著	480元
109莊園	以撒·辛格著	280元
110里斯本之夜	雷馬克著	180元
111被拯救的舌頭	卡內提著	240元
112戰地春夢	海明威著	240元
113阿奇正傳	索爾·貝婁著	480元
114土地的成長	哈姆生著	240元
115九點半的彈子戲	鮑.爾著	240元
116熊	福克納著	100元
117一位年輕藝術家的畫像	喬埃斯著	180元
118聲音與憤怒	福克納著	180元
119戰地鐘聲	海明威著	180元
120洛麗塔	納布可夫著	180元

E 遠景叢書

1預言者之歌	劉志俠譯著	300元
2兩性物語	何光明著	160元
3桃花源	陳慶隆著	180元
4溪邊往事	陳慶隆著	180元
5水鬼傳奇	陳慶隆著	180元
6結婚的條件	陳慶隆著	180元
7閒遊記饞	張建雄著	160元
8錢眼見聞	張建雄著	160元
9商海興亡	張建雄著	160元
10饞話連篇	張建雄著	160元
11一元五角車票官司	尤英夫著	160元
12請問芳名㈠	周平譯	200元
13請問芳名㈡	陳生保譯	200元
14請問芳名㈢	譚晶華譯	200元
15請問芳名㈣	莫邦富譯	200元
16縱筆	張文達著	160元
17洋相	蕭芳芳著	160元
18饞遊偶拾	張建雄著	160元
19陸鏗看兩岸	陸鏗著	280元
20點與線	松本清張著	180元
21霧之旗	松本清張著	180元
22由莎士比亞談到碧姬芭杜	陳紹鵬等譯	180元
23濟慈和芳妮的心聲	陳紹鵬等譯	180元
24現代俄國短篇小說選	高爾基等著	180元
25天仇	鄭文輝著	240元
26諸世紀（第一卷）	諾斯特拉達姆士著	180元

遠景出版事業公司圖書目錄(一)

遠景出版事業公司

A遠景文學叢書

1今生今世	胡蘭成著	280元
2山河歲月	胡蘭成著	180元
3遠見	陳若曦著	180元
4懺情書	鹿橋著	160元
5地之子	臺靜農著	180元
6人子	鹿橋著	160元
7酒徒	劉以鬯著	180元
8一九九七	劉以鬯著	180元
9建塔者	臺靜農著	180元
10小亞細亞孤燈下	高信譚著	180元
11花落蓮成	姜貴著	180元
12尹縣長	陳若曦著	180元
13邊城散記	楊文璞著	160元
14再見・黃磚路	詹錫奎著	180元
15早安・朋友	張賢亮著	180元
16李順大造屋	高曉聲著	180元
17小販世家	陸文夫著	180元
18心有靈犀的男孩	祖慰著	180元
19藍旗	陳村著	240元
20男人的一半是女人	張賢亮著	240元
21男人的風格	張賢亮著	240元
22萬蟬集	孟東籬著	180元
23電影神話	羅維明著	180元
24不寄的信	倪匡著	160元
25心中的信	倪匡著	160元
26羅曼蒂克死啦	高信譚著	180元
27大拇指小說選	也斯編	180元
28生命之愛	傑克・倫敦著	180元
29成吉思汗	董千里著	280元
30馬可波羅	董千里著	180元
31董小宛	董千里著	180元
32柔福帝姬	董千里著	180元
33唐太宗與武則天	董千里著	180元
34楊貴妃傳	井上靖著	180元
35續愛眉小札	徐志摩著	180元
36郁達夫情書	郁達夫著	180元
37郁達夫卷	王潤華編	180元
38我看衛斯理科幻	沈西城著	160元

B高陽作品集

1緹縈	高陽著	260元
2王昭君	高陽著	180元
3大將曹彬	高陽著	160元
4花魁	高陽著	140元
5正德外記	高陽著	160元
6草莽英雄（二冊）	高陽著	360元
7劉三秀	高陽著	160元
8清官冊	高陽著	140元
9清朝的皇帝（三冊）	高陽著	600元
10恩怨江湖	高陽著	140元
11李鴻章	高陽著	180元
12狀元娘子	高陽著	240元
13假官真做	高陽著	140元
14翁同龢傳	高陽著	280元
15徐老虎與白寡婦	高陽著	280元
16石破天驚	高陽著	210元
17小鳳仙	高陽著	280元
18八大胡同	高陽著	160元
19粉墨春秋（三冊）	高陽著	420元
20桐花鳳	高陽著	160元
21避情港	高陽著	120元
22紅塵	高陽著	140元
23再生香	高陽著	160元
24醉蓬萊	高陽著	160元
25玉壘浮雲	高陽著	150元
26高陽雜文	高陽著	150元
27大故事	高陽著	150元

C林行止政經短評

1身外物語	林行止著	240元
2六月飛傷	林行止著	240元
3怕死貪心	林行止著	240元
4樓台煙火	林行止著	240元
5利字當頭	林行止著	240元
6東歐變天	林行止著	240元
7求財若渴	林行止著	240元
8難定去從	林行止著	240元
9戰海蜉蝣	林行止著	240元
10理曲氣壯	林行止著	240元
11蘇聯何解	林行止著	240元
12民選好醜	林行止著	240元
13前程未卜	林行止著	240元
14賦歸風雨	林行止著	240元
15情迷失位	林行止著	240元
16沉寂待變	林行止著	240元
17到處風騷	林行止著	240元
18撩是鬥非	林行止著	240元
19排外誤港	林行止著	240元
20旺市蓄勢	林行止著	240元
21調控神州	林行止著	240元
22熱錢興風	林行止著	240元
23依樣葫蘆	林行止著	240元
24人多勢寡	林行止著	240元
25局部膨脹	林行止著	240元
26鬧酒政治	林行止著	240元
27治港牌章	林行止著	240元
28無定向風	林行止著	240元
29念在斯人	林行止著	240元
30根莖同生	林行止著	240元
31股海翻波	林行止著	240元
32劫後抖擻	林行止著	240元
33從此多事	林行止著	240元
34幹線翻新	林行止著	240元
35金殼蝸牛	林行止著	240元
36政改去馬	林行止著	240元
37衍生危機	林行止著	240元
38死撐到底	林行止著	240元
39核影幢幢	林行止著	240元
40玩法弄法	林行止著	240元
41永不回頭	林行止著	240元
42誰敢不從	林行止著	240元
43變數在前	林行止著	240元
44釣台血海	林行止著	240元
45粉墨登場	林行止著	240元

D世界文學全集

1魯拜集	奧瑪・開儼著	180元
2人間的條件（三冊）	五味川純平著	720元
3源氏物語（三冊）	紫式部著	720元
4蒼蠅王	威廉・高定著	180元
5查泰萊夫人的情人	D・H・勞倫斯著	180元
6安娜・卡列尼娜（二冊）	托爾斯泰著	400元
7戰爭與和平（四冊）	托爾斯泰著	800元
8卡拉馬佐夫兄弟（二冊）	杜斯妥也夫斯基著	660元
9三劍客（三冊）	大仲馬著	600元
10一百年的孤寂	賈西亞・馬奎斯著	180元
11美麗新世界	赫胥黎著	160元
12麥田捕手	沙林傑著	160元
13大亨小傳	費滋傑羅著	160元
14夜未央	費滋傑羅著	180元

一紙相思

七等生全集　K⑩

作　　者　七　　　等　　　生
主　　編　張　　　恆　　　豪
發 行 人　沈　　　登　　　恩
出 版 者　遠 景 出 版 事 業 有 限 公 司
郵撥：0 7 6 5 2 5 5 — 8
電話：（02）8226—9900
傳眞：（02）8226—9907
網址：http://www.vistagroup.com.tw
台 北 郵 局 7 — 5 0 1 號 信 箱
香　　港　遠 景（香 港）出 版 集 團
發 行 所　九 龍 旺 角 西 洋 菜 街 6 2 號 2 樓
總 代 理　藍 圖 出 版 事 業 有 限 公 司
台 北 縣 板 橋 市 中 正 路 1 3 號
印　　刷　加　斌　有　限　公　司
台北市復興南路二段210巷30號
定　　價　新 台 幣 2 4 0 元 · 港 幣 8 0 元
初　　版　2 0 0 3 年 1 0 月

行政院新聞局登記證局版台業字第0105號

ISBN 957-39-0638-4